Andrea Saltusio
(Il paziente zero)

Antonio Cuccurullo & Pasquale D'Auria

Al ritorno da un viaggio, per quanto breve sia, non sarai più la stessa persona che è partita.

(Antonio Cuccurullo)

Partenza

Era la prima volta che Andrea Saltusio preparava il bagaglio, nel senso lato della parola, nonostante avesse superato i trent'anni, aveva sempre evitato di allontanarsi dai posti in cui, quasi certamente, era nato. Il condizionale era d'obbligo, i responsabili dell'orfanotrofio, quando aveva cominciato a farsi delle domande, non gli avevano mai voluto raccontare i particolari sul suo ingresso in istituto. A dieci anni era diventato abbastanza grande per insistere nelle sue richieste ma, a loro dire, non potevano fargli consultare i registri, serviva l'autorizzazione della procura dei minori. A peggiorare la situazione, già di per sé ingarbugliata, sedici anni prima una slavina aveva distrutto il vecchio edificio abbandonato, che ospitava l'orfanotrofio, l'archivio, già danneggiato dal tempo, era andato completamente distrutto e con esso era svanita anche la più remota probabilità di scoprire qualsiasi indizio sui suoi genitori biologici.

Pensare alle sue origini, lo portava sempre in uno stato di disagio ma, dopo tanti anni, non era più sicuro di voler conoscerne tutti i particolari; col pretesto che non era pratico di partenze, buttò alla rinfusa qualcosa nel suo trolley, l'unica cosa che sistemò con cura fu la carta da origami, non voleva che si rovinasse.

Negli anni dell'orfanotrofio, non aveva mai parlato a nessuno del suo hobby, per non rischiare che, per punizione, gli sequestrassero la carta; da più grande aveva taciuto per non mostrare alla gente nessuna sua inclinazione, poteva essere scambiata per un segno di debolezza. Esitò molto a chiudere la valigia, infine tirò su la cerniera e infilò il lucchetto nei fori; dopo averlo fatto, gli si piegarono le gambe, dovette sedersi sul letto. Era il primo segno di cedimento, nonostante l'allenamento di tanti anni, non era così duro come voleva sembrare; doveva reagire in fretta, la corriera non lo avrebbe atteso in eterno. Si fece forza e uscì da quella casa che lo aveva accolto per tutti quegli anni, sapeva di non avere scelta, ma una parte di sé, rifiutava il distacco.

Per un momento fu tentato di portare il tempo in avanti di sei mesi, alla fine della sua missione, ma rinunciò quasi subito; in realtà non sapeva nemmeno se sarebbe ritornato in quei luoghi. Passò dalla farmacia per lasciare le chiavi di casa a Wanda, la donna sapeva già della sua partenza, prese il mazzo che gli porgeva e l'abbracciò in segno di saluto.

L'aveva ospitato nella casetta in cui aveva abitato da quando, all'età di diciotto anni, era uscito dalla casa-famiglia. La donna non gliel'aveva mai confessato, ma in paese lo sapevano tutti, siccome era rimasta zitella, per lei era stato sempre quel figlio che non aveva potuto avere. Quando si staccarono dall'abbraccio era a disagio, fece finta di non vedere le lacrime che scendevano sulle guance della donna e senza una parola, si avviò sulla strada ghiacciata.

Il pullman aspettava nella piazzetta, aveva il motore acceso, salì e andò a sedersi negli ultimi posti. Non ebbe il coraggio di girare lo sguardo verso la farmacia, ma era certo che Wanda stava col naso incollato sul vetro, per non perdersi la partenza dell'autobus. A causa delle condizioni della strada, quando arrivò alla stazione di Bolzano, il treno era già in partenza e dovette affrettarsi per riuscire a prenderlo. Non c'era molta gente, ma cercò lo stesso un posto isolato, si rilassò sul sedile e cercò di svuotare la testa da tutte le ansie.

La prima parte del viaggio trascorse monotonamente, ma appena scese dal treno, fu preso dall'angoscia. Era stato spesso a Milano per lavoro, ma aveva sempre ridotto al minimo il soggiorno, non riusciva a capire le motivazioni di quella marea di gente che affollava le strade e respingeva chiunque non si adeguasse ai suoi ritmi di vita. Si ruppe la diga, l'ondata di pensieri gli inondò la testa: fin dai tempi dell'orfanatrofio, aveva avuto un pessimo rapporto con gli esseri umani, lo sapevano bene le decine di coppie che avevano provato a inserirlo nelle loro famiglie. La voglia ossessiva di non integrarsi, era l'unico punto fermo della sua vita passata, il *leitmotiv* dei trent'anni trascorsi faticosamente a tentare di elaborare l'abbandono. Tranne di Ginevra, una sua coetanea che venne adottata quando aveva sei anni, aveva rimosso il nome di tutti i suoi compagni d'infanzia dell'istituto. D'altronde, sarebbe stato difficile dimenticare il secondo abbandono; non era sfuggito a nessuno che stavano sempre insieme, li chiamavano Artù e Ginevra, facevano tenerezza a tutti. Gli istitutori affermavano che, Andrea aveva finalmente trovato chi gli avrebbe addolcito il carattere, ma il destino aveva operato diversamente. Quando seppe dell'adozione della sua amica, non la volle vedere più, ritornò a essere l'emarginato di sempre. Nemmeno con i suoi compagni di studio delle superiori, era andata meglio, evitava scientificamente di intrattenere rapporti con loro. La sua insegnante d'italiano, Rebecca Sartori, un giorno che era particolarmente stizzita, dalla sua condizione di autoemarginato, gli disse: "Non puoi mentire a te stesso in eterno, la vita è così strana, sembra che non succeda mai niente, ma prima o poi, dovrai decidere che cosa sei, e la barriera che hai eretto contro il mondo cadrà". Anche lei aveva tirato a indovinare, basta solo considerare che, quando cominciò i turni di praticantato all'ospedale di Bolzano, a causa della sua asocialità, un poco alla volta lo esclusero dai turni con gli altri medici. Alla fine, si ritrovò in un ufficio a sbrigare la parte amministrativa della professione medica, lavorare da solo non gli dispiaceva, non era tagliato per i rapporti interpersonali. Finché ne discuteva con gli altri, era lecito voler perorare le proprie scelte, ma non poteva mentire con sé stesso, non tutti quelli che aveva incontrato gli erano rimasti indifferenti.

Il suo incontro con Hans Hofer, meritava un discorso a parte, quando aveva cinque anni, era stato uno dei primi a tentare di dargli una famiglia. Da quell'episodio erano passati dieci anni, prima di avere di nuovo sue notizie. Per effetto della legge 328/00, era da poco stato trasferito in una casa-famiglia, il gestore della struttura che, dopo alcuni tentativi andati male, aveva smesso di rischiare con lui un approccio paterno, una sera lo chiamò e gli disse che aveva visite. Fu sorpreso di vedere Robert Rainer, uno degli assistenti sociali, lo conosceva bene perché, nelle ultime quattro fughe, era stato lui che lo aveva riportato indietro.

L'uomo evitò di fargli un lungo discorso, gli disse semplicemente che, Hans Hofer, dopo la separazione dalla moglie, aveva deciso di occuparsi di lui, stanziando un fondo studi a suo nome. Ci tenne a spiegargli che il suo benefattore, aveva messo delle clausole molto rigide, una volta raggiunta la maggiore età, se avesse voluto continuare con l'università, avrebbe avuto diritto ad una paga mensile di cinquecento euro e l'iscrizione all'università per tutti i cinque anni di corso; ovviamente niente profitto, nessuna ricompensa. Mandò via in malo modo l'assistente sociale, e ritornò alle sue occupazioni. Tre anni dopo, affrontò l'esame di maturità; il giorno dell'uscita degli esiti finali, si trovò di fronte Hans Hofer, l'uomo lo guardò negli occhi e disse: "Tu credi di essere un duro, ma non mi conosci, stavolta se vuoi rifiutare il mio aiuto, devi dirmelo in faccia".

Siccome aveva rimosso l'incontro con Robert Rainer, avvenuto tre anni prima, lo guardò come si fa con un alienato.

Hofer non si fece smontare dal suo comportamento, gli ripeté le condizioni del suo aiuto, Andrea stava per mandarlo a quel paese, quando alle spalle sentì la voce di Wanda: "Hans, hai avuto proprio una bella idea io, sapendo che con la maggiore età avrebbe dovuto lasciare la casa famiglia, ero venuta per offrirgli la casa della mia povera sorella, non è un granché, ma ha tutto quello che serve". La paura dell'ignoto lo costrinse ad accettare l'aiuto di entrambi, in fondo era un modo per non cambiare; probabilmente gli avevano salvato la vita, infatti per festeggiare il diploma aveva deciso di legarsi una corda al collo e lanciarsi dal belvedere. Il mondo universitario era interessante, nei primi mesi di corso, tentò persino di ammorbidire un po' il suo carattere, ma poi l'orso dentro lui prese il sopravvento. Un urto lo fece riemergere dai suoi ricordi, la marea di gente cominciava a spingerlo, si spostò di lato e aspettò che passassero tutti, poi si accodò e si rituffò nei suoi pensieri. Detestava tutto quello che non conosceva, siccome era chiaro a tutti che odiava viaggiare, per evitare casini, i docenti, nel corso degli anni, avevano ridotto al minimo le sue trasferte a Milano, per conto suo, se non l'avessero obbligato, non l'avrebbe fatto nemmeno quelle poche volte. Stavolta era pure peggio, Milano non era il punto di arrivo, era la prima tappa di un viaggio impegnativo, la destinazione era la Guinea.

In una di quelle combinazioni bizzarre che solo il destino riesce a realizzare, si trovava a far parte del contingente di volontari che avrebbero rilevato i medici che, dopo il semestre trascorso in Africa, avevano finito il periodo di permanenza. Questo non significava che stava cambiando le sue idee sul genere umano, i negri gli stavano sul cazzo allo stesso modo della restante popolazione mondiale, era solo obbligato a farlo.

Con la testa piena di interrogativi, uscì dalla Stazione Centrale per stare all'aria aperta, non aveva nessuna intenzione di aspettare due ore nella sala d'attesa, al chiuso e con tanta gente attorno. Faceva freddo, perlomeno a quello c'era abituato, si sedette su una panchina del giardino davanti alla stazione. Cominciò a nevicare, il cielo non poteva fargli dono più gradito.

In pochi minuti restò solo, tirò giù il cappuccio e chiuse la cerniera del parka per non bagnare i vestiti, si rilassò sul sedile, i pensieri s'impadronirono di nuovo della sua mente; la questione centrale come al solito, era l'abbandono ma, per la prima volta si faceva largo nella sua mente un interrogativo: qual era la colpa di chi gli viveva accanto? Il solito: chi se ne frega, sembrò mettere a posto tutto. Lo squarcio si stava allargando, non poteva fermare i pensieri, a malincuore, doveva ammettere che, eufemisticamente parlando, lui aveva un carattere difficile. Pensando alla situazione contingente, gli tornò il buonumore, tutto sommato, nella disgrazia, era stato fortunato, gli era andata meglio di come poteva sembrare; infatti, dopo l'ennesimo richiamo, per scarsa compartecipazione con gli altri ricercatori e l'ultimo contrasto col docente di riferimento, togliendolo dal gruppo dei dottorandi, il rettore voleva espellerlo dall'università. Forse per sbaglio, o per mediazione di qualche ignoto intercessore, il suo nominativo era finito tra i volontari che avrebbero fatto ricerca con il contingente di medici senza frontiere. Quando gli altri volontari si accorsero della sua presenza nella lista, fecero in modo di boicottarlo, per evitare di averlo nella loro squadra. Tutto questo movimento non sfuggì al rettore, si rese conto dell'errore, se errore c'era stato, manifestò immediatamente le sue intenzioni, non aveva nessuna intenzione di toglierlo dalla lista, alle proteste dei responsabili del progetto, affermò: "Non avevo pensato a una punizione simile, ma credo che sia adeguata alle sue bizzarrie; ma non vi agitate più di tanto, sicuramente scapperà come al solito, dalle proprie responsabilità". Andrea, per essere corretto fino in fondo, ammetteva che non gli importava del parere del rettore e nemmeno di quello degli incaricati alla realizzazione del progetto, né tantomeno dei suoi colleghi ricercatori. Quello per lui sarebbe stata una seccatura come le altre, un lavoro obbligato a fare.

Nonostante detestasse con tutte le sue forze il genere umano, decise di confermare la sua adesione solo perché non voleva dipendere da nessuno; in qualche modo doveva procurarsi da mangiare. A ingarbugliare la sua condizione ci pensò Nathan Gamper, il responsabile delle missioni, solo nel pomeriggio, del giorno prima, quando si era recato da lui a ritirare i biglietti del treno, aveva avuto la decenza di comunicargli che sarebbe partito da solo. Nella busta che gli aveva consegnato, con le informazioni essenziali sulla missione, scoprì che il suo contatto a Genova era Giulio Garessio, una volta arrivato alla stazione di Porta Principe, avrebbe dovuto fermarsi nella sala d'aspetto. Il contatto lo avrebbe raggiunto lì, in ogni modo, oltre alla foto gli era stato trasmesso anche il suo numero di telefono. Tra le informazioni trovò un messaggio scarno, era una comunicazione, in cui si evinceva che gli altri ricercatori, si erano organizzati per conto loro, per raggiungere il porto di Genova. Dal lato puramente umano, la cosa non gli faceva né caldo né freddo, ma quello che gli diede da pensare, fu constatare che, per quanto fosse prevenuto, il genere umano riusciva sempre a sorprenderlo. La suoneria del cellulare gli comunicò che aveva quindici minuti per prendere il treno, si avviò lentamente al dodicesimo binario, si preoccupò delle sue nuove emozioni perché, nonostante tutto, la cosa incominciava a incuriosirlo. L'eccitazione durò solo qualche minuto, dopo aver sistemato il bagaglio, ritornò a essere lo sprezzante di sempre. A dispetto del motivo che lo costringeva a viaggiare, la fortuna lo assisteva, infatti, riuscì a trovare un posto a sedere nello scompartimento; non dovette nemmeno fare il maleducato, per evitare di essere socievole, non appena si sedette si addormentò; si svegliò solo quando suonò la sveglia del telefonino. Si alzò dal suo posto senza una parola di saluto agli altri passeggeri, recuperò il bagaglio e si spostò nel corridoio; rispettoso delle consegne scese dal treno a Genova, alla fermata di Porta Principe.

La sala d'attesa era quasi deserta, si sedette in un angolo e si mise comodo, dopo una decina di minuti con gli occhi semichiusi stava per addormentarsi, sussultò quando sentì chiamare il suo nome. Si alzò e andò incontro allo sconosciuto; era alto quanto lui, pressappoco la sua età, ma più magro, l'uomo si avvicinò sorridente, aveva notato la sua aria spaesata, disse: «Ciao, tu devi essere Andrea Saltusio, sono Giulio Garessio, vengo da Alessandria, siamo stati fortunati,» dall'espressione interrogativa, capì la sua perplessità, si apprestò ad aggiungere «il Tir che doveva portarci all'imbarco non è ancora arrivato, quindi mi hanno comunicato di andare a mangiare qualcosa al Fortino, alle quindici e trenta Cédric, il nostro autista, passerà a prenderci per andare al porto; perlomeno abbiamo evitato il rinsecchito sacchetto da viaggio».

Strinse la mano che Giulio gli tendeva da quando aveva cominciato a parlare, siccome avrebbero dovuto passare sei mesi insieme, anche se era uno scorbutico, doveva pur cominciare con un po' d'ipocrisia. Sperando che bastasse, fece le prove di dialogo: «È tutto esatto, sono Andrea Saltusio, vengo da Bolzano e precisamente, per essere originali, da Saltusio, una frazione di San Martino».

Credeva che con le presentazioni, fossero finiti le formalità, capì subito che era stato troppo ottimista. Infatti, Giulio lo guardò negli occhi e riprese allegramente: «Scusa la mia impazienza, ma abbiamo poco tempo a disposizione, ci conviene andare subito a mettere qualcosa sotto i denti, mentre pranziamo completeremo i convenevoli».

Stava per rispondergli male, riuscì solo a digrignare i denti, perché il ragazzo non gli diede il tempo, si voltò e cominciò a camminare trascinando il suo trolley. Dovette allungare il passo per raggiungerlo, era contrariato, ma lui non diede segno di averlo capito, infatti gli disse: «Sei un ragazzo simpatico, sarà piacevole passare questi mesi insieme; ma malgrado l'urgenza di muoverci, una cosa devo dirtela, nonostante la barba incolta e i capelli lunghi, sembri molto più giovane dell'età che risulta dai tuoi documenti».

Lo aveva spiazzato, benché fosse tentato di mandarlo a quel paese, per una ragione inspiegabile, non ci riusciva; infatti, gli rispose in un tono completamente diverso da come era abituato: «Sono anni che combatto per sembrare più grande degli anni che dimostro, ho fatto crescere la barba apposta ma, a quanto pare, non ho ancora ottenuto il risultato sperato».

Gli sorrise, il suo modo di farlo era contagioso, riprese in tono semiserio: «La Guinea è il posto adatto per te, vedrai che, dopo sei mesi in missione, nessuno avrà più il coraggio di dire che sembri più giovane della tua età».

Rispose sconfortato: «Non sono sicuro di poter resistere sei mesi in quel posto; che succede se evado?»

Il suo compagno di viaggio sorrise scuotendo la testa, poi lo guardò con aria di compatimento: «Questo è la mia terza missione, posso dirti che quasi tutti, quando si rendono conto delle criticità in cui siamo costretti a operare e le condizioni dei pazienti che dobbiamo curare, hanno voglia di scappare via, ma noi non siamo ancora partiti, non ti sembra di aver cominciato troppo presto?»

Per la prima volta, un essere umano, non gli faceva schifo, cercò di capire che cosa gli stesse succedendo, eppure all'apparenza, quel ragazzo, non aveva niente di diverso da quelli che aveva incontrato nel corso della sua vita. Riuscì a rispondere in modo quasi decente: «Non voglio farla lunga, mi trovo qui per un errore, se non sono ancora scappato è solo perché non ho pensato a un piano B».

La strada era leggermente in discesa, Giulio aspettò che si avvicinasse, gli mise un braccio sulla spalla in segno di cameratismo, era decisamente allegro. Gli disse: «Per quanto possa sembrare assurdo, io credo di aver capito che cosa intendi. La mia vita è stata molto movimentata, ma proprio per questo ho avuto la fortuna di conoscere tanta gente. Non so se ti potrà essere di conforto, ma quello che ho imparato, fin da quando ho avuto coscienza del mondo intorno a me, è che a volte perdiamo il senso delle nostre azioni, quando vedrai i frutti di quello che hai seminato, capirai che le cose non capitano mai per caso. La tua fortuna è che, nel posto in cui andremo, avrai tutto il tempo che ti serve, per scoprire che cosa avevi intenzione di realizzare».

Presero posto nel ristorante, che in realtà era una bettola, il cameriere doveva conoscere Giulio, perché saltò due tavoli e andò da loro. Dopo la prima c'è sempre una seconda, infatti, cosa che non avrebbe mai creduto possibile, mentre aspettavano che il cameriere portasse le ordinazioni, continuò la conversazione, con l'intenzione di completare il discorso iniziato. In ogni caso, cercò di non sembrare troppo scostante: «Per quel che mi riguarda, sebbene abbia accettato questo contratto, devi sapere che mi è stato imposto con un ricatto psicologico».

Il suo sforzo non venne apprezzato perché, anche se il suo compagno cambiò discorso, riprese subito a parlare: «Come ti stavo dicendo, questa è la mia terza missione in Africa, ma non ti ho mai visto alle riunioni che abbiamo fatto a Milano sulla nuova spedizione, da dove sei uscito?»

Lo guardò con sopportazione, ma riuscì a rispondere con una calma che era ben lungi da avere: «Cosa devo fare, per fartelo entrare in testa,» cominciava a stancarsi a dover ribadire la stessa cosa «fino a stamattina, non sapevo nemmeno se avrei preso quel dannato treno per Genova».

Giulio scosse la testa, prese dalla tasca del trolley una busta e gliela consegnò: «Prendi, dentro ci sono tutti i documenti personali, mi raccomando non perdere niente, a causa delle infiltrazioni dei terroristi, i controlli da parte della polizia locale, sono molto severi, rischi di essere rispedito in Italia». S'interruppe perché stava arrivando il cameriere, ma l'uomo non si avvicinò a loro, li oltrepassò e andò a servire altri due clienti. Giulio riprese con enfasi: «Comunque, è sempre sbagliato, volersi rappresentare in modo peggiore di quello che si è in realtà, non ti fai un buon servizio».

Andrea non riuscì ad aprire la bocca, arrivò un altro cameriere con i primi. Giulio doveva essere veramente affamato perché non aggiunse niente, si buttò direttamente sugli spaghetti al pomodoro come una furia, Andrea lo guardò con disapprovazione, lui si fermò solo per un momento per avvertirlo: «Mangia questo ben di Dio, adesso che puoi, non ti pentirai mai abbastanza, di aver lasciato, anche solo una briciola sul tavolo; non ti aspetterai mica che, dove andremo, avremo la possibilità di poter scegliere le portate da un menù come questo?».

Stimolato dal suo compagno, cominciò a mangiare anche lui avidamente. Non riuscirono a posare nemmeno la forchetta nel piatto, il cameriere servì loro una bistecca con l'insalata, siccome la carne ad Andrea piaceva calda, la mangiò tutta in poco tempo, fu Giulio che dovette accelerare, per stargli dietro. Il camion arrivò proprio mentre bevevano il caffè, lo ingurgitarono in fretta, firmarono il registro e uscirono fuori. Giulio conosceva l'autista, ad Andrea venne presentato come Cédric Ferrari, era un nero con il fisico da lottatore, nelle missioni in Africa anche se sembrava avere al massimo trent'anni, faceva da anni il cooperante nelle missioni all'estero. Dopo aver sistemato i trolley sulla brandina, Giulio si sedette sul sedile, Andrea fu costretto a sistemarsi alla meno peggio dietro, con le valige che gli impedivano di stendersi del tutto. I due subito cominciarono a parlare delle loro esperienze passate in Africa, Andrea si chiuse in sé stesso e si mise a riflettere sulla sua condizione. In un momento di lucidità, si accorse che parlavano di sei unità a bordo della nave, gli venne spontaneo chiedere: «Ma gli altri volontari?»

L'omaccione lo guardò, poi scoppiò in una risata fragorosa: «Allora non ti hanno informato proprio di niente,» continuava a dimenarsi e a darsi delle manate sulla gamba destra, quando riprese aveva le lacrime agli occhi dal ridere: «Una settimana fa, quando sono arrivati i prospetti finali con i nominativi definitivi, ti hanno aggregato a noi. Precedentemente tu figuravi nell'altro gruppo coi ricercatori lombardi, quello che s'imbarcherà sull'altra nave in partenza domani, in quel lasso di tempo, qualcuno ti ha fatto le scarpe; infatti, c'è stato un scambio di nominativi, si vede che stai sulle scatole a qualcuno».

Andrea era perplesso, non capiva qual era la differenza, si affrettò a chiedere: «Potrebbe essere solo un caso, non vedo perché qualcuno avrebbe dovuto fregarmi, poi non siamo tutti volontari? Non riesco a capire che cosa ci avrebbe guadagnato il mio sostituto».

Cédric divenne serio, per dare importanza al suo racconto, scandì bene le parole: «C'è una grande differenza tra noi della missione a Kankan e quelli che si insedieranno a Kobé, innanzitutto, la loro nave è molto più grande e confortevole della nostra, porterà a bordo un centinaio di container e sei Tir, si fermerà due giorni a Dakar per scaricare una parte dei cassoni, ovviamente ad attenderli, oltre alle autorità locali, ci sarà il comitato dei festeggiamenti. Una volta giunti a Conakry, i ricercatori ripartiranno con i camion per svolgere la loro missione nei pressi di Kobé, sulla costa. Per tua sfortuna, sei capitato nella spedizione sbagliata, noi siamo figli di un Dio minore; se il mare non farà le bizze, tra circa quattro giorni sbarcheremo a Dakar, una decina d'ore prima dell'altra nave. Non perderemo tempo in riunioni, ricevimenti con le autorità e intrattenimenti vari, saremo da subito operativi, abbiamo già il nostro programma. Una volta sbrigate le formalità di sbarco, io, tu e Giulio, con questo camion, ci dirigeremo a Koundara, una città della Guinea a pochi chilometri dal confine col Senegal. Scaricheremo gli aiuti umanitari e subito dopo, sperando di non incappare in qualche imprevisto, partiremo per Mamou. Arrivati all'ospedale, caricheremo il camion con le forniture mediche per Kankan e aspetteremo il convoglio di medici senza frontiere partito da Conakry e diretto all'interno del paese. I responsabili del convoglio umanitario, non appena li avremo avvisati del nostro sbarco, prepareranno la partenza. Per evitare inutili attese con i mezzi carichi, partiranno da Conakry il giorno dopo il nostro sbarco a Dakar, per arrivare in tempo al punto in cui ci uniremo a loro. Da Mamou, gli ultimi quattrocento chilometri fino a Kankan, vista la consistenza del convoglio, li percorreremo scortati dalla polizia; come da prassi ormai consolidata, noi tre faremo parte di un gruppo ristretto di una ventina di elementi, opereremo prevalentemente tra Kankan e Kérouané».

Andrea cominciava, lentamente, a entrare nell'ottica della sua missione: «Se non dovevo essere io a venire con voi, che fine ha fatto, l'uomo di cui ho preso il posto?»

Cercò di fare mente locale, poi scosse la testa: «Dopo tre missioni in Africa, Michele Zurzulo ha seguito la moglie in Afghanistan, tu hai sostituito il suo rimpiazzo, in realtà non mi hanno comunicato chi sarebbe dovuto venire, so solo che non era questa, la tua destinazione».

Andrea tornò a rinchiudersi nel suo mondo, nonostante l'evidenza, faceva fatica a credere che quei bastardi dell'università avessero brigato per una settimana, per toglierlo di mezzo, alla faccia della tolleranza che gli avevano sempre predicato, si erano comportati da schifo. Ripensando a come li aveva trattati lui, gli passò subito l'incazzatura, averli sempre considerati come degli idioti, non aveva giocato a suo favore, doveva ammetterlo, questa volta, contrariamente a quanto avevano sempre dimostrato, erano stati bravi, gli avevano tirato proprio un bel piattino. Senza far notare la sua perplessità, si rivolse al camionista: «Senti Cédric, tanto per sapere, ma la nostra spedizione, in totale, da quanti elementi è formata?»

L'ivoriano lo guardò negli occhi, capì che diceva sul serio, stavolta gli rispose senza dimenarsi: «Noi tre siamo il gruppo che parteciperà alla missione umanitaria e l'equipaggio della nave che è formato da tre uomini: Vincenzo Maresca, si occuperà dei collegamenti radio, in pratica starà h24 rinchiuso nella plancia, impegnato nelle trasmissioni, lui sarà i nostri occhi e la nostra voce; Eugenio Gargiulo, il comandante e Maurizio Gargiulo sono due gemelli, si alterneranno al timone e in cucina, sono i proprietari della nave. L'avevano acquistata nel duemilasette per fare la spola tra Napoli e Rabat, allora gli scambi di merci tra l'Italia e il Marocco erano sostenuti; ma la crisi ha stravolto i loro piani». Cédric guardò Andrea negli occhi, fraintese la sua espressione assente: «Credo che sia inutile dirtelo, te ne accorgerai da solo, se pensi di poterti annoiare, non temere, noi non staremo mai con le mani in mano; c'è da sistemare le provviste, dividere i medicinali, selezionare i capi d'abbigliamento, imballare le apparecchiature mediche per il viaggio sulla terraferma, controllare uno per uno i telefonini, i computer e i tablet che ci hanno donato. In fondo quello che, all'apparenza, può sembrare un lavoro disumano, per impegno e fatica, è il lato bello della traversata, avremo tante di quelle faccende da sbrigare che, nei quattro giorni che resteremo a bordo della nave, saremo talmente impegnati a far qualcosa, per pensare alla prosecuzione della nostra missione».

«Tra i nostri compiti hai parlato di cellulari, computer e tablet, ma io non sono un tecnico».

Divertito dalla sua aria perplessa, Cédric lo guardò con tenerezza, ma gli rispose Giulio: «Nemmeno noi lo siamo, infatti, non dobbiamo ripararli, basta semplicemente controllare che funzionino, scartare tutto il materiale inutilizzabile, per rimandarlo indietro per lo smaltimento e installare i programmi su quelli efficienti».

Andrea protestò blandamente: «Non è quello che m'aspettavo, mi avevano parlato di ricerca».

Giulio ci pensò un attimo prima di rispondere, quando riprese era esaltato: «Il nostro sarà un ruolo attivo, noi non giocheremo al medico e all'ammalato, come i tuoi amici del Lombardo - Veneto, non saremo un gruppo di facciata, dovremo costruire, assistere, curare e, dov'è possibile, insegnare».

Arrivarono al porto che diluviava, l'addetto diede appena un'occhiata ai documenti e li lasciò passare. Cédric fece il giro attorno a dei container e parcheggiò il mezzo in un tratto di banchina dove non c'era nessuna nave. Restarono in silenzio, ognuno nelle proprie meditazioni; approfittando che aveva smesso di piovere, l'autista scese dal camion seguito da Giulio, Andrea restò sulla brandina, voleva darsi la possibilità di cambiare idea, senza condizionamenti. Gli rimanevano solo poche ore prima della partenza, era tentato di andarsene, non riusciva a capire che cosa ci facesse, in mezzo a quei pazzi. D'altronde, non poteva sempre fuggire, doveva pur tentare di capire come funzionava il mondo, siccome dal diploma di maturità erano passati più di dodici anni, poteva ammettere, con sé stesso, di aver abbandonato l'idea di utilizzare il suicidio come via di fuga. La suoneria del cellulare, l'avvertì che era arrivato un messaggio, era un numero nuovo, si affrettò a leggerlo: "Sono Hans Hofer, Wanda mi ha detto che ti sei aggregato ai medici senza frontiere, in una missione in Africa, riguardati figlio mio, ti abbraccio". Gli girò una lacrima solitaria negli occhi, in un istante rivide gli ultimi anni della sua vita, erano un monumento all'insulsaggine. La missione che non avrebbe mai pensato di accettare, dopo tanto grigiore, poteva significare l'opportunità, di dare un significato alla sua esistenza. Smise di dibattersi, ormai era chiaro che sarebbe rimasto, cambiò il corso dei suoi pensieri e riemerse su quella brandina. Pensò al compito che avrebbero dovuto svolgere, siccome poteva solo immaginare, ci rinunciò; però, quando era stato inserito in quel progetto di ricerca, si era informato sulle spedizioni di volontariato in Africa occidentale, richiamò alla mente tutto quello che aveva scoperto. Le notizie che aveva appreso non erano per niente confortanti: le condizioni di vita erano estreme; il clima tipicamente tropicale; ma la cosa peggiore che aveva appreso era che, nelle zone interne, la stagione delle piogge durava da aprile a novembre. Queste non erano le cose più brutte di cui era venuto a conoscenza, all'interno del paese operavano bande di predoni che, ignorando ogni bandiera e finalità delle carovane, scorrazzavano per il territorio saccheggiando e ammazzando. L'unico lato positivo era che, in quel posto sperduto, avrebbe avuto meno rompicoglioni e burocrati tra i piedi; quella gratificazione durò poco, convenne con sé stesso che, a ben riflettere, c'era poco da stare allegri. Gli schiamazzi che provenivano da fuori, interruppero i suoi ripensamenti, scese dal camion e vide una tinozza che stava attraccando alla banchina, l'assalì lo scoramento. Quello che vedeva, era un barcone, così rappezzato, che non si capiva come riuscisse a stare a galla, persino la vernice era scrostata in vari punti. Cédric e Giulio diedero una mano ad assicurare quella cosa alle bitte di ormeggio. Sentì un rumore metallico cadenzato, vide la passerella abbassarsi, comparve un uomo dalla apparente età di cinquant'anni, che corse ad abbracciare l'autista e il suo amico, quando si accorse della sua presenza, senza aspettare le presentazioni, gli riservò lo stesso trattamento; come Andrea aveva immaginato, si trattava di Maurizio Gargiulo. L'uomo li mise subito al corrente della situazione: «Al ritorno da

Nouakchott, in Mauritania, abbiamo trovato mare mosso, siamo in ritardo con la tabella di marcia, ma non vi preoccupate, quando dalla centrale operativa, arriverà l'ordine di partire, saremo pronti».

Di solito tutto quello che gli capitava attorno non destava in lui il minimo interesse, si stupì della sua stessa curiosità. Con tono neutro, gli chiese: «Non sapevo che, parallelamente alla Guinea, anche in Mauritania ci fossero, nel paese, missioni di medici senza frontiere».

«Infatti non ce ne sono, ma dopo la scoperta di campi di prigionia per migranti, sul posto operano volontari del SIPRI,» si bloccò, riprese in un pessimo inglese: «Stockholm International Peace Research Institute, provenienti dalla penisola scandinava, noi non abbiamo rapporti diretti con il personale, trasportiamo solo gli aiuti della Comunità Europea, la cosa paradossale è che per rifornirli del necessario per lavorare, si rischia la pelle, nonostante la polizia, al porto operano bande che depredano i convogli umanitari, rubando medicinali e materiale ospedaliero, per rivenderli al mercato nero. Fortunatamente, questa volta, gli unici problemi sono derivati dalle condizioni del mare».

Alle sue spalle apparve Eugenio Gargiulo, il capitano, lo riconobbe perché, tranne una cicatrice in fronte, era identico al fratello, scese dalla passerella e andò ad abbracciarli. Alla fine dei convenevoli, si rivolse a Cédric: «Porta subito il camion dentro che cominciamo a sistemare il carico, non so se Maurizio vi ha avvertito, abbiamo poco tempo per fare il carico d'acqua e ripulire; da quando Josè ci ha lasciati, mi sono reso conto che il tempo passa, alla nostra età, non ce la facciamo più a pensare a tutto, credo che sia giunto il momento di rimpiazzarlo».

L'altro membro dell'equipaggio, apparve sulla passerella, andò a salutarli, la prima cosa che Andrea notò fu l'andatura dell'uomo, anche se non aveva un bastone per sorreggersi, zoppicava vistosamente; la seconda, che era decisamente, il più vecchio di tutti loro. Il nuovo arrivato guardò negli occhi Eugenio che era furente, lo anticipò: «Capo, non ti preoccupare, non siamo senza operatore radio, ho deviato le comunicazioni sul mio telefonino, è un GPS satellitare».

Il tecnico radio venne a salutarci e, preceduto dagli altri membri dell'equipaggio risalì sulla nave. Mentre Giulio faceva manovra per sistemare il Tir, Maurizio sparì, ricomparve pochi minuti dopo vestito con una giacca impermeabile, stivali di gomma e guanti, gli porse gli stessi indumenti e aggiunse: «Vatti a cambiare che, dobbiamo fare subito il rifornimento di acqua potabile poi, mentre io ed Eugenio controlleremo i motori, voi darete una pulitina».

Per Andrea, era già stato difficile accettare la sua condizione di volontario, ma fare l'uomo di pulizia su quella nave, era fuori da ogni sua sopportazione, si ribellò: «È vero che sono un volontario, ma non ho nessuna intenzione di mettermi a fare il mozzo su questa bagnarola, il mio compito è quello di ricercatore,» l'uomo lo guardò con rassegnazione, ma non disse niente, Andrea continuò per inezia, ma con un tono meno convinto: «Se volete, al massimo, posso fare uno studio sulla condizione di marinaio e sulle pratiche alimentari di un equipaggio».

Maurizio non diede peso, alle sue parole, gli indicò una porta e disse: «La cabina è quella».

Si ritrovò solo con quella roba tra le mani, alle sue spalle sentì la voce di Giulio: «Vieni che ti spiego come funziona la vita di bordo».

«Io non voglio essere trattato come un tizio qualsiasi, sono prima di tutto un ricercatore, poi un volontario».

Il suo amico gli poggiò una mano sulla spalla e riprese divertito: «L'hai appena detto, che sei un volontario, col tempo ti accorgerai che Maurizio ed Eugenio, sono due brave persone, nemmeno la metà di quello che fanno gli viene retribuita; per esempio, lo scalo che hanno fatto in Mauritania, non era previsto, per questo motivo, non prenderanno nemmeno i soldi del combustibile, consumato per effettuare la variazione dell'itinerario».

Si ritrovò in una cabina con due letti, l'ambiente era poco accogliente, tutto aveva l'aspetto di abbandono. Folgorato da un sospetto, si ritrovò a chiedere: «Non mi dire che questa è la nostra cabina?»

«Smettila di fare la caghetta, non so che cosa ti hanno raccontato i tuoi amici sulle missioni in Africa, ma una volta che ti avrò descritto le condizioni in cui lavoreremo, questo posto ti sembrerà il paradiso,» Andrea lo guardò negli occhi intensamente, era perplesso dal comportamento dell'amico, in fondo anche lui era un ricercatore. Nonostante sembrasse una persona equilibrata, Giulio stava per perdere il controllo, poi riuscì a trattenersi, gli sorrise amaro, ma continuò con lo stesso tono: «Nella migliore delle ipotesi, questo è l'ambiente in cui opereremo, quando arriveremo a destinazione: avremo a disposizione una tenda ogni quattro medici; l'acqua e il cibo spesso saranno razionati; saremo costretti a marciare per giorni a piedi per far fronte alle emergenze; non avremo un orario di servizio, dovremo ess…»

Andrea lo interruppe, senza tanti riguardi. «Lascia perdere, non voglio rovinarmi la sorpresa, io smetto di piagnucolare, se tu mi prometti di dirmi la cose un po' alla volta, giusto per darmi il tempo di abituarmi».

Si cambiarono, dopo aver abbandonato i vestiti che avevano addosso sui letti, si diressero a fare il pieno d'acqua, il responsabile alla banchina lanciò loro una cima, Andrea diede una mano a Giulio a tirare su il tubo di carico dell'acqua, dopo averlo sistemato nel serbatoio, scesero al piano inferiore per dare una mano a Cédric, notarono che l'ivoriano, Eugenio e Maurizio stavano scaricando le provviste per la traversata, dovevano aver fatto in fretta a controllare i motori. Questo lo convinse che aveva fatto una sparata inutile, a bordo non c'erano posizioni di favore, ognuno doveva fare la propria parte. Nella testa di uno come lui, che era vissuto per trent'anni da isolato, l'effetto fu sconvolgente. Smise di chiedersi il perché delle cose, lasciò che tutto proseguisse come doveva. Dopo aver staccato la lancia antincendio dal quadro, ritornarono al piano superiore e aspettarono che il serbatoio fosse pieno. Agganciarono al tubo dell'acqua la lancia antincendio e lavarono il ponte superiore, aspettarono che gli altri membri dell'equipaggio avessero finito di scaricare, poi armati di una scopa e di buona volontà, passarono al ponte inferiore. Giulio gli indicava dove dirigere il getto d'acqua, in poco tempo pulirono tutto. Chiamarono il responsabile alla banchina per far ritirare il condotto di carico dell'acqua, arrotolarono il tubo della lancia antincendio e la rimisero a posto ncl quadro. Andrea seguì Giulio in plancia, s'informarono a che punto fossero le operazioni, Eugenio, che intanto si era cambiato, li ragguagliò sul programma: «Alle venti e trenta dovremmo avere l'ordine di partenza, calcolando quello che ci resta da fare, sicuramente mangeremo qualcosa mentre saremo in viaggio. Ora siete liberi di andare a sistemare la vostra cabina, non vi preoccupate, quando sarà pronta la cena, vi avvertirà Vincenzo».

Giulio prese la situazione di petto, cacciò fuori dalla cabina tutto quello che poteva essere spostato, con metodo cominciò a pulire tutti i ripiani. Andrea, senza che l'amico glielo chiedesse, prese uno straccio e cominciò ad asciugare, quando finirono di pulire rifecero i letti, con lenzuola e coperte pulite. Solo a questo punto sistemarono le loro cose nell'armadio, Andrea diede uno sguardo intorno, l'aspetto della cabina era totalmente cambiato, non era ancora il paradiso, ma perlomeno era pulita. Portarono la biancheria sporca in lavanderia, proprio quando mollarono gli ormeggi, la nave, nonostante sembrasse più una bagnarola che un traghetto, si stacco dalla banchina dolcemente, erano le venti e quarantacinque. Si associò alle grida di esultanza di Giulio e di Cédric, ma dentro di sé era spaventato, per lui era il momento che temeva di più, gli avevano spiegato tutto quello che doveva sapere sulla loro missione ma, in realtà, non sapeva che cosa l'attendesse veramente. Nonostante il freddo, quando lo chiamarono per la cena, era sul ponte a guardare le luci della costa scomparire. Nella cucina c'erano Cédric e Giulio che chiacchieravano amabilmente, l'autista stava per parlare, ma il ritorno di Maurizio lo fece ritornare alla sua discussione. Il nuovo arrivato si rivolse a tutti loro: «Prendete le scodelle, mangiamo prima che si freddi».

Solo allora, Andrea si accorse che sulla tavola c'erano quattro piatti molto fondi, due pagnotte di pane e una damigiana di vino, mentre si avvicinavano con le scodelle tra le mani, Maurizio sollevò il coperchio dalla pentola, si spandé per la cucina l'odore inconfondibile della zuppa di pesce. Andrea di solito, per cena, si accontentava di un bicchiere di latte con biscotti, ma il pomeriggio di lavoro e l'odorino che veniva dalla pentola gli fece venire l'acquolina in bocca, per la prima volta non gli diede fastidio, avere a tavola più di una persona. Mangiarono tutti di gusto, Andrea, dopo la seconda scodella di zuppa e il quinto bicchiere di vino, si sentiva più sciolto, tanto che partecipò attivamente alla discussione. Era una sensazione nuova per lui, si chiedeva che cosa ne sarebbe stato della sua vita, se avesse fatto prima quell'esperienza. Siccome era una domanda a cui non poteva dar risposta, smise di porsela e si lasciò coinvolgere dalla compagnia. Erano le ventitré e trenta, si accorse che Maurizio aveva buttato nel lavabo le stoviglie, poiché era chiaro che nessuno era intenzionato a lavarle, decisero di andare a dormire.

Giulio aveva le occhiaie, fisicamente Andrea non si sentiva meglio dell'amico, la stanchezza aveva preso il posto dell'eccitazione e delle sue paure, i due amici si diressero nella loro cabina. La cura dell'igiene fu approssimativa, con una bottiglia d'acqua riuscirono a lavarsi i denti e la faccia. Lui e Giulio si ritrovarono seduti sul letto, uno di fronte all'altro, Andrea fu colto da un rimestamento interiore, quell'uomo che aveva di fronte gli piaceva. Era un sentimento che non aveva mai provato per nessuno, la cosa sembrava ancora più grave perché non era preparato. Prima ancora di realizzare quello che stava facendo lo abbracciò e lo baciò sulla bocca, ci riuscii solo perché l'altro non se l'aspettava. Dopo il primo impulso, cominciò a realizzare quello che stava facendo, si staccò dal bacio, sputò per terra e si pulì le labbra col dorso della mano. Giulio lo guardò con risentimento, strinse gli occhi e gli gridò contro: «Si può sapere che cazzo ti sta succedendo?»

Per quanto fosse assurda la situazione, Andrea aveva capito quello che gli stava capitando, non era abituato a giustificarsi, ma sapeva che non poteva rimandare, gli doveva immediatamente delle spiegazioni: «Perdonami se puoi, in quello che è accaduto, tu non c'entri, è tutta colpa mia. Per anni, poiché come vedi dimostro meno dei miei anni, e da bambino era ancora più marcato, ho dovuto far conto con la perfidia della gente, bullizzato dai più grandi e deriso dai più piccoli perché, visto il fisico mingherlino che mi trovavo, non sapevo farmi valere. In un orfanotrofio si vive male, ma avevo trovato il modo di rifarmi delle umiliazioni. Quando ho capito che le coppie, che frequentavano l'istituto, volevano un bambino in adozione, siccome venivano attratte proprio dalla mia aria delicata, avevo scoperto che soffrivano a ogni mio rifiuto, per rivalsa, riversavo su di loro le mie frustrazioni,» Giulio cercò d'interromperlo, ma Andrea non glielo consentì, aveva finalmente trovato il coraggio di parlare con un essere umano, prima di bloccarsi di nuovo, voleva concludere il racconto. Riprese con lo stesso tono, incurante di parlare senza dare ordine alle sue parole: «Ero talmente pieno di livore che, senza volerlo, mi sono comportato male anche con Hans Hofer, l'unica persona che, nonostante le mie stravaganze, mi ha dato tutto quello che mi serviva per realizzarmi, senza chiedermi niente in cambio; devo tutto a lui, se alla maggiore età non sono finito in mezzo a una strada e sono riuscito persino a laurearmi…».

Andrea era talmente soggiogato dalla sua nuova condizione che, senza rendersene conto, aveva fatto un sunto della sua vita. Intanto Giulio si era calmato, approfittò della pausa di Andrea, nel tentativo di ricapitolare le idee, per chiedergli: «Non capisco che cosa c'entri la tua vita con quello che hai fatto, che cosa stai cercando di dirmi?»

Si avvicinò per cercare di nuovo il contatto fisico, cosa che aveva sempre rifuggito, si piazzò di fronte a lui e gli poggiò le mani sulle gambe, forte di una determinazione tutta nuova, gli disse: «Volevo spiegarti che, proprio perché ho sempre rifuggito la gente che mi stava attorno, non ho mai avuto un'esperienza sessuale; quando ti ho incontrato in quella sala d'attesa, si è sciolto qualcosa dentro me, la prima percezione è stata di attrazione, non solo non mi dava fastidio stare con te, ma mi piaceva. Subito dopo è subentrata la paura, perché era una sensazione nuova, non sapevo gestirla. Quando ci siamo ritirati in cabina, non ce l'ho fatta a dominarmi, dovevo sapere che cosa mi stesse capitando; se ti può fare piacere credo di essere eterosessuale perché il bacio che ti ho dato è stata la cosa più schifosa che mi sia capitata, e io di cose brutte ne ho vissute».

Giulio tolse le mani di Andrea dalle sue gambe e lo abbracciò, quando parlò aveva la voce rotta dall'emozione: «Non ti preoccupare, anche per me è stata un'esperienza disgustosa, sarò antiquato, ma mi piacciono le donne,» forse per dare un taglio più autorevole alle spiegazioni, si prese un po' di tempo in più, prima di continuare, poi gli sorrise e cambiò completamente discorso: «Come ti ho spiegato mentre aspettavamo Cédric, ho partecipato a molte riunioni, quelli che ti conoscevano, ti hanno descritto come uno stronzo, invece a me, come compagno d'avventura, sei stato subito simpatico».

Giulio gli porse la mano, lui gliela strinse con gratitudine. Si misero a letto, prima di spegnere la luce Andrea chiese all'amico: «Da quello che ho capito, è tutto risolto, ma io…» s'interruppe, aveva voglia di dormire, ma voleva togliersi una curiosità sull'autista: «Non capisco come mai Cédric parla così bene la nostra lingua?»

«Lui è un sopravvissuto a un naufragio, quattordici anni fa, è stato trovato in mare aggrappato a un relitto, aveva circa quindici anni, quelli che lo hanno tratto in salvo, sono riusciti a scoprire che era di origine ivoriana, ma è stata l'unica cosa che sono riusciti a sapere, pochi mesi dopo, finita la fase istruttoria, è stato dato in affido a una famiglia italiana».

Andrea piombò in una condizione di dormiveglia, era felice; a dispetto che la missione fosse tutt'altro che un viaggio di piacere, aveva l'impressione di stare andando nella direzione giusta. Per un attimo, gli risuonarono nelle orecchie le parole di Rebecca Sartori, *"Non puoi mentire a te stesso in eterno, la vita è così strana, sembra che non succede mai niente, ma prima o poi, dovrai decidere che cosa sei e la barriera che hai eretto contro il mondo cadrà"*. Gli doleva ammetterlo, aveva avuto ragione lei, il suo ultimo pensiero cosciente fu per sua madre. Il veleno che aveva tenuto dentro per trent'anni, come d'incanto, si era sciolto, non aveva nemmeno più voglia di sapere perché lo avesse abbandonato, pensò solo che sarebbe stato bello incontrarla, poi chiuse i contatti col mondo.

Il viaggio

Si svegliò stranamente a disagio, il letto si muoveva sotto di lui, Andrea aprì gli occhi e si ritrovò in una squallida cabina, si alzò, interiormente era scombussolato, quello che gli stava capitando non faceva per lui; eppure, si sentiva vivo come non mai. Uscì dalla cabina silenziosamente, per non svegliare Giulio, si recò in plancia, Vincenzo dormiva sulla branda, con in testa le cuffie, al timone c'era Maurizio, l'uomo lo guardò sorpreso ed esclamò: «Buongiorno! Che diavolo ci fai in piedi a quest'ora?»

«Buongiorno anche a te. Il letto si muoveva troppo e ho deciso di mettere i piedi per terra, ma non è che, da quando mi sono alzato, vanno meglio le cose».

«Siccome sei qui e sembri un tipo sveglio, fammi un favore, tieni il timone per una decina di minuti, devo fare una cosa che non posso delegare a nessuno».

Andrea aveva voglia di ritornarsene in cabina, ma si avvicinò indeciso, lui gli sorrise: «Non ti preoccupare è una stupidaggine, pensa che riesco a farlo anch'io, senza fare danni; tieni il timone puntato su SSO, ho appena fatto il punto con il radar, non ci sono imbarcazioni tanto vicine da farsi speronare da te».

Senza aggiungere altro si alzò dal timone e lo lasciò solo nella plancia, quell'uomo doveva essere pazzo, si fidava di un perfetto sconosciuto, tanto da mettergli nelle mani, il suo destino e quello di altri quattro uomini. Era la prima volta che provava una sorta di responsabilità, per la sopravvivenza di altri esseri umani, la sensazione gli metteva addosso un disagio enorme ma, nel contempo, lo rendeva partecipe delle vite di quelle cinque entità che si trovavano con lui sulla barca. Quando Maurizio ritornò, Andrea si accorse che gli facevano male le mani, per quanto aveva tenuto stretto la barra del timone, l'uomo era di buonumore, gli chiese: «Te la senti di preparare la colazione?»

Andrea lo guardò stupito, poi rispose: «Ce la posso fare!».

«Allora scendi in cucina accendi il gas sotto la macchinetta del caffè, è già carica, poi metti a bollire due litri di latte, nel tegame che è sul fornello. Quando il caffè è pronto spegni entrambi i fornelli e vai a chiamare Cédric e il tuo amico, siccome Eugenio è in cabina a dormire, lo avverto io col citofono».

Qualche minuto dopo erano in quattro in cucina, Cédric prese un vassoio, dopo aver messo sopra una brioche, una tazza, due bricchi con latte e caffè, uscì dalla cucina, probabilmente per portare la colazione a Vincenzo. Giulio era raggiante, si vedeva che gli piaceva quello che stava facendo, aspettò che Cédric fosse tornato per chiedergli: «Siccome sei tu il responsabile del carico, credo che sia il caso di organizzarci, da dove vuoi cominciare?»

L'uomo aveva già preso in considerazione di dover predisporre il lavoro da fare, per tutta la durata della traversata, perché rispose prontamente: «Visto come andata la volta scorsa, avevo pensato di partire dagli abiti, poi imballeremo le attrezzature e per ultimo, lasceremo il materiale tecnologico; se ci resta ancora tempo, tutto l'abbigliamento che non è adatto alla popolazione locale, verrà scucito e riutilizzato come stracci».

Dopo un'abbondante colazione Andrea, Giulio e Cédric scesero sul ponte inferiore. Ebbero appena il tempo di avvicinarsi al cassone che incominciò a piovere. L'autista non si perse d'animo, si avvicinò al cassonetto, che si trovava di fianco al camion, tirò fuori un telone e chiese una mano per coprire il camion, voleva evitare che si bagnassero gli scatoloni, poi aprì il cassone. Mentre Cédric cominciò a selezionare i medicinali, Andrea e Giulio trasportarono tutti gli scatoloni con i vestiti in un magazzino di fianco alla lavanderia. Stesero un telo per terra e svuotarono il primo contenitore, mentre Andrea era girato, come d'incanto, apparvero delle grucce, non dovette nemmeno chiedere che cosa fare, gli bastò imitare quello che faceva l'amico. Le giacche e i pantaloni li metteva sulle stampelle e li appendeva a un tubo, le magliette e l'intimo li piegava e li sistemava sui ripiani di uno scaffale. Incoraggiato da quello che vedeva, si mise al lavoro con buona lena, la scoperta la fece quasi per caso, quando dal taschino di un pantalone, vide spuntare un pezzo di carta, si accorse che si trattava di un biglietto da cinque euro, subito attirò l'attenzione di Giulio, nel capo successivo ne trovarono uno da venti. Frugarono inutilmente nelle tasche di una quindicina di capi, quando ormai credevano che fosse solo un caso, cominciarono di nuovo a trovare delle banconote. Andrea era contrariato con sé stesso, aveva spiato la crudeltà delle persone, si era nutrito del loro egoismo, dopo aver fatto di tutto questo una ragione di vita, si sentiva sconfitto, intimamente, doveva ammettere di aver sbagliato completamente punto di vista. Alla fine del primo contenitore, contarono in tutto, trecentottantacinque euro, ma non aveva importanza l'importo delle donazioni, a fare la differenza, era l'averci pensato. La scoperta li fece velocizzare nelle operazioni, aprirono subito un altro scatolone e lo rovesciarono sul telo, utilizzarono quello appena svuotato per metterci gli scarti. Il tempo volava in fretta, avevano aperto solo tre dei dodici scatoloni di abbigliamento, quando li chiamarono per il pranzo, si resero conto che lo stomaco brontolava, solo in quel momento guardarono l'orologio, erano da poco passate le quattordici. Uscirono dal magazzino e fecero un'altra scoperta, nonostante il mare fosse agitato, aveva smesso di piovere; Cédric, che intanto era uscito dal cassone per venire a pranzare, indicò ad Andrea le isole che si vedevano in lontananza alla loro sinistra: «Quelle sono le Baleari, significa che siamo abbastanza in linea con la tempistica di viaggio, tra circa dodici ore dovremmo essere a Gibilterra, nonostante il mare fosse agitato, abbiamo poco ritardo sulla tabella di marcia».

Giulio che aveva già fatto due volte la rotta verso la Guinea gli chiese: «Come mai hanno preparato il pranzo così tardi? Di solito sono molto precisi sugli orari».

L'ivoriano si prese un po' di tempo per cercare le parole appropriate, quando rispose sembrava deciso: «Alle undici e trenta c'è stato un allarme naufragio, Eugenio si è portato sul posto della segnalazione, ma non abbiamo trovato niente, dopo aver fatto il rapporto alla capitaneria di porto di Minorca, abbiamo ripreso il viaggio. Questo inconveniente ha scombussolato gli orari di bordo».

Per pranzo c'erano spaghetti con le vongole e fritto di paranza, Maurizio andò a sollecitarli, era agitato: «Muovetevi volete che gli spaghetti diventino scotti?»

Mangiarono in fretta, non perché avevano ancora molto da lavorare, era tutto troppo buono, per lasciarlo raffreddare; Andrea, che aveva incominciato ad apprezzare il vino e la buona tavola, volle congratularsi col cuoco: «È stato proprio un pranzo ottimo, non ho mai mangiato il pesce cucinato così bene».

Il cuoco era molto restio ai complimenti, però dovette apprezzarli molto perché addolcì il suo sguardo, che di solito era serioso:

«Vedremo quando sbarcherete a Dakar se sarete ancora dello stesso avviso, ma non fateci l'abitudine,» ci tenne a precisare «il pesce fresco lo consumiamo prima degli altri alimenti, in pratica significa che stasera mangerete per l'ultima volta zuppa di pesce, fatto con ingredienti freschi, poi ci dovremo arrangiare».

Giulio e Andrea tornarono al loro lavoro, col passare del tempo diventarono molto più veloci, a sera si accorsero che avevano svuotato altri tre scatoloni, il bottino si faceva consistente, avevano trovato novecentoventicinque euro che, aggiunti ai trecentottantacinque, arrivavano a milletrecentodieci. Fu allora che Giulio scoprì la sparizione dello scatolone con gli scarti, trovarono subito dov'era finito, Cédric l'aveva preso per scucire gli indumenti per recuperare tutto il materiale riutilizzabile: stoffa, bottoni, cerniere, ecc., si accorsero che gli scarti da buttare, erano proprio una parte infinitesimale di tutto quello che avevano recuperato. Stavano aprendo il settimo scatolone, quando arrivò la chiamata di Vincenzo, era pronta la cena, Giulio e Andrea si avviarono a passo svelto in cucina, a metà strada si unì a loro Cédric. Eugenio era a capo tavola, fecero appena in tempo a sedersi che Maurizio cominciò a servire la zuppa. Il clima era conviviale, qualsiasi motivo era buono per fare un brindisi, toccarono il fondo quando Cédric propose di alzare i calici al suo TIR. Andrea era attraversato da varie sensazioni, la paura faceva da padrona, aveva ancora difficoltà a rilassarsi, decise di smettere di pensare; in quel momento di confusione interiore, si offrì persino di lavare le stoviglie. Nessuno si accorse del suo travaglio personale, ma la sua disponibilità a pulire divenne motivo di discussione: alla fine si raggiunse un compromesso, lo avrebbe aiutato Giulio e, a loro due, sarebbe spettato di farlo solo la sera. I due amici, rimasero da soli in cucina, dopo aver rimesso a posto le stoviglie, prima di andare a dormire, si soffermarono a vedere a sinistra le luci delle isole e a destra quelle della terraferma, fu Andrea a rompere quel silenzio che stava diventando ingombrante: «Non avrei mai pensato di vivere un'esperienza così straordinaria, è paradossale, ma quello che mi secca è che, della svolta della mia vita, devo ringraziare quei coglioni che hanno brigato per farmi venire con voi».

Giulio rimase per qualche minuto in silenzio, quando parlò era decisamente allegro: «È il solo punto di vista che conosci magari, se

tu fossi andato con i tuoi colleghi dell'università, ti saresti potuto trovare meglio».
Stavolta fu Andrea a prendersi una pausa: «Mi conosco bene, con loro mi sarei costretto a recitare la parte che mi era più congeniale, invece con voi, anche se la cosa mi terrorizza da morire, sto tentando di essere me stesso».

La stanchezza prese il sopravvento sulla voglia dei due amici di parlare, si ritirarono nella loro cabina, come al solito, ridussero al minimo le pratiche igieniche e si fiondarono a letto. Il sole entrò di prepotenza dagli oblò, anche se il tempo era bello, le condizioni del mare non erano l'ideale per un uomo di montagna, Andrea si alzò dal letto, si accorse che il posto di Giulio era vuoto. Uscì dalla cabina per andare a fare colazione, vide che il suo amico, assieme a Maurizio e Cédric, erano affacciati al parapetto, si avvicinò per capire che cosa stesse succedendo. In mare c'erano decine di giubbotti di salvataggio. Alle loro spalle arrivò Eugenio, era agitato: «Non appena ho fatto l'avvistamento, ho chiamato la guardia costiera spagnola, mi hanno detto di restare in zona che avrebbero pensato loro a mandare un'unità».

Il comandante aveva appena finito di parlare, che arrivò un elicottero, dopo una decina di minuti di perlustrazione si allontanò, quasi simultaneamente arrivò la comunicazione della guardia costiera di fare il punto, mentre arrivava una motovedetta. Avevamo appena finito di fare colazione, quando arrivò la lancia della guardia costiera spagnola, un ufficiale salì a bordo e rimase da solo in plancia con il comandante per una decina di minuti, l'ufficiale uscì dalla sala di comando evidentemente sollevato, ci salutò e risalì sulla motovedetta. Pochi minuti dopo eravamo di nuovo in navigazione; prima di tornare al nostro lavoro Eugenio ci ragguagliò sulla situazione: «Avevano intercettato un barcone carico di migranti, ma improvvisamente l'imbarcazione è sparita dal radar. Le autorità spagnole, pensano che, quello che hanno messo in atto gli scafisti, possa essere solo un diversivo per far sbarcare alla chetichella alcuni immigrati clandestini in Spagna; il tenente, che è salito a bordo, voleva sapere se avessimo recuperato qualche finto naufrago, ma quando ha saputo la nostra destinazione, ci ha dato il nulla osta per riprendere la navigazione. Secondo me, mi hanno raccontato un sacco di balle ma, siccome non abbiamo modo di scoprirlo, non perdiamo altro tempo, ritorniamo al nostro lavoro».

Quando Giulio e Andrea entrarono nel magazzino, si accorsero che erano spariti gli indumenti che avevano scartato e anche gli scatoloni vuoti; probabilmente Cédric si era portato avanti col lavoro e li aveva già sistemati nel cassone. Nonostante fossero turbati da quello che era successo, si misero a lavorare di buona lena, solo quand'ebbero finito di scartare gli indumenti del secondo scatolone, Andrea ebbe il coraggio di chiedere: «Non capisco il motivo dei dubbi di Eugenio, secondo te, perché non crede alla versione delle autorità spagnole?»

«È difficile spiegare la situazione del Mediterraneo, è perfino complesso decifrare le dinamiche che la governano perché, fino in fondo, non si riesce mai a capire chi siano i buoni e chi i cattivi. Spesso, per difendere la legalità, mi è capitato di sparare agli alleati, in altre circostanze, mi sono trovato dalla parte di quelli che dovevano essere i miei nemici; la cosa assurda è che non c'è contraddizione».

«Non riesco a seguirti, ma noi come missione umanitaria, non dovremmo essere al disopra delle parti?»

Giulio lo guardò con tenerezza: «Per essere quella carogna che mi hanno descritto, sei abbastanza ingenuo, non esistono neutrali, prima o poi ti troverai a pronunciarti a favore di una delle fazioni in lotta tra loro, in quel determinato momento, anche se credi di essere nel giusto, avrai contro tutti quelli dell'altro schieramento».

Alle tredici e trenta, quando Vincenzo li chiamò per il pranzo, avevano già lavorato il contenuto del decimo scatolone, corsero a ripulirsi e si diressero in cucina. Si accorsero che, come al solito, mancava solo Vincenzo, mentre Cédric, Eugenio e Maurizio erano seduti attorno al tavolo e discutevano animatamente. Al loro ingresso, Maurizio si alzò e andò a fare le porzioni, il pranzo consisteva in una scodella di baccalà con le patate, Andrea storse il naso, Giulio gli batté una mano sulla spalla: «Te l'avevo detto io che non avresti avuto tanta scelta, è anche un piatto unico però, prima di fare quella faccia, ti conviene assaggiare».

Andrea era dubbioso, poi dovette ammettere che sebbene fosse un gusto decisamente forte, era molto saporito, dopo il secondo boccone, complice la fame, lo trovò veramente buono, tanto da fare il bis. La discussione, dapprima pacata, divenne più animata, probabilmente il vino contribuiva molto. Eugenio continuò a spiegare il suo punto di vista, senza mezzi termini: «Gli stati che si affacciano sul Mediterraneo sono tanti e diversi per culture, tradizioni e religioni, ma quello che la fa da padrona, è l'interesse. Esauriti tutti i pretesti per darsele di santa ragione, i migranti sono diventati la foglia di fico dietro cui nascondersi; i politici degli stati, di cui sopra, vedendo che la paura pagava elettoralmente, hanno sobillato la gente contro i più bisognosi, sottacendo che i veri delinquenti non attraversano il mari su barconi fatiscenti, ma su yacht velocissimi e confortevoli, questo non lo dico per sentito…»

Andrea, di solito così apatico, riuscì a inserirsi nella discussione: «È facile prendersela coi politici, ma che ne pensate dei traffici di droga e dei furti nelle ville?»

Eugenio, riprese senza dare importanza all'interruzione: «Se tutti voi rifletteste su quello che il nostro amico ha appena detto, capireste perché i nostri governanti potranno continuare a fare i loro porci comodi, sapendo che, qualsiasi cosa succeda, ci hanno già fornito il capro espiatorio. In tutti gli attentati che sono avvenuti in Europa, non era coinvolto nessun migrante, i furti nelle ville sono quasi un esclusiva dei popoli dell'est, che vengono in Italia col treno, in aereo o in macchina, non c'entrano per niente quei poveracci che vengono coi barconi. Un discorso a parte merita lo spaccio di stupefacenti, quando un immigrato viene ignorato dalle istituzioni che dovrebbero tutelarlo, si sente di nuovo un naufrago, su un pezzo di legno sbattuto dalle onde; chiunque in quelle condizioni, è facile preda di gente senza scrupoli, però noi accusiamo il debole, sottacendo chi li utilizza come manodopera per traffici illegali».

Cédric, che di solito era il più taciturno, esordì polemico: «Non è che tutto quello che succede sia colpa di noi islamici, basta vedere le ultime decisioni della Comunità Europea, per capire chi sta prendendo le decisioni sbagliate».

Eugenio era stranamente divertito dall'intervento del nostro autista, rispose cordialmente: «Caro Ferrari,» l'aveva chiamato per cognome, per sottolineare il concetto «nonostante le tue origini, non sei differente dagli altri, ti sei comportato come Andrea che, non sapendo cosa rispondere, si è messo sulla difensiva. Non voglio assolutamente contestare le vostre idee, ci mancherebbe altro, posso

semplicemente constatare che, non avendo gli strumenti per avere una vostra opinione, avete adottato quelli dei vostri governanti, per spiegare la questione».
Cédric abbassò la testa in segno di rinuncia a controbattere, Andrea era furente, stava per parlare, ma Giulio lo prese sotto braccio: «È ora di ritornare al lavoro, per stasera voglio togliermi di torno gli indumenti, anche se sembra il lavoro più pesante, quando passeremo a controllare i cellulari e i tablet, lo rimpiangeremo».

Tornarono nel magazzino e si misero subito al lavoro, Andrea tentava di mantenersi calmo, ma alla fine scoppiò: «Che cosa ti è venuto in mente d'intrometterti nella discussione che stavo facendo con Eugenio?»

Giulio non riuscì nemmeno ad aprire la bocca, perché apparve alle loro spalle Cédric, col suo vocione anticipò la risposta: «Mi dispiace ammetterlo, ma ha ragione Eugenio, il tuo amico ha fatto bene a intervenire, sono più di quarant'anni che Eugenio solca il Mediterraneo, di cose ne ha viste; quello che percepiamo è solo la cartina di tornasole di tutti i cambiamenti che stanno avvenendo nel mondo. A sentire le dichiarazioni dei nostri governanti sembra che tutti fanno il possibile per scongiurare questa inutile carneficina, che ha già causato decine di migliaia di morti, ma in pratica, nessuno fa niente per evitarla, però ci tengono a far sapere che la responsabilità è sempre degli altri».

Andrea lo guardò stupito poi insorse: «Se eri d'accordo con lui perché sei intervenuto?».

Cédric recuperò il sorriso più affascinante che aveva: «Ho l'attenuante, dopo sei mesi trascorsi a lavorare in Italia, costretto a dimostrare a tutti di essere un islamico buono, mi sono sentito attaccato; ho reagito senza riflettere».

Una volta ratificata la buona fede di tutti, si misero al lavoro, la presenza di Cédric si fece sentire, alle diciotto imballarono l'ultimo scatolone; il bottino recuperato tra gli indumenti, ammontava a tremilacentocinque euro. Li misero in una busta, decisero di darli al comando della missione umanitaria. Accantonarono in una parte del magazzino tutta la roba diretta a Koundara, il resto degli indumenti li caricarono nel cassone. Sotto la guida di Cédric, dopo averle pulite e disinfettate, cominciarono ad imballare per il viaggio, le apparecchiature mediche usando la stessa ripartizione. Furono avvantaggiati dal fatto che tutti i macchinari portavano la spiegazione del prodotto e la destinazione. Quando li chiamarono per la cena erano molto avanti nel lavoro, Andrea e Giulio andarono di corsa nella loro cabina, dopo aver fatto una doccia veloce, si diressero, come un sol uomo verso la cucina. Cédric li aveva anticipati, era a tavola con Eugenio e Maurizio a chiacchierare, quando li vide entrare si alzò e andò a fare le porzioni. Il profumo era ottimo, ma Andrea dovette avere il piatto davanti, per capire che si trattava di uno stufato di carne e verdura, per lui, estremamente abitudinario, erano tutti sapori nuovi, incominciò a pensare che, fino adesso, si fosse comportato come un cieco, solo perché nessuno gli aveva detto di togliere la benda dagli occhi. Dopo aver finito di mangiare, Maurizio e Cédric andarono a dormire, Eugenio tenne compagnia ai due giovani, mentre lavavano le stoviglie. Inaspettatamente Eugenio si rivolse ad Andrea, sembrava seriamente dispiaciuto: «Mi devi scusare per quello che è capitato oggi a pranzo, certe volte dimentico che non tutti, hanno vissuto per quarant'anni in giro per il Mediterraneo, altrimenti come me, non sopportereste le bugie dei nostri governanti,» Giulio stava per interromperlo, ma lui fece segno di aspettare solo un minuto «per esempio, quello che è successo stamattina, sembrava solo uno sversamento a mare di rifiuti, in realtà, ascoltando spezzoni di trasmissioni della guardia costiera spagnola, ho scoperto che un barcone carico di duecentottanta miranti è scomparso dai radar, molto probabilmente, quelli che abbiamo visto, erano i resti di quel naufragio, ho pro…»

Stavolta Giulio non si fece intimorire, riuscì a interromperlo: «Perché non siamo ritornati indietro? Avremmo potuto salvare delle vite umane».

«Calmati, prendendo in considerazione gli ultimi avvistamenti, il barcone dovrebbe essere affondato almeno diciotto ore prima del ritrovamento dei relitti, è inutile che vi spieghi che, tenuto conto della temperatura dell'acqua, non avevamo nemmeno una remota possibilità di essere utili a qualcuno dei naufraghi».

Giulio chinò la testa: «Devi capirmi, non riesco ancora ad abituarmi alla morte di tanti esseri umani».

Quando Eugenio si alzò per tornare in plancia, sembrava molto più vecchio della sua età: «Percorro le rotte del Mediterraneo da almeno quarant'anni, ma nemmeno io riesco a farmene una ragione».

I due giovani, finirono di lavare le stoviglie e andarono in cabina, erano entrambi addolorati, ma la stanchezza ebbe la meglio, senza saperlo, s'addormentarono entrambi pensando all'ennesima tragedia del mare. Si svegliarono dagli urli di Cédric, Andrea e Giulio, allarmati dagli strilli, corsero subito fuori, albeggiava. Quando l'ivoriano li vide, indicò con le mani il porto che sfilava alla sinistra dell'imbarcazione: «Tangeri!»

Andrea ebbe un sussulto, avevano passato le colonne d'Ercole, nel suo immaginario si fece largo l'immagine di Ulisse che stava lasciando le acque tranquille del Mediterraneo, avrebbe voluto mettersi a gridare, ma non ebbe il tempo di farsi assalire dalla paura perché Giulio, spuntò alle sue spalle, gli poggiò una mano sulla spalla e gli riportò la calma: «Il primo viaggio che abbiamo fatto, ci siamo fermati a Tangeri per caricare due medici, anche se ci sono stato solo un paio d'ore, ti posso dire che è una città stupenda; non appena potrò permettermi di fare una vacanza, ho intenzione di passarci almeno una settimana».

Eccitato dalla sua nuova vita, Andrea rispose senza riflettere: «Se ti fa piacere avere compagnia avvertimi, compatibilmente coi miei impegni universitari, ti accompagnerò; voglio rifarmi del tempo perduto».

Ormai erano svegli, non aveva senso andarsi a mettere a letto per un'ora, andarono a fare colazione e subito dopo si misero al lavoro. Aprirono le ultime casse, nonostante le attrezzature fossero datate, per degli avamposti come quelli di Koundara e di Kankan, erano più che sufficienti a far fronte alle emergenze. Sotto la guida esperta di Cédric, tenendo conto dello stato delle strade, imballarono i macchinari come meglio potevano, per evitare che si danneggiassero durante il trasporto. All'ora di pranzo avevano già inchiodate tutte le casse e, più della metà, erano già state trasportate nel cassone del tir. Andrea era il più contento dei tre, si rivolse a Giulio: «Avevate ragione, la mia paura di affrontare quattro giorni di viaggio, era un falso problema,» si asciugò il sudore che gli scorreva sul viso e riprese «anche se il nostro tempo è scandito dalle pause per mangiare e stiamo lavorando come dannati da due giorni e mezzo, devo ammettere che finora, non ho ancora avuto la possibilità di pensare a quello che ho lasciato anche se, detto tra noi, mi sto accorgendo che, non era molto».

Cédric, di solito era di poche parole, ci tenne a precisare: «È inutile che ti monti la testa, non ti preoccupare, avrai tutto il tempo per farlo, ricordati che non abbiamo ancora cominciato, una volta finito di sistemare il carico, dobbiamo controllare i cellulari e installare i programmi sui tablet, dopo tutto questo, finalmente potremo passare ai dettagli della nostra missione».

Giulio, che lo conosceva meglio, gli chiese: «Di cosa sei preoccupato?»

L'ivoriano scosse la testa: «Questo è il lato brutto della frequentazione, non puoi nasconderti, ti sgamano subito, comunque ci sono cattive vibrazioni e i segnali non sono buoni, da quando abbiamo lasciato il Mediterraneo, mi ha assalito una forte inquietudine, in tanti anni di missioni in Africa, è la prima volta che mi accade una cosa simile».

«Smettila di parlare a vanvera, non è giusto addossare le proprie ansie sugli altri, mettiti nei panni di Andrea, per lui è la prima missione, non puoi caricargli le tue paure, deve ancora assimilare tutto quello che è successo».

Andrea non riuscì a ribattere alle parole di Giulio, Vincenzo comunicò che era pronto il pranzo. Si diressero tutti e tre in cucina, stranamente a capo tavolo era seduto Vincenzo, fu lui stesso a spiegarci il motivo: «I fratelli Gargiulo sono in riunione, ha da poco chiamato il responsabile della delegazione».

Giulio fu il più lesto a riaversi: «Non ci capisco niente, la nostra missione, era già stata deliberata più di due mesi fa, sembra strano che ci ripensino quando siamo quasi arrivati a destinazione».

Vincenzo scosse la testa: «Questo dovete chiederlo a Eugenio, quando ho visto che si sono messi a parlare di soldi, mi sono preso il GPS e ho preferito lasciarli soli».

Cédric non disse nulla, non ci voleva molto per capire che era deluso, si avvicinò ai fornelli, affondò il mestolo nella pentola nervosamente. La rabbia sprizzava da ogni poro, stava per esplodere, quando Eugenio entrò nella cucina, otto occhi si fissarono su di lui, anticipò ogni domanda: «Abbiamo un problema, il responsabile della missione mi ha chiesto di recuperare un cooperante a El Aaiun, ufficialmente si tratta di Kamal El Hachmi, in realtà è un giornalista di Liberation, Gerard Mauvasi, da anni lavora in Africa sotto copertura. È un reporter di frontiera, ha scoperto ad Aguenit un campo di prigionia di migranti provenienti dal Burkina Faso, Mali, Costa d'Avorio e Mauritania, siccome questi poveracci non possono contare su grosse somme di denaro, tentano di raggiungere l'Europa via terra. L'uomo ha delle credenziali di cooperante che in Marocco, hanno retto a tutti i controlli, anche se si tratta di una deviazione che comporterà la perdita solo di un paio d'ore, prima di trascinarvi in una situazione pericolosa, voglio che sappiate i rischi che potete correre».

Andrea, il meno diplomatico dei quattro, gli chiese: «Non ho capito cosa c'entrano i soldi?»

Il capitano era seccato, diede un'occhiataccia a Vincenzo, poi riprese con lo stesso tono: «Per il recupero, mi hanno promesso tremila euro, in pratica le spese che ho dovuto sostenere per portare gli aiuti in Mauritania, non è la cosa più importante, anche in questo caso, il lavoro lo avrei fatto anche gratis, ma adesso rischiate di essere coinvolti anche voi, è giusto sentire il vostro parere sul salvataggio».

A Giulio bastò guardare in faccia Andrea e Cédric, per rispondere: «Facciamolo, tutto quello che può portare sollievo a questi sfortunati, ci riguarda».

Eugenio era raggiante, si avvicinò al pentolone e cominciò a fare le porzioni: «Non siate ingordi con il primo, ho preparato una sorpresa per voi,» poi sorrise all'indirizzo di Vincenzo «anche se sei uno spione, resta a mangiare con noi, il mare è calmo e Maurizio è abituato a tenere anche i contatti radio».

Mentre imbandivano la tavola, Cédric portò il vassoio con il pasto a Maurizio. La pasta e fagioli con la salsiccia ebbe grandi riconoscimenti, ma l'arrosto con le patate era una prelibatezza. Andrea, che era il più immediato nei giudizi, non riuscì a trattenersi: «Non mi permetterei mai di criticare quello che fate, ma se parcheggiate questa bagnarola da qualche parte e aprite un ristorante, guadagnerete certamente di più e lavorerete di meno».

Le ultime parole, divennero anche l'oggetto del brindisi successivo. Dopo pranzo Andrea, Cédric e Giulio, tornarono al loro lavoro, fortunatamente il Wi-Fi della nave aveva un buon segnale anche nel magazzino. Ripulire i cellulari era un compito molto noioso, ma con la pratica, divenne sempre più spedito. Cercarono anche di distribuire in modo equo i modelli più recenti tra Koundara e Kankan. Quando attraccarono al porto di El Aaiun, erano le diciotto e trenta, tutte le paure si dissolsero all'istante, le autorità del posto non crearono il minimo fastidio, in pratica attraccarono e ripartirono nel giro di una mezz'oretta, Gerard Mauvasi aspettò che fossero al largo, per abbracciare tutti. Bastava vederlo per capire come mai non aveva dato nell'occhio, era un uomo sulla cinquantina, magro e di altezza superava appena il metro e sessanta, ma quello che aveva contribuito di più a farla franca, era il colorito tipico dei nordafricani. Maurizio accompagnato da Vincenzo tornò in plancia, Eugenio aveva l'aria indecisa, poi non resse e chiese al nostro ospite: «Puoi parlare di quello che ti è successo, o è top secret?»

Gerard sorrise: «Non c'è molto da dire, avevo saputo che c'era un grosso movimento di uomini a sud, ai confini con l'Algeria, ma a questi arrivi non corrispondeva un flusso di migranti adeguato verso le grandi città; brancolavo in cerca di elementi, ma non riuscivo a trovare nemmeno il più piccolo indizio. Dovevo pur cominciare da qualche parte, in nave mi sono diretto Dakhla, ma non c'era traccia di un flusso di uomini. Deciso a trovare le loro tracce, mi sono diretto ad Awsard, ma nessuno del posto si era accorto di niente. Non mi restava altro che raggiungere il confine meridionale, ho trovato una carovana diretta a sud, col pretesto di cercare un vecchio parente, mi sono fermato a Tichla, dopo due giorni, per caso mi sono imbattuto in due uomini scampati alla cattura, da loro ho saputo che nella zona di Aguenit, c'era un campo profughi non autorizzato...».

Eugenio chiese: «Quello è deserto, come ci sei arrivato?»

Gerard riprese con lo stesso tono: «Capirete che non potevo richiedere il permesso alle autorità, se non erano responsabili erano, quantomeno, complici; così ho aspettato una carovana diretta ad Awsard, una volta giunto al villaggio, con dei documenti falsi, ho noleggiato una jeep e mi sono diretto ad Aguenit. Non appena ho individuato il campo, mi sono messo a tenere d'occhio tutti i movimenti e a scattare fotografie. Però ho fatto un errore madornale, mentre a distanza di sicurezza vigilavo il campo, ho visto tre uomini che erano riusciti a scappare. Senza pensarci, li ho soccorsi, dopo averli dissetati, li ho portati nei pressi di Awsard e sono ritornato al mio posto di osservazione. Qualche ora dopo il mio arrivo ad Aguenit, ho visto cinque jeep che uscivano dal campo e si dirigevano verso di me, ho capito che i tre che avevo salvato erano stati intercettati e mi avevano denunciato. Non ho perso tempo, mi sono diretto a sud, verso il nulla e, una volta fatto un largo giro per evitare Awsard, ho puntato verso Dakhla,» si fermò per bere, poi riprese: «una volta arrivato in città, ho nascosto la jeep e mi sono messo in contatto con un conoscente, è lui che mi ha fornito i documenti e un passaggio in nave fino a El Aaiun. Gli ho chiesto di restituire la jeep, ma solo quando gli avrei comunicato di essere a distanza di sicurezza».

«Adesso che intenzioni hai?»

Gerard, pensò alle parole di Eugenio, rispose esitante: «Non so qual è il vostro incarico, ma se mi date un passaggio fino a Dakar, ho risolto buona parte dei miei problemi, ho un amico che mi può ospitare per qualche giorno, poi tenterò di arrivare a Mamou dal mio contatto, sperando che lui trovi il modo di condurmi ad Aguenit».

Eugenio dondolò la testa, poi si rivolse a Gerard: «Potresti venire con noi fino a Genova e poi proseguire per Parigi».

Il reporter sorrise: «La mia situazione è diversa da quella che pensate, in realtà non ho nessuna intenzione di lasciare il paese, quello che ho visto è una nuova catastrofe umanitaria, ho intenzione di andare fino in fondo, è inutile dire che voglio farlo da vivo».

Tutti avevano la stessa domanda da fare al giornalista, Cédric fu il più veloce, si trovò a chiedere: «Al momento dell'attracco a El Aaiun, abbiamo dovuto dare le nostre credenziali, non credi le autorità marocchine possano capire che ti abbiamo dato un passaggio?»

«Sono stato molto prudente, i documenti che ho ricevuto sono di un tizio che ha lasciato da anni il Marocco, siccome non sospettano che dietro l'identità di Kamal El Hachmi, in realtà si nasconde un giornalista di Liberation, sono certo che ho fatto perdere le mie tracce. Per il momento, è meglio organizzarmi con i miei contatti in Guinea, per far ritornare in gioco Gerard Mauvasi, c'è tempo».

Giulio guardò con attenzione il nostro ospite: «Hai una brutta faccia, sei sicuro di stare bene?»

«Da dodici ore, l'unica cosa che ho ingurgitato, è quel bicchiere d'acqua che mi avete appena dato».

Eugenio si rivolse a Giulio: «Vedi di cosa ha bisogno, lo lascio nelle tue mani, mentre preparo la cena, organizzatevi anche per la notte, dormirà nella vostra cabina».

Quando Andrea, Gerard e Giulio arrivarono in cucina, era già tutto pronto, come da prassi consolidata, Cédric portò il vassoio con il pranzo a Vincenzo, tornò in compagnia di Maurizio che aveva deciso di cenare insieme a loro. In onore del nostro ospite, Maurizio aprì l'ultima scatola di pâté de foie gras, proseguirono la cena con trenette al pesto e, per mantenersi leggeri, spezzatino con patate. Restarono a chiacchierare in cucina, si vedeva che Giulio moriva dalla curiosità, ma solo dopo il terzo bicchierino di grappa, ebbe il coraggio di parlare: «Noi siamo quelli che dovrebbero avere il polso della situazione, ma in realtà sappiamo solo quello che ci vogliono far sapere».

Gerard non si fece pregare: «Tutti vogliono parlarne, ma nessuno vuole ascoltare, negli ultimi mesi, la condizione dei migranti è peggiorata ulteriormente, quando i politicanti hanno scoperto che non è più un argomento che possa interessare alla gente, hanno smesso di essere accoglienti e quei poveracci sono diventati il male assoluto; da un paio di anni a questa parte, complici gli attentati in mezza Europa, da destra a sinistra, fanno a gara a chi riesce a reprimere meglio il traffico di esseri umani. Il vecchio continente, per ottenere risultati migliori, ha deciso di delegare il lavoro sporco agli africani, che dal loro canto sono molto capaci, mettendo in atto tutte le nefandezze del genere umano: stupri, pulizia etnica, ruberie e cose similari, il lato tragico è che, a pagare tutto questo sono esseri umani che fuggono dalle barbarie; i mandanti di questi crimini sono i politicanti europei, quelli che dovrebbe essere la fonte della democrazia…»

Giulio era il più infervorato, l'interruppe per chiedere: «Che cosa possiamo fare, per aiutare questa gente?».

«Il vostro lavoro è una prima risposta, ma quello che servirebbe è una mobilitazione generale che parti dalla base, ma è sempre più difficile, non la scopro di certo io la deriva nazionalista che dilaga in Europa».

Andarono a dormire Andrea, che aveva fatto scena muta, era sconvolto da quello che aveva appreso, intimamente aveva capito che c'era qualcosa che non quadrava, ma più elementi aggiungeva e più il quadro peggiorava, prima di spegnere la luce, chiese a Gerard: «Sinceramente, tu credi che il nostro lavoro possa servire a qualcosa?»

«Non ho abbastanza elementi per risponderti, ma una cosa è certa, con la vostra opera, voi alleviate le conseguenze degli atti dei governanti. Per essere corretti, tutto quello che avviene in Africa è figlio della cecità della chiesa, i missionari, smaniosi di diffondere il verbo, sono stati i primi a fare danni, volevano insegnare un modello sociale di tipo occidentale, senza accorgersi che, così facendo, stavano distruggendo, di fatto, la loro cultura: disse Jomo Kenyatta, uno dei leader della lotta contro il dominio coloniale: "Quando i missionari Vennero in Africa loro avevano la Bibbia e noi avevamo la terra. Dissero, preghiamo. Chiudemmo i nostri occhi. Quando li riaprimmo, noi avevamo la bibbia e loro avevano la terra". A onor del vero, non sono del tutto d'accordo con il politicante, in realtà, attirati dalle risorse africane, al seguito dei missionari si sono aggregati speculatori senza scrupoli, poi ci hanno pensato gli stati europei, con le loro politiche colonialistiche, a finire il lavoro. Dopo lotte e massacri, i politici europei sono stati costretti a concedere ai popoli africani il diritto all'autodeterminazione, non hanno tenuto conto di quello che avevano già preso, ma hanno fatto in modo di poter continuare a razziare le loro risorse, facendoli passare come accordi commerciali».

Andrea e Giulio si guardarono negli occhi, ma nessuno dei due ebbe il coraggio di aggiungere altro al discorso appena sentito; per motivi diversi, ognuno dei tre occupanti della cabina, tardò ad addormentarsi. Alle sette in punto, Vincenzo svegliò Giulio e Andrea, per la colazione, Gerard si accodò a loro. Nella cucina c'erano Cédric e Maurizio, ma nessuno dei due aveva voglia di parlare, dopo aver consumato la colazione, fu Gerard che ruppe il silenzio: «Vorrei rendermi utile, ditemi che cosa c'è da fare».

A Cédric non parve vero di avere un aiuto: «Dobbiamo controllare computer, cellulari e tablet, se ci dai una mano, probabilmente riusciremo a terminare il lavoro entro stasera, evitando a Giulio e Andrea di lavorare nel camion».

Gerard si occupò di formattare e installare il sistema ai computer, Giulio e Andrea si dedicarono ai cellulari, Cédric pensò agli imballaggi dei pezzi verificati. All'ora di pranzo, sul banco rimanevano solo una decina di tablet, Cédric era felice: «Dovremmo festeggiare, non era mai capitato di terminare il lavoro prima dell'arrivo a Dakar».

Nessuno riuscì a ribattere perché Vincenzo li avvertì che era pronto per mangiare, in cucina trovarono Maurizio ed Eugenio, erano entrambi scuri in volto, non ci fu bisogno di chiedere il motivo, Eugenio si rivolse direttamente a Gerard: «Da quando abbiamo lasciato El Aaiun, mi sono mantenuto sul chi vive, qualche ora fa ho intercettato i messaggi della guardia costiera marocchina, parlavano della nostra nave, per prudenza ho lasciato le acque territoriali del Marocco e ho contattato Tenerife per un problema al motore, ci hanno concesso assistenza per la riparazione a Santa Cruz de Tenerife…»

Gerard non riuscì a trattenersi: «Sei un ingenuo, così hai fatto in modo di attirare la loro attenzione su di noi».

«Per essere un giornalista, fai parlare poco i tuoi interlocutori; subito dopo ho mandato un messaggio a Santa Cruz de Tenerife, nel quale li ringraziavo per il loro sostegno, ma ero riuscito a risolvere il guasto e procedevo il mio viaggio per il Senegal. Così anche la guardia costiera marocchina sa che non ho fatto nessuno scalo e, nel contempo, ho giustificato l'uscita dalle loro acque territoriali».

La faccia di Gerard era tutto un programma, riprese sconsolato: «Scusami, non avrei dovuto arrivare a delle conclusioni affrettate, l'unica attenuante è che sono sotto pressione; piuttosto come pensi sia meglio procedere?»

Eugenio si grattò rumorosamente la testa, poi sorrise: «Quando arriveremo a Dakar, tu chiami un taxi e ti fai accompagnare al centro commerciale in via Massar Rufisque, gira per qualche minuto per controllare di non essere seguito. Non usare il cellulare, ma esci e ti fai trovare vicino alla rampa dell'autostrada, lì ti verrà a prendere Cédric col camion. Se ci sono problemi nasconditi in un punto tra l'autostrada e il centro commerciale, esci solo quando vedi il nostro camion, Cédric farà l'intero percorso per recuperarti, tieni gli occhi aperti, se c'è qualche problema avverti Giulio, non farli trovare nei casini».

Gerard, che non aveva nessuna intenzione di coinvolgere i cooperanti nelle proprie beghe, si ribellò alla decisione presa dal capitano della nave: «Vi ho già dato troppi grattacapi, non posso accettare, rischierei di mettere in pericolo la loro missione».

Eugenio rispose senza animosità: «Fai come vuoi, ti faccio solo notare che un cooperante non dà nell'occhio in un convoglio umanitario».

Eravamo tutti su di giri, ma per Eugenio, il pranzo diventò una cerimonia di arrivederci, entro poche ore, il barcone si sarebbe svuotato, una volta ripartito per Genova, la monotonia avrebbe di nuovo assalito i tre membri dell'equipaggio. Mentre davano l'assalto alla sogliola alla mugnaia, entrò Maurizio nella cucina, aveva un sorriso che andava da un orecchio all'altro: «Ho captato un messaggio della guardia costiera marocchina a due motovedette dirette a Dakhla, il testo è semplice da ricordare: "Allarme rientrato, tornate pure alla base". Eugé, avevi ragione tu, adesso è veramente tutto a posto».

Maurizio accettò di fare un brindisi con tutti loro, ma subito dopo ritornò in plancia. Alla fine del pranzo tornarono tutti al lavoro, Cédric richiamò l'attenzione di Giulio: «Datevi da fare, mentre io porto nel cassone tutto quello che abbiamo imballato, voi finite il vostro lavoro, ci restano solo pochi pezzi da controllare,» si versò un bicchiere di vino e poi continuò: «ho stipato tutti gli aiuti per Kankan avanti, devo solo assicurare il carico, poi non ci resterà che caricare il materiale diretto a Koundara, che abbiamo lasciato fuori».

Gerard prese in mano la situazione: «Suddividiamoci i compiti, mentre io installo le applicazioni sui tablet che ho lasciato in sospeso, tu e Andrea formattate tutti gli altri e me li passate uno alla volta; se non ho perso la mano, dovremmo sbrigarcela in un paio d'ore».

Giulio aveva imballato già tutti i tablet verificati, aspettava solo che Gerard completasse di installare i programmi sull'ultimo apparecchio, quando Cédric arrivò di corsa: «Sono passato dalla plancia, erano tutti in festa, abbiamo appena lasciato il Marocco, dietro il promontorio, di fronte a voi, c'è Nouadhibou, siamo nelle acque territoriali della Mauritania, possiamo considerarci fuori pericolo, il nostro amico Gerard Mauvasi, non ha più niente da temere».

La cena si svolse in una strana atmosfera, si sentiva la tensione, eppure c'era tanta voglia di stare insieme. Cédric, come al solito, risolse la situazione a modo suo, dopo il quinto brindisi, erano tutti più rilassati. Ci accorgemmo subito che Eugenio aveva approfittato dello scalo a El Aaiun per fare spese, la zuppa di pesce era ottima e il pesce spada alla griglia, chiuse degnamente una cena da ricordare. Gerard si propose di aiutare Andrea a lavare le stoviglie, la cucina si svuotò di colpo, i due proseguirono nel loro compito silenziosamente; solo quando uscirono sul ponte, Andrea chiese: «Tu che ne pensi della situazione del Mediterraneo?»

«Il succo resta quello di cui abbiamo discusso, ma la situazione sul campo è molto più complessa, è difficile trovare dei colpevoli e, nello stesso tempo, si fa fatica a individuare quali sono gli innocenti».

«Adesso non c'è nessuno, rimane tutto tra me e te, credi che sia veramente indispensabile la nostra missione?»

Gerard passò un braccio attorno le spalle di Andrea, erano al buio, ma sentì addosso gli occhi del giornalista: «È la seconda volta che me lo chiedi, non capisco perché ti vuoi fare del male, è vero, il vostro compito è un modo di farli sentire incapaci di badare a loro stessi, nel contempo però, serve a salvare vite umane. Questo esempio, la dice lunga, sulle interferenze degli europei in Africa e, nello stesso tempo, spiega ampiamente, anche la difficoltà di individuare i colpevoli e gli innocenti».

Andarono in cabina, Giulio dormiva della grossa, contrariamente a quel che pensavano, si addormentarono subito anche loro. Arrivarono a Dakar alle tre di mattina, nonostante non avessero fatto molto rumore nell'attracco al molo, non ci fu bisogno di chiamarli, erano tutti svegli, Eugenio Gargiulo, incontrò le autorità doganali. Gli uomini della capitaneria erano scortati da quattro poliziotti, controllarono minuziosamente i documenti e, dopo un'accurata ispezione al carico, apposero i sigilli al cassone del Tir. Quando gli uomini della capitaneria scesero dalla nave, Eugenio e Maurizio tirarono un sospiro di sollievo, il capitano, finalmente rilassato, si rivolse a tutti e quattro: «Non c'è bisogno di ricordarvi che Mamou si trova a 1100 km da qui, se tutto va bene avrete davanti altre sedici ore di viaggio, andate a riposare un altro po', qui non c'è nient'altro da fare».

L'Africa

Alle sette Maurizio andò personalmente a svegliarli. Quando uscirono dalla cabina, Cédric aveva appena finito di caricare le provviste per il viaggio nello scomparto, sotto al cassone. Fecero un'abbondante colazione, poi scesero al piano inferiore, diedero una mano a Cédric a sistemare in un altro scomparto tutti i loro bagagli, finalmente l'ivoriano avviò il motore e scese lentamente dalla passerella col camion. Quando misero piede sulla banchina trovarono Vincenzo Maresca ad aspettarli, li abbracciò tutti e quattro poi, con la sua andatura di granchio, ritornò alla sua radio, c'era da programmare il viaggio di ritorno. Siccome dovevano accomodarsi in quattro in cabina, tolsero tutto quello che non era indispensabile per il viaggio, i fratelli Gargiulo arrivarono proprio mentre stavano finendo di sistemare le due brandine. Erano tutti a disagio, nessuno aveva voglia di parlare per primo, all'improvviso una macchina uscì da dietro una fila di container e si diresse verso di loro. Il taxi arrivò fino alla passerella d'imbarco, accanto all'autista sedeva il commissario di porto, l'uomo scese dalla macchina e si avvicinò al passeggero. Dopo aver controllato i documenti, fece un cenno all'autista, questi scese dalla macchina, caricò il bagaglio, fece salire Kamal El Hachmi alias Gerard Mauvasi sul sedile posteriore, il funzionario si sedette avanti col guidatore. In cinque restarono a guardare la macchina, non appena il tassista avviò il motore, il giornalista si sporse dal finestrino e salutò tutti agitando un braccio. Quando il taxi uscì dal porto, fu Eugenio a parlare, si rivolse a Cédric e a Giulio: «Mi raccomando, non fate come l'altra volta che, nonostante le vostre assicurazioni, vi ho dovuto attendere per due giorni, questa volta vi lascio in Africa».

Si abbracciarono, non c'era bisogno di dire altro. Salirono sul camion, quando il rumore del motore divenne più forte il mezzo si mosse piano, Andrea si sporse dal finestrino, sulla banchina non c'era più nessuno. Uscirono dal porto con due bambini che correvano dietro al camion. Andrea non poté fare a meno di tirare un consuntivo di quei cinque giorni, aveva vissuto e fatto per sé, più in quel breve periodo, che nei suoi precedenti trent'anni di vita. Cédric, procedeva lentamente per dare tempo a Gerard di arrivare all'appuntamento, conosceva troppo bene quei posti, per farsi prendere dall'ansia di andare a recuperare il quarto passeggero, nonostante non andassero di fretta, inveì all'indirizzo di un uomo su un carretto che procedeva al centro della strada, incontrò lo sguardo perplesso di Giulio, si rese conto di aver esagerato e si sganasciò dalle risate. Finalmente imboccarono l'autostrada, a quell'ora il traffico era sostenuto e molto disordinato, ma a Cédric sembrava non importare per niente, continuava a guidare serafîcamente. Il posto dell'appuntamento con Gerard, non era distante, un quarto d'ora dopo uscirono dall'autostrada, di Gerard non c'era nemmeno l'ombra. Siccome sulla rampa c'era una pattuglia della polizia, Cédric, ricordando le consegne, si diresse direttamente verso il centro commerciale. Il reporter sbucò da dietro un cartellone, l'ivoriano riuscì a vederlo solo all'ultimo istante, frenò di colpo incurante dei clacson dei mezzi che lo seguivano. Si fermò giusto il tempo per farlo salire e a ripartire a tutta velocità, alla prima rotatoria, fece inversione di marcia e ritornò di nuovo sull'autostrada. C'era tensione, ma nessuno osò fare domande, Gerard capì al volo la situazione, cercò di tranquillizzare tutti: «Quando ho visto che c'era una macchina della polizia, ho proseguito fino alla rotonda, una volta lasciato il taxi, memore delle indicazioni di Eugenio, sono tornato indietro a piedi e mi sono nascosto in un punto da dove potevo vedervi arrivare».

Giulio si affrettò a fare un duplicato del foglio di missione, per inserire il nome di Kamal El Hachmi, in Senegal i controlli ai mezzi degli aiuti umanitari non erano pressanti come in Guinea, ma era meglio evitare storie con la polizia locale. A mano a mano che si allontanavano dalla città il traffico cominciò a diradarsi, dopo una cinquantina di chilometri lasciarono l'autostrada, le strade statali erano trafficate e in cattivo stato, Cédric imperterrito, continuava con la sua guida aggressiva. Dopo l'ennesimo sorpasso azzardato Gerard insorse: «Non ho capito che intenzioni hai, se vuoi ammazzarci, fai prima a spararci un colpo in fronte».

L'ivoriano rise alla battuta, ma rispose seriamente: «Dobbiamo fare altri mille chilometri, se me la prendo con comodo, non arriveremo in tempo a Mamou».

Per evitare discussioni, Gerard si sdraiò sulla brandina superiore, mentre Giulio che era già abituato alla guida di Cédric, dormiva beatamente sulla branda inferiore. Dopo un paio d'ore di quella guida anche Andrea si era abituato, siccome Cédric era poco loquace, approfittò per pensare alla sua esistenza da isolato. Stavolta non riusciva ad assolversi, gli ultimi giorni avevano fatto cadere tutte le barriere che aveva eretto per distaccarsi dal mondo, la cosa più inquietante era che la gente cominciava a piacergli. Gli tornarono in mente gli sforzi di Wanda, solo ora capiva quanto bene gli volesse, cominciava persino a dubitare di meritare le attenzioni della donna. Però quello che gli faceva più male, erano gli sguardi da cani bastonati delle coppie che avevano tentato di dargli una famiglia, gli erano rimasti dentro, ora sapeva quanto era stato crudele, qual era la loro colpa, se non la voglia di volergli dare affetto. Cédric raggiunse una colonna di camion, rimase in coda solo una decina di minuti, poi decise che perdita di tempo per perdita di tempo, era meglio fermarsi per il pranzo, entrò in un'area recintata e parcheggiò il mezzo. Giulio e Gerard scesero con piacere a sgranchirsi le gambe, qualche minuto dopo erano tutti e quattro seduti ad un tavolino con davanti un piatto con spezzatino e piselli e una bottiglia di birra gelata. Mangiarono lentamente, Gerard chiese: «Siamo in viaggio da sei ore, quanto manca per raggiungere Mamou?».

«Se non perdiamo troppo tempo a Koundara, dovremmo arrivarci alle prime ore dell'alba, abbiamo trovato molto traffico, anche questa sosta per il pranzo l'abbiamo anticipata solo per evitare di viaggiare incolonnati».

Quando ripresero il viaggio, il traffico sembrava sparito. Alle diciotto e trenta arrivarono finalmente a Koundara, entrarono dentro l'ospedale con il camion. Un ispettore locale provvide a togliere i sigilli e a dare il nulla osta per lo scarico. Dal nulla sbucò una squadra di quattro uomini, diretti da Cédric, i nuovi arrivati cominciarono a scaricare il camion, alle diciannove e trenta, finite le operazioni e richiuso l'automezzo, li invitarono a cenare con loro. Per non offenderli dovettero accettare, fortunatamente, un'ora dopo riuscirono a ripartire. Quando ripresero il viaggio, Andrea espresse la sua perplessità: «Cédric, non sarebbe il caso che ti riposassi un poco anche tu?»

L'autista sorrise: «Sei premuroso, ma non ti preoccupare, sono almeno cinque anni che faccio questo percorso, quando mi sentirò stanco, sarai il primo a saperlo».
Andrea provò più volte ad intavolare un discorso, dopo aver ottenuto per l'ennesima volta, come risposta un monosillabo ci rinunciò, e tornò a pensare ai suoi problemi. Cominciava ad albeggiare, Andrea si rese conto di essersi appisolato, si rivolse a Cédric: «Dove siamo?»

L'ivoriano si voltò di scatto, poi sorrise: «Non ti preoccupare, siamo quasi arrivati, nonostante all'inizio abbiamo trovato un traffico pazzesco, anche se siamo in ritardo di almeno quattro ore, ci troviamo solo a una quarantina di chilometri da Mamou».

Gerard, che intanto si era svegliato, chiese: «È qui che vi unirete al convoglio che viene da Conakry?»

«Il punto d'incontro è l'ospedale, una volta arrivati ripristineremo il carico del camion, con altri medicinali e apparecchiature, poi proseguiremo tutti per Kankan».

Cédric tornò a concentrarsi sulla guida, procedeva alla velocità massima che gli consentiva la strada; a un tratto sentirono un'esplosione, subito dopo il mezzo cominciò a sbandare paurosamente. L'autista non si fermò, continuò a procedere a zig-zag, Gerard, allarmato dallo scoppio stava per scendere dalla brandina, ma Giulio gli fece segno di stare fermo. Qualche minuto dopo Cédric non riuscì più a tenere il mezzo, uscì di strada, non appena fermo, tirò fuori da sotto la brandina due fucili a pompa fece segno ai tre passeggeri di non muoversi, e scese. Passarono un paio di minuti, l'ivoriano si riaffacciò nella cabina, la sua faccia era a dir poco preoccupata, ma parlò con calma: «Dobbiamo fare in fretta, Giulio e Gerard che siete più mingherlini, prenderete i fucili e copriteci le spalle, Andrea tu mi darai una mano a sostituire il pneumatico».

Non appena scesero dal mezzo, capirono perché, nonostante ci fosse il rischio di rovinare la sospensione, l'ivoriano avesse proseguito la sua corsa; nel raggio di duecento metri non si vedevano ripari, chiunque si fosse avvicinato, l'avrebbero visto. Andrea guardò in faccia Cédric, si era trasformato, non sembrava più un camionista, aveva l'aspetto di un guerrigliero, non si perse in chiacchiere. Consegnò i fucili a Giulio e a Gerard, poi si rivolse ad Andrea con un tono che non ammetteva repliche: «Ho bisogno di una mano, ascoltami bene, questo non è un gioco, non curarti di quello che vedi e che senti, fai solo quello che ti dico io e basta».

Andrea era spaventato a morte, ma lo seguì in silenzio, mentre in lontananza si sentivano i suoni disordinati di molti tamburi, quando di colpo ritornò il silenzio, ebbe ancora più paura di prima. L'autista tirò fuori una pala e cominciò a liberare la ruota di scorta che si trovava incastrata sotto il cassone del rimorchio; dopo qualche minuto gli consegnò l'attrezzo. I tamburi ripresero a suonare più forte, per questo Andrea sentì a stento le parole di Cédric: «Tu continua a scavare, io cerco di liberare il tirante per sganciare la ruota».

Gerard e Giulio che erano di guardia, in lontananza cominciarono a vedere apparire degli uomini che si dirigevano verso di loro, nonostante avesse voglia di scappare, Andrea rimase ligio alle sue consegne e continuò a scavare. Quando, una volta liberata la ruota, alzò lo sguardo, vide almeno un centinaio di uomini che correvano, urlando: "*Assaut, assaut*". Ormai erano a meno di cento metri, non ce l'avrebbero mai fatta a sostituire la ruota. Cédric, completamente disinteressato a quello che stava succedendo, aveva sistemato il cric sotto il camion, vicino alla ruota esplosa e, prima di sollevarlo, stava allentando i bulloni. Lo sparo li fece sussultare, gli uomini che stavano correndo si fermarono solo un istante, poi ripresero a procedere più velocemente di prima. Gerard aveva sparato in aria, Giulio che era rimasto calmo, nonostante il pericolo, a differenza del reporter, non sparò in aria, ma mirò a quello che stava davanti a tutti e correndo, agitava un macete. Il colpo arrivò al bersaglio, l'uomo rimase qualche istante immobile, poi stramazzò al suolo; i suoi compagni avanzarono per inerzia, per qualche altro metro ancora, poi si dileguarono. Mentre Andrea e l'autista finivano di sistemare la ruota Giulio, con l'arma imbracciata, si diresse verso l'uomo che aveva colpito, Gerard lo seguiva a una decina di passi col fucile imbracciato. Cédric mise in moto il mezzo e, dopo alcuni tentativi, riuscì a riportarlo sulla strada asfaltata. Invece di richiamare Giulio, guidando a marcia indietro si avvicinò a lui. Scese dal camion e gli tolse il fucile dalle mani, a questo punto Giulio, protetto dall'ivoriano e da Gerard, estrasse il coltello e si avvicinò all'uomo che aveva sparato, da quello che Andrea poteva vedere dalla sua posizione, Giulio gli aveva conficcato il coltello nel petto. Corse verso di loro, agghiacciato da quello che vedeva, il suo amico era chino sul guerriero ferito, quando arrivò a qualche metro dai suoi amici, Giulio, senza nemmeno alzare la testa, con tono deciso, gli disse: «Portami subito la cassetta di pronto soccorso, sbrigati».

In compagnia di Gerard che gli camminava a fianco con l'arma in spalla, tornò indietro, salì sul camion e, nonostante il peso che trasportava, si diresse di corsa verso il ferito con la cassetta di soccorso. Cédric e Gerard sorvegliavano la zona pronti a sparare al minimo movimento, Andrea utilizzò il suo cellulare come una torcia per consentire all'amico di medicare il ferito. L'uomo perdeva molto sangue, Giulio richiamò l'attenzione del reporter: «Gerard, accendi anche la torcia del tuo telefonino, tu Andrea dammi una mano, se non riusciremo a fermare l'emorragia, questo non arriva vivo a Mamou».

Senza esitazione, Giulio prese il bisturi e allargò la ferita, tamponò il sangue, poi inserì un pezzo di garza e cominciò a fare un bendaggio più stretto possibile. Solo alla fine della medicazione, chiamò Cédric: «Muoviamoci, non so dove sta andando a finire il sangue, speriamo che si blocchi l'emorragia, altrimenti non ci sono molte speranze di portare quest'uomo ancora vivo in ospedale».

Anche l'ivoriano convenne che l'unico modo di trasportarlo era quello di sistemarlo nel cassone. Tolsero i sigilli e aprirono con timore le porte del cassone. Fortunatamente le sbarre che avevano messo per trattenere il carico, durante l'escursione fuori strada, avevano retto. Andrea tenne compagnia a Giulio, cominciò a capire che cosa significasse operare in condizioni estreme, stranamente, lui si sentiva responsabile di tutto quello che stava succedendo. Circa mezz'ora dopo arrivarono a Mamou, Gerard abbracciò gli amici: «Voglio ringraziarvi per tutto quello che avete fatto per me,» poi si rivolse ad Andrea «avevo torto, ieri sera ho fatto un'analisi affrettata, il senso del vostro lavoro non è da ricercare nelle volontà dei politici, ma nel cuore che mettete nelle vostre azioni».

Prima che l'atmosfera diventasse pesante, Gerard si allontanò a passo svelto verso il centro città, Giulio strappò il foglio di viaggio, dove compariva il nome di Kamal El Hachmi, lo sostituì con quello dell'equipaggio originale e tornò nel cassone, Gerard Mauvasi ritornò a essere un fantasma. Cédric, dopo aver richiuso le porte del rimorchio e sistemato alla meno peggio il sigillo, risalì sul camion e si diresse all'ospedale. Andrea e Giulio dovettero tenere fermo a forza il ferito, gioirono quando sentirono aprire le porte del cassone, il ferito era ancora vivo. Due infermieri caricarono l'uomo su una barella e lo trasportarono nel reparto. Gunter Schnellinger, il capo del convoglio, che si era avvicinato per prendere i fogli di viaggio del TIR, si diresse verso Cédric. Tra il teutonico e l'autista, ci fu un conciliabolo di un paio di minuti, poi Gunter Schnellinger, d'umore nero, rientrò nell'ospedale per assicurarsi sulle condizioni del ferito. Cédric nonostante l'aria stanca sembrava allegro, richiamò l'attenzione di Giulio e Andrea: «Il capo spedizione mi ha comunicato che tra poco verrà un meccanico a controllare il mezzo, se riuscirà a ripararlo, caricheranno il resto del materiale e, dopo aver ripristinato il sigillo, partiremo con il loro convoglio. Se dovesse sorgere qualche problema, raggiungeremo da soli Kankan, non appena riparato il camion; approfittando che queste operazioni richiederanno almeno quattro ore, vado a farmi uno scampolo di sonno, adesso ne ho proprio bisogno».

Andrea e Giulio videro sparire l'ivoriano nel corridoio dell'ospedale, siccome loro avevano riposato, collaborarono con gli altri volontari a caricare il camion, finite le operazioni, Gunter Schnellinger fu chiamato per sigillare il cassone. Il meccanico, arrivò poco dopo, era un nero sulla cinquantina stempiato, coi capelli bianchi e un pancione che ne ostacolava i movimenti, quando vide il danno, risalì in macchina e si allontanò. Ritornò poco dopo con uno scatolone sul portabagagli, i due amici assistettero alla sostituzione del passaruota, danneggiato dallo scoppio dello pneumatico, il meccanico se ne andò borbottando, in una lingua incomprensibile. Un autista con una folta barba rossa e dai tratti tipicamente scandinavi, salì alla guida del mezzo e lo portò nel piazzale, dietro una fila di camion già pronti per la partenza. Giulio si avvicinò a Gunter e, col suo inglese scolastico gli chiese: «When will we leave?»

L'uomo lo guardò con aria interrogativa, ma rispose nel suo pessimo italiano: «La scorta dovere essere kva da perlomeno un'ora, sperare che non tardare di più».

Gunter Schnellinger si allontanò con aria visibilmente contrariata, Andrea e Giulio erano indecisi sul da farsi, ma un autista del convoglio scese dal suo camion e si avvicinò a loro: «Ci è appena arrivata la comunicazione, c'è stato un problema, la nostra scorta arriverà solo tra un'ora, ci hanno detto di recarci in refettorio per mangiare qualcosa».

Probabilmente anche gli altri autisti del convoglio avevano ricevuto il messaggio, perché si formò un capannello di una trentina di uomini che chiacchieravano tra loro, poi si diressero nel corridoio. Andrea e Giulio si accodarono a loro, si ritrovarono in uno stanzone, stavano per andare in cerca di Cédric, ma lo scorsero a capotavola, che discuteva con altri uomini del convoglio. Quando l'ivoriano li vide, li invitò a sistemarsi al proprio tavolo. Il pranzo consisteva in una zuppa di carne e verdura, dal sapore aspro, abituati alla cucina di Eugenio e Maurizio, storsero la bocca, ma mangiarono tutto. Appena finito il pranzo scesero nel cortile, tutti gli equipaggi salirono sui camion, gli uomini di scorta si piazzarono con le tre jeep, in testa, al centro e in coda del convoglio. Solo quando ultimarono la disposizione, fu dato l'ordine di partire, Cédric con il suo equipaggio si ritrovò in coda alla colonna, dietro di loro c'era solo una jeep della polizia. Procedevano a velocità ridotta, Giulio chiese chiarimenti a un altro equipaggio, gli risposero che c'era pericolo di attentati. Il convoglio procedette lentamente fino a Dabola, lì erano in attesa le altre due jeep della scorta, dopo un conciliabolo tra Gunter Schnellinger e il capitano della scorta, inserirono le due macchine nel convoglio e ripartirono, questa volta a velocità sostenuta. Arrivarono a Kankan alle ventidue ora locale, Andrea e Giulio scaricarono solo i loro bagagli e si recarono al dormitorio, la stanchezza prese il sopravvento sulla loro voglia di parlare del viaggio. La mattina dopo furono svegliati, per la colazione, nella tenda adibita a mensa trovarono Gunter Schnellinger, esordì col suo italiano stentato: «Noi dividere equipaggi perché ci servire autisti per portare tende a Nzérécoré, avere notizie di arrivi di civili in fuga da Liberia e Costa d'Avorio, per questo dovuto fare nuovo organigramma, tanti medici andare via, ora vi dare tutte le vostre destinazioni, potere cambiare tra voi, se non cambiare andare da segreteria e ritirare foglio di missione». Cominciò ad abbinare i medici con le destinazioni, Quando chiamò i nomi di Giulio Garessio e Andrea Saltusio, i due amici scoprirono che il loro gruppo era formato, oltre da loro, anche da Mario Salata e Raimondo

Terrano, appena dopo aver fatto colazione, avrebbero dovuto raggiungere Bissandougou. Andarono a fare conoscenza con i nuovi compagni e, insieme a loro, si sedettero a un tavolo per consumare la colazione. Andrea trovò il coraggio di chiedere: «Giulio, durante gli accoppiamenti, ti ho visto perplesso, che cosa c'è che non va?»

L'amico non gli rispose subito, cercò di telefonare a Cédric, poi rispose: «È da stamattina che non riesco a mettermi in contatto con lui, dev'essere successo qualcosa di veramente grave. Oltre a tutto è la prima volta che dividono gli equipaggi di base, ma soprattutto, non avevo mai sentito parlare di una tendopoli a Nzérécoré e nemmeno di spostamenti di massa».

Mario Salata, un bresciano di Montichiari, intervenne: «A Conakry si parlava di un'emergenza umanitaria, da quel poco che è trapelato, ho capito, i militari volevano bloccare le frontiere e la gente si è ribellata, ma non sono riuscito a capire il motivo di questi sommovimenti».

Raimondo Terrano, un tipo mingherlino, di Chioggia, aggiunse: «Questa è la mia prima missione, per questo ero molto curioso di sapere ogni minimo dettaglio, ma nemmeno io sono riuscito a saperne di più».

Era inutile fare congetture, finirono di fare colazione e andarono in segreteria, a prendere il foglio di missione, li accolse una bionda slavata, la ragazza fu gentilissima, si rivolse a Giulio in tono amichevole: «Fino a nuovo ordine, i capomacchina guideranno loro la jeep, la tua è la numero quindici, sarai tu il responsabile, sei abbinato ad Andrea Saltusio,» poi si rivolse a Mario Salata: «La sua macchina è la sedici, lei sarà il capomacchina il suo abbinamento è con Raimondo Terrano».

Mario Salata chiese: «Che fine ha fatto, il nostro autista?»

La donna sorrise e gli consegnò i fogli di missione poi si rivolse a due responsabili: «Come ho appena finito di dire all'altro equipaggio, dovrete guidare voi i mezzi, tutti gli autisti sono in missione, i ragguagli li avrete a Bissandougou. Il vostro referente è Sandro Farano ricordate, quando siete in servizio, dovete fare un rapporto completo sulle vostre attività, almeno ogni ventiquattro ore».

Uscirono dall'ufficio e si recarono nel piazzale, Giulio chiamò Mario: «Ascoltami bene, qui non siamo in Italia, in caso di problemi non c'è un carro attrezzi che viene a soccorrerci, quindi è necessario controllare il mezzo e tenerlo sempre in perfetta efficienza, anche questa semplice attenzione, può salvarci la vita,» siccome l'altro non replicò, finì il suo ragionamento «quasi sempre opereremo a stretto contatto di gomito, per evitare incomprensioni, è meglio chiarire, volta per volta, in modo soddisfacente, ogni motivo di tensione».

La stretta di mano sancì il patto tra i quattro, una volta sbrigate le formalità, i medici partirono per Bissandougou, Giulio, che era pratico della regione, fece da guida. Non riuscirono nemmeno a uscire dalla città, che cominciò a piovere, le condizioni della strada peggioravano man mano che procedevano, Giulio ridusse la velocità, per consentire all'altro equipaggio di non perdere il contatto. Di colpo un forte vento spazzò le nuvole, arrivarono a Bissandougou col sole, davanti alla struttura c'erano una decina di guardie armate. Sandro Farano li accolse con un sospiro di sollievo: «Sono contento che siate arrivati, eravamo già in emergenza di personale, oltre agli autisti, ieri hanno distaccato altri dieci medici a Nzérécoré, in queste condizioni, non riusciamo a dare assistenza alla popolazione locale, siamo quasi al collasso,» si asciugò il sudore dalla fronte, poi riprese: «fortunatamente Gunter Schnellinger sa il fatto suo e, anche se sembra un pallone gonfiato, riesce sempre a far funzionare le cose, perfino in condizioni critiche».

Andrea era troppo curioso per tacere: «Che cosa sta succedendo ai confini con Liberia e Costa d'Avorio?»

«Le notizie sono frammentarie, parlano di un focolaio d'infezione, dall'agitazione che c'è in giro, si pensa al virus Ebola, intanto stanno blindando la zona, prima di allertare l'OMS, vogliono avere il polso della situazione, non possono disperdere le già scarse risorse che abbiamo per un semplice allarme».

Sbrigarono in fretta le formalità, Sandro li condusse a visitare la struttura, le attrezzature della sala operatoria erano ridotte al minimo, in realtà sembrava più un avamposto con un pronto soccorso che un ospedale. Nella capanna più grande, c'erano otto letti, l'unico degente era un vecchio in pessimo stato di salute con una ragazza che lo accudiva. Il nostro accompagnatore si affrettò a chiarire: «In queste condizioni riusciamo appena a gestire le emergenze, possiamo offrire solo primo soccorso, i malati più gravi li trasportiamo a Kankan,» mentre li stava conducendo al pronto soccorso, arrivarono due ambulanze di ritorno, si avvicinò a uno dei medici, per chiedere le condizioni dei feriti, una volta avuti i ragguagli, terminò il discorso che aveva cominciato: «su un organico di trenta addetti, siamo rimasti cinque medici e sette infermiere».

Quando arrivarono nel pronto soccorso c'erano due donne che mostravano segni di percosse alla testa e alle braccia. Otto occhi fissarono Sandro, il quale, dopo aver dato disposizione alle due infermiere, li guidò fuori: «Quello che avete visto, è uno spaccato di vita in Guinea, quando un uomo decide di ripudiare una delle mogli, la bastona fino a farla fuggire, così la colpa dell'abbandono ricade su di lei, spesso i padri, offesi dal comportamento tenuto dalle figlie, finiscono il lavoro cominciato dai mariti,» fermò Mario che voleva intervenire e concluse «quando siamo fortunati, riusciamo a salvarle trasferendole a Kankan in case famiglia, noi siamo competenti a curare le ferite del corpo, quelle dell'anima le lasciamo alle associazioni».

Nonostante le premesse, per i quattro medici, il resto della giornata passò quasi interamente a fare conoscenza della struttura, a sera si ritrovarono tutti nella tenda adibita a mensa, a discutere sull'organizzazione del lavoro. Andrea si sentiva addosso uno strano presentimento, ma solo quando uscirono dalla tenda ne parlò a Giulio: «Ho ripensato alle parole di Cédric, anche a me mi ha assalito una sorta di angoscia, non riesco a capirne il motivo».

«L'Africa fa brutti scherzi, amplifica le sensazioni, non ti preoccupare, all'alba le cose ti sembreranno migliori».

Tre tende erano destinate a dormitorio, Giulio si accorse che due erano vuote e, nella propria, solo la metà dei letti era corredata di lenzuola e coperte. Raffaele Fortunato, uno dei medici che nel pomeriggio era tornato con l'ambulanza da Kankan, si accorse della sua perplessità e disse: «Eravamo sotto organico già prima che dieci medici venissero distaccati a Nzérécoré, col vostro arrivo non è cambiato granché, speriamo solo di poter far fronte alle emergenze, è inutile ribellarsi, ci hanno detto che non ci sono altri uomini disponibili».

La stanchezza ebbe la meglio su tutto, s'addormentarono subito. Quando Andrea si svegliò, c'era tanto movimento nella tenda, diede uno sguardo alla sveglia, erano le sei del mattino, scosse la testa nel tentativo di riordinare le idee; non ebbe nemmeno il tempo di capire che cosa stesse succedendo, si accorse che Giulio stava caricando i loro bagagli sulla jeep. Capì che c'era in atto un'emergenza e andò a svegliare Mario e Raimondo e tutti e quattro, uscirono insieme dalla tenda. Nella radura c'erano altri otto uomini, li seguirono in una tenda, era allestita a mensa. Appena finita la colazione, entrò nella tenda Sandro Farano, il capo missione: «Abbiamo avuto due segnalazioni da Ndogo, il nostro contatto, la prima in un villaggio nei pressi di Kanadou, l'altra a Lekoro; ho deciso d'inviare voi che siete appena arrivati, per consentire agli altri di riposarsi,» nessuno utilizzò la pausa per inserirsi, l'uomo riprese le direttive, rivolgendosi direttamente a Mario e Giulio «una volta raggiunto Kanadou comunicatemi, nel più breve tempo possibile la situazione ma, soprattutto, non mettete a repentaglio la vostra vita. Se l'allarme risultasse vero, una squadra resterà sul posto mentre l'altra si dirigerà a Lekoro, ho bisogno di sapere in fretta quello che sta…»

Giulio intervenne: «Che bisogno c'è di mandare due squadre in perlustrazione, potevano comunicarci per telefono la situazione, saremo andati già preparati».

«Questo è il punto, mentre il referente mi comunicava le due emergenze, si è interrotta la comunicazione; noi di Bissandougou, proveremo a risolvere il problema, ma non possiamo perdere uomini, quindi lasciate fare alle vostre guardie del corpo, non vi esponete,» anticipò Giulio che stava tentando d'interromperlo di nuovo, e finì il discorso «come stavo dicendo nel caso di falso allarme a Kanadou, vi dirigerete tutti a Lekoro e anche in questa ipotesi, avvertitemi subito della situazione; per premunirmi, ho già avvertito la direzione a Kankan, in caso d'emergenza, sono già in preallarme. Se trovaste criticità superiori alle nostre forze, ci manderanno un centro mobile due squadre di medici, una ventina d'infermieri di supporto e una decina di uomini armati, vorrei che fosse chiaro a tutti, non fate nessun atto di eroismo, ci servite vivi».

Per precauzione presero un laboratorio mobile e una jeep, tanto per essere pronti a ogni eventualità. Con tre uomini armati per veicolo, partirono sotto un acquazzone che limitava di molto la velocità, rischiarono più volte di finire fuori strada, ma dopo un'ora e mezza arrivarono a destinazione. Aveva smesso di piovere da poco, con le sei guardie armate che facevano strada, entrarono nel villaggio, sembrava disabitato, Giulio, che conosceva Ndogo, si avviò verso la sua capanna, lo trovarono riverso a faccia in giù su una stuoia, ronfava come una segheria, non ci fu verso di svegliarlo, ma la cosa strana, era l'assenza del suo telefonino. Trovarono solo i vecchi del villaggio che si erano spostati a stendere le stuoie bagnate, se si escludeva l'assenza degli abitanti del villaggio, tutto sembrava normale. Giulio che era capomissione, contattò Sandro Farano: «Ci hanno tirato un bidone, la situazione qui a Kanadou e normale, la gente del villaggio è al lavoro, ci sono solo i vecchi, ma come ben sai, con noi non parlano, ho trovato il nostro collegamento ubriaco, gli hanno portato via il cellulare, probabilmente è solo uno scherzo di cattivo gusto, comunque restiamo con gli occhi bene aperti».

«Ormai ci siete, dirigetevi tutti a Lekoro, ma state attenti, i fondamentalisti islamici, non ci guardano di buon occhio».

Tornarono alle macchine e si rimisero in marcia, una decina di minuti dopo entrarono nel villaggio di Lekoro, c'era molta attività, i sei uomini armati, come al solito, li scortarono fino alla capanna più grande. Dentro c'erano una decina di brande, i malati sembravano essere tutti in pessime condizioni, Giulio, che era uno dei più anziani, prese in mano la situazione, seguendo il suo esempio, gli altri tre medici infilarono i guanti di lattice e le mascherine. Prima di entrare, Giulio chiamò un'infermiera, dopo un breve conciliabolo con lei, fece segno a Nduko, una delle guardie della missione di avvicinarsi: «Bisogna blindare la zona, raccomanda agli abitanti del villaggio, che sono venuti in contatto coi malati, di restare qui, la malattia potrebbe essere l'Ebola,» Andrea lo guardò con terrore, Giulio cercò di rassicurarlo «metti i guanti e la mascherina e non toccare niente, tra poco verranno gli aiuti da Kankan tra loro, ci sono molti che hanno già fronteggiato altre crisi simili, si attrezzeranno in fretta ma, bisogna proteggere quelli che non sono ancora venuti a contatto col virus, fai quello che ti ho chiesto e alla svelta».

Andrea era frastornato, si avvicinò all'amico, che intanto aveva preso il telefono ed era in attesa, lo sentì dire: «Sandro, sono a Lekoro, chiama subito Kankan, ci sono una decina di malati, per alcuni di loro credo che sia Ebola».

Il capomissione fu categorico: «Fa in modo che nessuno si muova dal posto, chiamerò il comando per far arrivare il personale, i medicinali e le tende per la quarantena».

«Spiega ai tuoi capi che bisogna subito attuare un cordone sanitario, ma la cosa più importante è scoprire il focolaio dell'epidemia, prima che ci sfugga di mano, ti consiglio di far intervenire tutti i disponibili della missione».

Quando chiuse la comunicazione restò per qualche secondo in uno stato di sospensione, ripensò ai grossi movimenti di uomini che attraversavano la frontiera a sud, per dirigersi a Nzérécoré, forse era questo il motivo; si trovò di fronte Andrea che gli chiese: «Hai detto Ebola?»

«Credo proprio che potrebbero essere affetti da questa malattia, non so se ne hai sentito parlare, si tratta di un virus particolarmente aggressivo, in grado di causare una febbre emorragica potenzialmente mortale. Se ho indovinato la diagnosi, questi sono malati da molto tempo perché, da quello che mi ha detto l'infermiera, quando ieri sono cominciati ad arrivare e ha prestato loro i primi soccorsi, si è accorta che tutti presentavano: febbre, mal di testa, dolori articolari e muscolari, debolezza, diarrea, vomito, mal di stomaco, mancanza di appetito; di solito i sintomi della malattia compaiono in un periodo variabile da due a ventuno giorni. Dopo l'esposizione al virus - Andrea stava per intervenire - ma Giulio lo fermò e si rivolse agli altri due medici: «la situazione è ancora gestibile, diamoci da fare; Mario tu insieme a Raimondo, prendete tre infermiere e occupatevi degli abitanti del villaggio, è necessario fare una prima valutazione degli interventi; noi, intanto, cercheremo di dare un po' di sollievo a questi poveracci».

Quando i due medici si allontanarono per eseguire gli ordini, Giulio interrogò con lo sguardo l'amico, Andrea lo guardò, prima di parlare ripensò alla sua storia, sorrise, in fondo, non era un brutto posto dove morire. Gli confidò: «Non ero preparato a tutto questo, ma non ci sono problemi, anche se vorrei trovarmi a diecimila chilometri da qui, come ti ho spiegato, da qualche parte dovevo pur cominciare la mia vita; come procediamo?».

Giulio, nonostante tutto, non era allarmato, si affrettò a organizzarsi per fronteggiare l'emergenza: «Andiamo a metterci le tute asettiche e proviamo ad attenuare, a questi poveracci, le dolorose avvisaglie della malattia, ricorda le parole di Farano, non dobbiamo, per nessun motivo fare gli eroi, se moriamo non saremo loro, di nessuna utilità».

Quando si furono bardati, entrarono nella capanna e impartirono le istruzioni alle infermiere, dopo aver messo ai malati un bracciale d'identificazione fecero i prelievi del sangue, era meglio evitare di contagiare anche chi non era stato ancora infettato dal virus. Applicarono anche alle infermiere bracciali, ma di colore diverso, e fecero loro i prelievi del sangue; voleva avere il polso della situazione. Fortunatamente erano venuti preparati, con le provette si diressero al laboratorio mobile, mentre i campioni venivano sistemati sui vetrini coi reagenti, Andrea si azzardò a chiedere all'amico: «Credi che riusciremo a fermare la pandemia?»

«Questo è il mio primo caso sospetto di Ebola, non ho esperienze dirette, ma ti posso dire che: valutando solo l'elevata infettività dei contagiati, sembrerebbe di no, soprattutto quando capita in situazioni così estreme di miseria e di carenze sanitarie. Vista la localizzazione delle infezioni in regioni isolate e scarsamente abitate soprattutto, tenendo conto la rapidità con cui si manifestano i sintomi, che rendono la malattia riconoscibile, il rischio di epidemia globale è molto basso,» si fermò per analizzare alcuni vetrini, poi riprese: «statisticamente, nei pazienti che andranno incontro a morte, di solito, i segni clinici più gravi, si sviluppano fin dai primi giorni del contagio».

La mazzata arrivò dai risultati, confermarono che si trattava di Ebola, degli undici malati, cinque erano stati, di sicuro, infettati dal virus. Andrea non riusciva a stare fermo, lo guardò con preoccupazione e gli disse: «Ma non siamo stati vaccinati, contro questa cazzo di malattia?»

Giulio si accorse che Andrea era sul punto di rottura, guardò la faccia impressionata dell'amico, cercò di ricordare quello che avevano fatto con lui, mentre fronteggiavano un'epidemia di vaiolo. C'era un solo modo per farlo reagire alla paura: «Vediamo se riesco a spaventarti ancora di più: non esistono vaccini per Ebola, da quello che si legge sui libri, è il nome di un virus particolarmente aggressivo, in grado di causare una febbre emorragica potenzialmente mortale per chi ne viene a contatto. Si tratta di una malattia in grado di diffondersi, da uomo a uomo attraverso il contatto diretto, con il sangue, o con le secrezioni di un paziente infetto. I primi sintomi con cui si manifesta l'infezione sono sovrapponibili ad altre malattie più comuni e questo rende difficile una diagnosi immediata, però nell'indecisione basta uno specifico test di laboratorio, per essere sicuri di trovarsi di fronte al virus di Ebola. Non esiste una cura specifica, il trattamento prevede terapie di supporto come fluidi, ossigeno e trattamento delle complicanze. I sintomi della malattia da virus sono: febbre, mal di testa, dolori articolari e muscolari, debolezza, diarrea, vomito, mal di stomaco, mancanza di appetito. In molti casi si sono osservati anche altri sintomi tra cui: rash cutaneo, occhi rossi e sanguinamento interno ed esterno».

Finito di elencare le problematiche della malattia, lo guardò negli occhi, le sue parole erano riuscite a scuoterlo, Andrea si ritrovò a chiedere: «Queste sono solo parole, in pratica, noi che rischi corriamo?»

«Vedo che cerchi di capire, quindi già stai reagendo, se ti dicessi che siamo al sicuro mentirei, ma non ti preoccupare, anche in caso d'infezione noi verremmo curati in Italia, nei centri di eccellenza che abbiamo, nessuno di quelli che sono arrivati in condizioni accettabili, è mai morto di questa malattia. Per evitare di essere presi alla sprovvista, dopo la disinfestazione ci faremo i prelievi, che ripeteremo giornalmente; basta solo il sospetto della malattia, per essere trasferiti, in tutta sicurezza, in un centro d'eccellenza».

Andrea non riuscì a ribattere perché Nduko arrivò di corsa gridando nella sua lingua, nella capanna ospedale stava succedendo il finimondo, Andrea e Giulio corsero a vedere che cosa stesse accadendo. La scena che si presentò ai loro sguardi era tremenda Iruwa Konka, un'infermiera, giaceva per terra, in una pozza di sangue, l'uomo che l'aveva aggredita stava seduto in un angolo, era in stato catatonico. I due medici si avvicinarono alla donna, ma due malati aspettarono che i sanitari passassero vicino ai loro letti per aggredirli. Prima di capire che cosa stesse succedendo, Giulio e Andrea, si ritrovarono con le tute strappate, furono morsi e graffiati dai due uomini, solo la disperazione, riuscì a far avere loro la meglio sugli assalitori. Dopo aver bloccato gli aggressori, i due medici e l'infermiera, furono trasportati in una capanna adibita a sala per le emergenze, subito dopo furono spostati nella stanza anche i cinque malati affetti da Ebola conclamata, tra cui risultavano i tre aggressori, per evitare altre aggressioni, questi ultimi vennero assicurati ai loro letti. Giulio Garessio, Andrea Saltusio e Iruwa

Konka, passarono la notte insonne, tenuti svegli dal crepitio delle fiamme delle capanne bruciate. La mattina dopo, la più provata sembrava la ragazza che aveva ricevuto anche una coltellata al collo. Quando Andrea si svegliò, notò un certo lavorio attorno ai malati, lui invece, era stato spostato in un angolo della capanna e il suo letto, era ricoperto da una tenda trasparente. Un'infermiera si accorse che era sveglio, si avvicinò, sollevò la tenda e, dopo avergli misurato la febbre e fatto un prelievo del sangue, aggiunse un farmaco alla flebo e uscì dalla capanna; prima di riaddormentarsi, fece in tempo a vedere un letto vuoto. Andrea fu svegliato da Sandro Farano in persona, si trovò a chiedere: «Mi puoi spiegare che cosa sta succedendo?»

«Due dei malati più gravi sono morti, si tratta dell'aggressore di Iruwa e quello di Giulio...»

Andrea chiese, esitante: «Loro come stanno?»

«Dopo trentasei ore dal contagio, hanno cominciato a mostrare i primi sintomi, siamo molto preoccupati, abbiamo provato ad attivare la procedura per portare via entrambi i contagiati, da Roma ci chiedono tempo per il trasporto in tutta sicurezza, ma solo di te e Giulio, per i nativi del posto non c'è nessuna possibilità di lasciare il paese, quindi Iruwa resta qui; quello che ci preoccupa di più non è la possibilità di trasferirli o meno in Italia, abbiamo constatato che, dopo un iniziale rallentamento della malattia, da stamattina, nessuno dei due reagisce più alle terapie».

Andrea trovò il coraggio di chiedere: «Come sto?»

«Questo è il punto...» Sandro non gli consentì di farsi interrompere «per alcuni versi il tuo sangue potrebbe essere comparato allo zero negativo, ma quello che è stupefacente è che tu non mostri nessun segno della malattia, e nelle tue analisi, non ci sono tracce di anticorpi che ci dovrebbero essere, tenuto conto di tutte le vaccinazioni che risultano dal tuo tesserino, a cui ti sei sottoposto per partecipare alla missione».

Ora Andrea era seriamente frastornato: «Che posso fare?»

«Adesso mangia, siamo noi a dover operare».

Quando rimase solo, Andrea incominciò a pensare alle parole di Sandro, era tutto così assurdo, non riusciva a raccapezzarsi; poi ripensò alle vaccinazioni che aveva dovuto fare, per lavorare in ospedale, ricordò che non gli era mai interessato niente degli altri e, per strafottenza anche verso sé stesso, di non aver fatto gli esami per verificare la conta degli anticorpi nel sangue. I pensieri facevano fatica a farsi largo, pensò che, probabilmente gli mettevano i tranquillanti nella flebo, perché non appena finì di mangiare, la nebbia avanzò lentamente fin a impossessarsi di tutto, si assopì. Fu svegliato dal vociare di due uomini in divisa, si rese conto di non essere più nella grande capanna, ma era da solo in una più piccola, era isolato dall'esterno, in una tenda ossigeno. Il militare più alto in grado, senza tanti preamboli gli chiese: «Mi dica tutto quello che ricorda dell'aggressione, abbiamo bisogno di sapere come si sono svolti i fatti,» Andrea farfugliò qualcosa, ma il militare non gli fece nemmeno aprire la bocca «è la prima volta che gli uomini, che seguono i principi dell'ISIS, utilizzano questo tipo di strategia, cerchi di essere preciso, la sua testimonianza potrebbe salvare delle vite umane ed evitare il panico».

Era intontito, rifletté su qualcosa d'importante ma, nella fretta di rispondere, abbandonò il primo pensiero: «Quello che è successo, per le sue modalità, ha una sola spiegazione, gli aggressori avevano intenzione di colpire proprio noi infatti, sebbene fossi molto impressionato di vedere Iruwa Konka immobile nel proprio sangue, mi sono accorto che, i due uomini, si sono mossi solo quando abbiamo sorpassato i loro letti, volevano essere certi di sorprenderci» rimase per un istante a bocca aperta poi ricordò «perché lo chiedete a me, c'era anche Giulio con me».

«Il dottor Garessio non è in condizione di poter parlare».

Andrea non riusciva a capire le parole del militare, rifiutava di prendere in considerazione che Giulio potesse anche non farcela, gli vennero le lacrime agli occhi. Si abbandonò sul letto col cuscino stretto sulla testa, ma non riusciva a togliersi dalle orecchie le parole dell'amico, erano passate meno di due settimane da quando gli aveva spiegato le difficoltà che avrebbero dovuto affrontare, perché non era facile scoprire la vera identità dei nemici. La domanda che sovrastava tutte le altre era: come potevano combattere chi li stava aiutando? Subito dopo ne scaturiva un'altra: chi aveva interesse ad aizzarli contro i loro benefattori? Giulio gli aveva fornito la risposta a tutte queste domande, qualcuno che non approvava le tue scelte, lo avresti sempre trovato, in entrambi gli schieramenti. Si accorse che era solo nella stanza, non riusciva nemmeno a piangere, ma dentro di sé era tutto in fermento, la conclusione era la stessa, a che serviva amare, se poi uno era costretto a rinunciare alla persona cara. Come al solito, dopo che gli avevano cambiato la flebo, si addormentò. Al risveglio c'era Sandro Farano nella stanza, la sua faccia era eloquente, Andrea si scosse dal torpore e gli chiese: «Non potete mantenermi così, ditemi che cosa sta succedendo».

Sandro gli rispose sconsolato: «Iruwa Konka e Giulio, nonostante le cure, non mostrano di reagire alla malattia, è un ceppo aggressivo e resistente ai trattamenti, finora a nulla sono valsi gli sforzi per far regredire il male. Siamo pronti al trasferimento, di comune accordo con Rodolfo Bencivenga, il primario del reparto di ematologia del Rothschild di Milano, abbiamo attivato il corridoio per trasportare Giulio, in tutta sicurezza, ma fintanto che, le sue condizioni fisiche non si saranno stabilizzate, non ci arrischiamo a sottoporlo allo stress; lo monitoriamo ogni tre ore, non ci resta che incrociare le dita e sperare. Nelle stesse condizioni si trova l'infermiera, anche su di lei, le cure non hanno avuto nessun effetto. Invece tu, come ti ho anticipato ieri, nonostante sei stato a contatto allo stesso modo con il virus, non presenti nessun segno di malattia, ma non abbassiamo la guardia, abbiamo deciso lo stesso di continuare la profilassi».

«Com'è la situazione generale?»

«Gunter Schnellinger, ha gestito la situazione personalmente, dopo aver fatto ampliare la tendopoli di Nzérécoré, ora è diventata un enorme ospedale, da un paio di giorni, sul posto, è in funzione un inceneritore per distruggere tutto il materiale infetto».

«Sono riusciti a fermare il contagio?»

«Con l'intervento dell'OMS, le risorse sono adeguate a far fronte all'epidemia, hanno individuato i focolai d'infezione in Liberia e in Costa d'Avorio, dopo la bonifica e il trasferimento di tutti i malati nel campo di Nzérécoré, è tutto sotto controllo. All'inizio abbiamo sofferto l'emergenza, ma con l'arrivo delle sacche di sangue, donate dai sopravvissuti alla passata epidemia di Ebola, sono stati trattati quasi tutti i casi più urgenti, già si contano le prime guarigioni, gli altri malati sono stabili».

Andrea si trovò a chiedere: «Quanti sono i morti?»

«Nell'ultimo bollettino si parlava di centonovantadue morti accertati, per Ebola; purtroppo, il bilancio è destinato a crescere, ma siamo fiduciosi di poter contenere il numero di vittime al disotto delle cinquecento unità…»

«Posso vedere Giulio e Iruwa?»

Sandro si grattò la guancia poi, annuendo con la testa, gli rispose: «Stasera non sono di servizio, mi hanno concesso sei ore di sonno, se non diamo troppo fastidio ai medici che si stanno occupando di loro, ti ci porto; adesso devo andare, ho già perso troppo tempo in chiacchiere».

Andrea rimase solo per poco tempo, un'infermiera venne a portargli il pranzo, aspettò che finisse di mangiare, poi gli attaccò una flebo, per concludere il protocollo della giornata; come capitava di solito, si addormentò. Quando Sandro entrò nella stanza, era già sveglio, l'uomo aveva con sé un sacchetto, lo sollecitò: «Cambiati in fretta, abbiamo solo dieci minuti».

Il capo missione gli porse una busta sigillata, Andrea rimase qualche istante fermo, poi si alzò dal letto e indossò la tuta asettica, quando si voltò vide che Sandro si era bardato anche lui allo stesso modo. Uscirono dalla tenda e si recarono nella struttura centrale del campo, un infermiere li bloccò per una decina di minuti, poi li fece entrare. Andrea corse vicino a quello che, fino a qualche giorno prima, era un ragazzo pieno di vita; si faceva fatica a riconoscerlo, con la sua mano guantata, afferrò quella dell'amico, Giulio girò la testa verso di lui, aveva lo sguardo opaco, vide le lacrime scendere da quegli occhi, poi si accorse che l'amico voleva dirgli qualcosa, ma dalla bocca uscì solo un grumo di sangue. Un medico si avvicinò e, garbatamente, gli fece segno di uscire. Prima di andare via, si fermò vicino al letto di Iruwa Konka, la donna era in coma profondo, solo una macchina le consentiva di respirare; uscì accompagnato da Sandro, si trattenne fino a quando il capo missione restò nella sua stanza, poi liberò le lacrime; non ci voleva un esperto per capire che Giulio non ce l'avrebbe fatta a riprendersi. La mattina dopo gli comunicarono che Iruwa era morta nella notte e che Giulio era in coma profondo, Andrea si alzò dal letto, l'infermiere tentò di bloccarlo, lui lo guardò con odio: «Adesso io vado a fare visita al mio amico, mi aiuti o devo fare tutto da solo?»

L'uomo uscì, e ritornò subito dopo con una tuta. Uscirono insieme e si diressero verso la struttura centrale adibita alla degenza, non appena Andrea entrò, si fiondò al capezzale dell'amico, sembrava morto, ma quando gli prese la mano, Giulio la strinse forte, poi esalò l'ultimo respiro. Ritornò nella sua stanza, tra le lacrime, rivide quei sette giorni passati insieme, non c'era giustizia divina, perché prendere una vita preziosa, come quella di Giulio Garessio e lasciare in circolazione un misantropo come Andrea Saltusio? Si stava arrovellando per trovare una risposta, quando sulla porta apparve Sandro, si avvicinò ad Andrea e lo abbracciò, piangevano entrambi, quando si ricomposero, il capomissione lo informò: «Abbiamo fatto una scoperta strabiliante, non solo tu non sei ammalato, ma dalle tue analisi del sangue, ci siamo accorti che, non sono presenti nemmeno gli anticorpi di nessuna malattia, Ebola compresa; siccome le tue condizioni di salute sono ottime, domani verrai spostato a Kankan, comunque, dovrai rimanere in quarantena, in attesa del rimpatrio».

Andrea era furioso con sé stesso, a che cosa gli era servito cambiare, se poi la vita gli aveva presentato un conto così alto; si trovò a chiedere: «Che ne sarà di Giulio?»

«Domani arriveranno i familiari nell'ospedale di Dakar, subito dopo aver visto il corpo, il tuo amico verrà cremato e, dopo aver appurato che non ci sia traccia del virus nelle ceneri, l'urna verrà sigillata, solo allora verrà dato il nulla osta per il rimpatrio».

La mattina dopo, Andrea venne caricato su un'ambulanza e trasportato all'ospedale di Kankan, continuavano a trattarlo col protocollo standard e veniva tenuto sotto una tenda. Quando si svegliò c'era Cédric accanto al letto, Andrea gli chiese: «Compagno mio, come va?»

«Quando un amico muore porta via qualcosa di te».

«Ora capisco la tua inquietudine, quando abbiamo lasciato il Mediterraneo, avevi avuto il presagio della catastrofe».

L'ivoriano era superstizioso, cambiò discorso: «Ho parlato con i medici che ti hanno avuto in cura, mi hanno assicurato che stai bene e che nei prossimi giorni verrai trasferito all'ospedale di Bolzano, hanno preferito portarti in una piccola realtà, per evitare il panico».

Andrea volle scoprire le sue emozioni: «La settimana trascorsa con voi, è stata la più bella della mia vita, sembra un'eresia, ma prima di intraprendere questo viaggio, non m'importava niente del genere umano, adesso rimpiango la perdita di un amico e dopo il distacco dai fratelli Gargiulo e di Vincenzo Maresca, il prossimo colpo sarà quello di lasciare anche te».

Cédric non era stato mai espansivo, ma in quel momento perse ogni ritegno, l'abbracciò quando si lasciarono avevano entrambi le lacrime agli occhi. L'ivoriano era a disagio, esitava, ma quando parlò era deciso: «Mi hanno concesso di allontanarmi solo per un giorno, tra poco ripartirò per Nzérécoré, il mio popolo ha bisogno di me, spero di rivederti ancora, ma se in questa vita Allah non vorrà darmi questa gioia, sono sicuro che dopo la morte ci rivedremo. Tu sei un uomo buono, quando Munkar e Nakīr ti condurranno a Janna sotto il trono di Allah, giusto tra i giusti, potremo di nuovo stare insieme».

Andrea restò solo in quella stanza, si ritrovò a combattere contro i suoi fantasmi, ripensò alle parole che aveva appena detto all'amico, si rese conto dell'insulsaggine della sua vita e di come aveva sprecato il tempo. Lui che si era sempre ripetuto di non provare niente nei confronti del genere umano, di non credere in nessun dio, di considerare i negri una razza sub umana, si era commosso dall'abbraccio di Cédric e dalle sue parole; era bastato quel gesto a far crollare lo sbarramento dell'indifferenza e, senza più difese, inondare con la verità la sua inutile esistenza. Durante il viaggio verso Genova aveva pensato più volte di farla finita, ma adesso non poteva più, aveva troppi debiti di riconoscenza. Aspettò senza alcun accenno di nervosismo che arrivasse l'infermiera per la terapia, quando chiuse gli occhi era sereno. Restò altri dieci giorni in ospedale, fino a quando non arrivò Gunter a controllare il suo stato di salute, dopo averlo visitato sorrise: «Mi fa piacere vedere te in piena forma».

Andrea trovò il coraggio di chiedere: «Qui mi tengono all'oscuro di tutto, com'è la situazione a Nzérécoré?»

«Dopo quattrocento ventiquattro morti, l'epidemia si essere fermata, dei malati gravi, noi prevedere, al massimo, altri trenta morti; questa volta noi essere stati molto fortunati, avere avvertito da Nzérécoré, di allestire campo, subito fatto e isolare da popolo i malati».

«Adesso che cosa mi accadrà?»

«Rodolfo Bencivenga, primario del reparto di ematologia del Rothschild di Milano, avere organizzato tuo trasferimento da Kankan a Bolzano, essere già pronti per Giulio Garessio, ma dopo morte mio amico, avere cambiato nominativo, tuo caso molto strano, loro volere vedere chiaro sulle condizioni di tua salute».

«Quando è previsto il trasferimento?»

«Non appena arrivare elicottero, tu parte».

Rimase solo nella stanza, il solo fatto che Gunter avesse nominato Giulio, lo fece ripiombare in uno stato di prostrazione, voleva avere la stessa fede di Cédric, ma non ci riusciva. Se in qualsiasi posto ci fosse stato un Dio buono, di certo non era lui, quello da salvare, aveva preso a calci i sentimenti di troppe persone, non bastavano quei pochi giorni a fare di lui, un uomo da proteggere. Quando Sandro entrò nella stanza Andrea sussultò, fece appena in tempo ad asciugare le lacrime e guardò con aria sorpresa il nuovo arrivato: «Che cosa ci fai qui?»

«Col ritorno di una ventina di medici a Bissandougou da Nzérécoré, dov'erano stati distaccati, sono tornato al mio vecchio ospedale,» cercò di aggrapparsi al presente, per non pensare: «l'elicottero è appena atterrato, Gunter mi ha già comunicato che tutto è pronto per portarti a Conakry, ne ho approfittato per venirti a salutare…»

Andrea rispose apatico: «Mi parli come se potessi rifiutarmi di partire, fate quello che dovete fare e basta».

L'uomo fece finta di non aver inteso il tono distaccato di Andrea, gli rispose garbatamente: «Non so che cosa ti succede, ero venuto ad avvisarti che non puoi portare con te il tuo bagaglio, non è previsto dal protocollo, ma se t'interessa recuperare qualcosa dei tuoi effetti personali, posso fare in modo di disinfettarli e mandarteli successivamente, lì a Bolzano».

Si rese conto che era stato sgarbato, cercò di rimediare: «Scusami, sono accadute troppe cose, così in fretta da non lasciarmi nemmeno il tempo di metabolizzarle, ti ringrazio per la tua sensibilità ma, in questo momento, voglio solo dimenticare, brucia tutto».

Sandro non riuscì a replicare perché entrò nella stanza una lettiga, era trasportata da due infermieri chiusi nelle tute asettiche, lo caricarono di peso e lo avvolsero in una tenda trasparente. Riuscì appena a fare un segno di saluto a Sandro, si trovò nel corridoio. Dovevano avergli messo un calmante nelle flebo perché si svegliò quando atterrarono all'aeroporto di Conakry, si avvicinò una barella con quattro infermieri, dovevano sapere il fatto loro perché, pur operando in tutta sicurezza, in dieci minuti erano già diretti verso l'aereo. Andrea si accorse che l'aereo che l'aspettava a una trentina di metri dal punto di atterraggio era un volo charter da una ventina di posti, probabilmente, tenuto conto della sua condizione, avrebbero viaggiato in incognito. Come capitava di solito, si addormentò subito, si svegliò quando cominciarono le manovre d'atterraggio.

Bolzano

La prima cosa che Andrea Saltusio notò fu che, nel piazzale dell'aeroporto di Bolzano 'Dolomiti', non c'era nessun comitato di accoglienza, segno che non avevano dato nessuna notizia alla stampa. All'improvviso comparvero due ambulanze e una scorta di una macchina con quattro vigilanti, senza dire una parola, lo caricarono sulla seconda autolettiga e partirono a tutta velocità verso l'ospedale, il trasbordo venne completato in pochi minuti. Era chiaro che il trasferimento da Kankan a Bolzano si era svolto in gran segreto, quando l'ambulanza si fermò, non c'era uno stuolo di medici ad attenderlo, in realtà non c'era nessuno. Venne caricato su un montacarichi esterno, finalmente arrivò nella sua stanza, vista la posizione decentrata, di certo l'avevano allestita appositamente per lui. Andrea era curioso di conoscere Rodolfo Bencivenga, di lui sapeva solo che era il primario del reparto di Ematologia del Rothschild di Milano e, che aveva organizzato tutto, nei minimi dettagli, per trasferirlo dalla Guinea. Quando arrivarono alla porta della sua stanza, i due medici che l'avevano accompagnato lo fecero entrare e se ne andarono. Nella stanza c'era un uomo ad attenderlo, rimase deluso, nella sua veste di ricercatore, aveva lavorato per anni in quella struttura ma, nonostante l'uomo avesse la tuta, non gli sembrava una faccia conosciuta. Ebbe un'intuizione, probabilmente, quello in piedi in centro alla stanza, era proprio colui che aveva organizzato il trasferimento dall'Africa in Trentino. Le domande a cui non sapeva dar risposta erano tante, pur ammettendo il pericolo di contagio, non capiva perché ad accoglierlo c'era solo un medico, proprio per le sue condizioni, si sarebbe aspettato un'equipe al gran completo. L'uomo non si perse in chiacchiere, attraverso la tuta, la voce arrivava ovattata: «Sono Rodolfo Bencivenga, primario del reparto di Ematologia del Rothschild,» Andrea non approfittò della pausa «la sua situazione è particolare, noi tutti siamo qui per aiutarla, ma per farlo dobbiamo agire in tutta sicurezza. Nell'ospedale non conoscono il suo nome, la sua identità, è stata secretata, per tutti è il paziente zero…»

Stavolta Andrea l'interruppe in modo deciso: «È inutile girare attorno al problema, sono anch'io un ricercatore siccome, da quello che ho capito, dobbiamo lavorare molto insieme, è meglio evitare il politichese e parlare chiaro, voglio sapere tutto, a partire dal tipo di protocollo che hai intenzione di attuare sulla mia persona, per finire alla mia sistemazione per tutta la durata del ricovero».

Andrea aveva caricato le parole, per provocare la sua reazione ma, contrariamente a quello che aveva pensato, il primario non replicò, anzi sembrava molto più a suo agio: «Sono contento che abbiamo subito centrato il problema, mi sono fatto un'idea sul tuo potenziale, il gruppo di Kankan non ha capito che cosa avesse tra le mani e ti ha trasferito, fortunatamente, senza divulgare la notizia. Sarebbe da ipocrita dirti che lo faccio solo per la scienza, il prestigio di questa scoperta mi resterà attaccato addosso e ne gioverà anche la mia carriera. Paradossalmente, in questo momento, la cosa più importante non sono le tue potenzialità, ma conoscere la reale portata del fenomeno; voglio essere sincero, proprio per le tue caratteristiche, questo non è uno studio come se ne fanno tanti, per portarlo avanti, con le premesse che ti ho fatto, sarò costretto a operare senza condividere i risultati, con lo staff o qualcuno dei miei colleghi; siccome non posso fidarmi di nessuno, solo tu conoscerai i particolari della mia ricerca».

Andrea lo guardò negli occhi, poi li abbassò quasi subito, aveva cominciato da poco a frequentare gli esseri umani, non riusciva ancora a valutare del tutto la sincerità del suo interlocutore, gli rispose rialzando la testa: «Se accetto di assecondarti, quali garanzie mi darai?»

«In realtà, non dovrei nemmeno parlarti di quello che ho intenzione di fare, ma converrai che, se non voglio attirare l'attenzione sulla mia ricerca, senza la tua collaborazione, posso pure rinunciare al mio progetto. Voglio solo anticiparti che, in questa sperimentazione che ho in mente, tu non correrai nessun pericolo, questo tuo appoggio, non sarà dato solo in nome della scienza e per amore della ricerca, se tu mi darai la piena disponibilità ad assecondare le mie esigenze di segretezza, al prossimo incontro, proporrò al Consiglio d'Amministrazione, del mio ospedale, una ricompensa di cinquecentomila euro, a titolo di risarcimento, per utilizzarti nella sperimentazione che ho in mente».

Andrea, dopo il viaggio in elicottero e quello in aereo, non si sentiva particolarmente in forma, ma cominciava a riflettere sulle parole del primario, pensò che era meglio aver chiara la situazione, prima di trovarsi in gabbia: «È chiaro che sono disposto ad assecondarti, sono conscio in cosa consisterà la mia collaborazione, pur ammetto che la tua proposta è allettante, tu perché continui a chiacchierare senza dirmi, in pratica, che cos'hai intenzione di fare?».

Esitò solo per qualche istante: «Vorrei poterti accontentare ma, senza nessun dato certo, non so ancora come orientare le prime fasi della ricerca, per proteggerti ti abbiamo contraddistinto con la denominazione paziente zero. Ti posso comunicare come ho deciso di operare: il programma di oggi, prevede solo i prelievi, una parte li porterò personalmente al mio ospedale, mi fido della professionalità dei miei uomini; domani non so se ci vedremo, perché dovrò predisporre la macchina organizzativa, ma tu non starai con le mani in mano, effettuerai una TAC con mezzo di contrasto, un ECG addome e alcuni test psicomotori».

«Non capisco a cosa ti servono questi esami, mi sembra che tu sia interessato ad altro».

«M'interessa la tua situazione globale, tutto quello contribuisce a fare di te un'eccezione, non posso fermarmi sulla soglia, devo analizzare tutto, però mi fa piacere che sei reattivo, credo che faremo un buon lavoro insieme».

Andrea era stordito, mentalmente rifiutava l'idea di diventare una cavia, provò a mettere dei paletti: «Non ritratto quello che ti ho detto, ma chi deciderà quando la ricerca dovrà terminare?»

Il primario, prima di rispondere, si fermò, come a cercare le parole adatte: «Non ti nascondo che, questo studio sulle tue caratteristiche fisiche, potrebbe aiutare molti malati; ma è tutta una questione di prospettiva, se sarò il solo a gestire la cosa, capirai che sarà più semplice sospendere tutto, quando ci accorgeremo che si sta travalicando il senso e la misura. Sai che cosa significa fare ricerca, converrai con me che, se questa sperimentazione va a finire in mano ad uno stuolo di scienziati senza scrupoli, sarà difficile fermarla».

Il ragazzo capì l'antifona, la minaccia era stata fatta in modo garbato, ma c'era un fondo di verità, la sua condizione poteva attirare l'attenzione di medici motivati solo dal proprio tornaconto senza rispettare la sua condizione umana; sebbene cercasse di non darlo a vedere, rispose agitato: «Ti sosterrò finché posso ma, in qualsiasi momento, mi accorgerò che il tuo lavoro va contro i miei interessi, non potrai contare più sulla mia collaborazione».

Perlomeno apparentemente, Bencivenga non fingeva, rispose convinto: «Sono pienamente d'accordo con te, però vorrei che capissi che giochiamo nella stessa squadra».

Si strinsero la mano. Di colpo la stanza si animò, apparvero otto persone, tutti protetti da tute sterili, come quella del primario. Il medico fece le presentazioni: «Questo è lo staff che si occuperà di te, nella fase esplorativa, si alterneranno in cicli di otto ore, quattro per turno».

Andrea ebbe appena il tempo di sdraiarsi sul letto, che gli fecero i prelievi, una ventina di provette di colori diversi, sistemate in due contenitori, Rodolfo Bencivenga prese la scatola che gli consegnò un infermiere e si allontanò senza una parola, era stato già detto tutto. Contrariamente a quel che pensava, anche se aveva il catetere al braccio, non gli applicarono la flebo. Si alzò dal letto, l'assalì la malinconia, era trascorso un mese e mezzo dalla sua partenza, ma di Andrea Saltusio, non rimaneva più niente, fu tentato di chiamare Wanda per chiederle perdono, si accorse che gli mancava, oltre al numero di telefono, anche il coraggio di farlo. Rimasto solo in camera, si alzò per guardare il panorama che si vedeva dalla sua stanza d'ospedale, quando si aprì la porta e incontrò lo sguardo di un'infermiera, sul cartellino c'era scritto Nicole Giudici. Fu come un pezzo di ferro che capiti nel campo d'azione di un magnete, i due si ritrovarono stretti in un abbraccio soffocante. Restarono stretti fronte contro fronte a piangere, entrambi avevano ritrovato quello che non sapevano di aver perso venticinque anni prima. Impedita dalla tuta, la ragazza lo lasciò e gli chiese: «Mi dispiace vederti così, ti senti molto male?»

Lottando con lo sguardo allarmato della ragazza, Andrea la strinse di nuovo: «Non aver paura, non ho nessuna malattia, il dottor Rodolfo Bencivenga, mi ha portato qui solo per isolarmi dai curiosi».

«Vuoi dire che hanno messo su questo baraccone per niente,» lo strinse anche lei, tremava di gioia e di paura, riprese in un fil di voce: «Che cosa posso fare per aiutarti?»

«Ascoltami, Bencivenga ha scoperto che, sebbene io sia venuto a contatto con il virus Ebola, non mi sono ammalato e non ho gli anticorpi della malattia, vuole fare del mio caso una ricerca indipendente, spera di potersi risollevare professionalmente, mi ha persino offerto cinquecentomila euro, per tutto quello che sarò costretto a sopportare; se mi vuoi aiutare non dire a nessuno che mi conosci, solo così potrò avere un'informatrice nelle fila dei nemici, non lasciarti scappare nemmeno quello che ti ho detto, è meglio vedere prima che intenzione hanno».

Come un automa, Nicole si tolse il pezzo superiore della tuta e l'abbracciò di nuovo, si baciarono come se, in quel momento, fosse di vitale importanza il contatto fisico. Ricordando le parole di Andrea si ricompose, il ragazzo le chiese: «Come mai non ti ho vista, sono stato per anni, a vario titolo a lavorare in questo ospedale».

«Faccio parte dello staff del dottor Rodolfo Bencivenga, solo da due giorni, appena è arrivata la notizia del tuo trasferimento, ha fatto lui stesso la richiesta di nuovo personale, ero in carico al reparto di Urolologia dell'ospedale Rothschild di Milano, quando la caposala mi ha proposto di passare un po' di tempo a Bolzano, non ci ho pensato due volte, sentivo la nostalgia di questi posti».

«Come mai lavori a Milano?»

«I miei genitori adottivi sono di Abbiategrasso, ma già da tempo vivevo a Milano in uno studentato, ho rotto con loro perché mi sentivo oppressa in quella casa. La separazione è diventata definitiva, quando ho scoperto che mi avevano adottata solo perché somigliavo alla loro figlia morta a sette anni, in un incidente automobilistico. Dopo la laurea mi sono stabilita a Milano, siccome non trovavo lavoro come nutrizionista, ho partecipato al primo concorso che è stato messo a bando e sono stata assunta» lo guardò con tenerezza «quando sono diventata abbastanza autonoma per muovermi da sola…»

Non riuscì a terminare la frase, lo strinse a sé, per paura che svanisse, Andrea la baciò di nuovo: «Smettila di aver paura, io non mi muovo di qua».

Lei aveva l'aria smarrita, sorrise: «Volevo solo dirti che ho provato a rintracciarti, ma gli assistenti sociali si sono mantenuti sempre molto abbottonati,» si bloccò si aggrappò di nuovo a lui, tremava, aveva voglia di sapere, ma nel contempo temeva una risposta diversa da quella che si aspettava, dopo un'altra esitazione finalmente si decise «per una questione di ricordi, ho sempre rifuggito gli uomini, quell'immaginario da bambina mi è rimasto radicato dentro, ma tu?...»

Non riuscì nemmeno a finire la frase, Andrea le baciò gli occhi, poi la tenne stretta a sé, fino a quando la sentì rilassare. Le sussurrò: «Due idioti come noi, solo tra loro si potevano combinare, mi chiedo solo se tutto questo sia reale. A differenza dal tuo approccio, io non avevo nemmeno la visione teorica di una vita di coppia, non sono mai stato con una donna e, detto tra noi, fino a pochi minuti fa, la cosa non m'interessava per niente».

Lei lo guardò maliziosa: «Dovremo recuperare il tempo perduto, adesso devo scappare, altrimenti potrebbero insospettirsi. Non ti preoccupare, starò attenta a non farmi scappare niente con nessuno dell'ospedale».

La ragazza lo guardò ammirata, ancora per qualche secondo poi indossò la tuta e uscì, Andrea rimase solo a riflettere su quello che gli stava capitando, in un mese, la sorte gli aveva stravolto l'esistenza, da reietto si era trasformato in un essere, partecipe delle azioni dei suoi simili, per assurdo, ora che voleva gridare ai quattro venti la grandezza di quello che gli stava capitando, era costretto a nascondere questo suo cambiamento.

Rodolfo Bencivenga aveva fretta di ritornare a casa, una volta raggiunto il Rothschild venne informato da Enrichetta, la sua caposala, una donna di circa quarant'anni, fisico sottile, bruna coi capelli corti, che sua moglie lo aveva chiamato un paio di volte. Con uno strano presentimento, prese il cellulare dalla tasca, si accorse che quando era uscito dal reparto di ematologia dell'ospedale di Bolzano, non l'aveva riacceso, sicuramente Eleonora era furente. Depositò le provette in laboratorio e, dopo aver lasciato le disposizioni dettagliate, sulle analisi da effettuare, si recò a casa. Quando entrò sentì dei rumori in salotto, si diresse verso l'inevitabile, la moglie era stravaccata sul divano con davanti una bottiglia di cognac, cercò di blandirla: «Scusami Eleonora, lo so che ho fatto tardi, ero a Bolzano per quel caso di cui ti ho par...»

Lei lo interruppe bruscamente: «La nostra vita doveva essere diversa, perlomeno era questo che mi dicevi quando sembravi ancora innamorato di me,» bevve un altro sorso direttamente dalla bottiglia, poi continuò con lo stesso tono «adesso mantieni il telefono spento, dimentichi persino il nostro quattordicesimo complimese, sei un bruto».

Anche se non capiva il motivo di tutta quella tragedia, si avvicinò a consolarla: «Ti ho già chiesto scusa, non sono andato mica a divertirmi, lo sai che il mio ruolo nell'ospedale assorbe parecchio del mio tempo, non dimenticare che la nostra condizione sociale dipende anche dal mio lavoro».

«Faccio finta di non aver sentito quello che hai detto, soltanto perché ti amo, sono due mesi che ti ho chiesto, di poter fare con te il giro del mondo in barca a vela, avevo pure trovato l'equipaggio adatto, ma tutto ciò appartiene già al passato, stasera lo skipper, forse lo ricordi, era il proprietario del venticinque metri che abbiamo conosciuto a Venezia l'estate scorsa, mi ha comunicato che ha trovato dei nuovi clienti per il charter in barca a vela, partirà con loro tra qualche settimana. Non ci pensi alla figuraccia che mi hai fatto fare?».

La discussione con la moglie stava prendendo una brutta piega, per non perderla era disposto anche a barare: «Come ben sai, mi è capitato tra le mani, un caso molto importante, potrebbe essere la svolta per la mia carriera, ho bisogno almeno di un paio di mesi, poi potremo finalmente fare il nostro viaggetto,» sapeva che si stava stringendo la corda al collo da solo, con promesse che non era certo di poter mantenere, imperterrito nel suo piano aggiunse «non è detto che, alla fine, non ci scappi pure quel bracciale di diamanti che ti piaceva tanto».

La donna, soddisfatta da come si erano messe le cose, smise di parlare dcgli aspetti ludici ed economici della loro relazione, lo abbracciò forte: «Per farti dire delle carinerie, devo essere sempre io a stimolarti».

Non riuscirono ad arrivare sul letto, lei era troppo eccitata per rimandare anche di un minuto la sua bramosia, lo fecero sul divano, il dopo fu una tortura, nonostante la faccia beata di Eleonora, Rodolfo cominciava a rendersi conto dello sbaglio che aveva fatto, non sarebbe mai stato in grado di accontentare i suoi desideri, era solo un goffo tentativo per non perderla. Cercò di guardare il lato positivo, era riuscito ad avere una dilazione, era pur vero che due mesi passano in fretta, ma non disperava di riuscire a ridimensionare le pretese della moglie.

Nicole camminava nei corridoi dell'ospedale di Bolzano, doveva rivedere Andrea a tutti i costi, riuscì a eludere la sorveglianza del vigilante ed entrò nella stanza del suo amore, era spaventata da quello che stava per succedere, ma vibrava di desiderio. Il ragazzo sembrava dormisse, ma quando si avvicinò a lui, sentì afferrarsi per un braccio; non si fece trovare impreparata, si lanciò sul letto in cerca della sua bocca. Quando si staccò per riprendere fiato piangeva, gli sussurrò tra le lacrime: «Ho aspettato con ansia questo momento, ma ti confesso che ho paura di quello che sta per succedere, se non provi niente per me, faresti un grosso errore ad assecondare la mia follia».

Andrea non rispose, la strinse forte a sé, lasciò che le sue mani parlassero per lui. Fecero l'amore, semplicemente lasciandosi guidare dalla loro inesperienza, quando dopo l'amplesso, finalmente giacquero, erano entrambi in un'altra dimensione. Dopo un po', lei si alzò per rivestirsi, solo allora lui trovò il coraggio di parlare: «Non sapevo che potesse essere così bello, sono felice di averlo fatto, per la prima volta con te, ma adesso diventa ancora più importante che non lo sappia nessuno, potrebbe essere un'arma di ricatto».

Lei sorrise, ma si ribellò a quella condizione: «Non è giusto, per la prima volta nella mia grigia esistenza ho provato una gioia immensa, vorrei che il mondo intero conoscesse la mia felicità; ma farò come vuoi, la vera tortura sarà non potere restare sempre accanto a te».

Dopo un ultimo bacio si lasciarono, Andrea non riusciva a dormire, era squassato da un'ondata di sentimenti contrastanti. Per lui era una condizione nuova, quella di essere ricattabile, fino a poco tempo prima nessuno poteva minacciarlo di togliergli qualcosa, non aveva niente di veramente importante da perdere, nemmeno la vita. Per la prima volta provava per un essere umano un sentimento così articolato, ma nello stesso tempo, aveva paura di poterlo perdere, come era capitato con Giulio Garessio. Voleva uscirne con le ossa tutte intere, decise di parlarne col dottor Rodolfo Bencivenga, doveva scoprire qual era il traguardo che si era prefisso. Smise di pensare a sé e ritornò col pensiero a Nicole, il tumulto che aveva dentro si placò, chiuse gli occhi, con l'intenzione di sognarla, subito si addormentò.

Il mattino dopo, Rodolfo Bencivenga si alzò prestissimo, rinfrancato dall'armistizio siglato con la moglie, la lasciò con un bacio in fronte, lei non si mosse di un millimetro, continuò a dormire della grossa. Al Rothschild ferveva l'attività, come arrivò in reparto, incrociò nel corridoio Enrichetta, la caposala, lui era talmente assorto che non rispose nemmeno al suo saluto, entrò nel suo ufficio stava per prendere il cellulare per chiamare la sua assistente, ma non ci fu bisogno di telefonare, sulla sua scrivania, in bella mostra c'erano gli esiti delle analisi che aveva richiesto la sera precedente. Siccome aveva intenzione di controllare i risultati che aveva ottenuto, chiamò la macchina di servizio per farsi accompagnare a Bolzano. Si rendeva conto di aver dubitato della professionalità della sua assistente, ma non era avvezzo a chiedere scusa ai propri sottoposti, l'aveva sempre considerata una debolezza, sgattaiolò fuori dal suo ufficio e scese nel cortile. L'autista l'attendeva davanti all'uscita, non aveva voglia di chiacchierare, cosa che non faceva mai, si sedette sul sedile posteriore. Si tuffò nella cartella del paziente zero, finalmente poteva mettersi a lavorare su dati certi, prima di arrivare in ospedale, voleva farsi un'idea sulle condizioni della sua cavia.

Nello stesso istante, a Bolzano, cominciò il programma di analisi per il paziente zero.

Paziente zero, a Rodolfo Bencivenga, ci volle poco per rendersi conto che non c'era nome più azzeccato per Andrea Saltusio, nel suo sangue non c'era che lo zero assoluto di problemi, niente di niente. Dall'alto della sua esperienza, aveva l'impressione che ci fosse qualcosa di sbagliato, oppure che gli strumenti fossero inadatti o, ancora peggio, che loro non erano adeguati al caso. Arrivò in ospedale col morale sotto i piedi, entrò nell'ufficio che gli avevano assegnato, si guardò in giro, provò un senso di vuoto, subito si rese conto che cos'era, la mancanza di Enrichetta, la sua assistente, collaboratrice e caposala. Chiamò il responsabile del reparto, invece arrivò un inserviente con i primi risultati degli esami su Andrea Saltusio, salutò e si allontanò dallo studio. L'ECG addome, non mostrava nessun problema, gli organi interni erano tutti in sede e non si notavano patologie in atto e nemmeno pregresse. Passò alla TAC con mezzo di contrasto, non si evidenziavano lesioni né problemi di sorta, afferrò il telefono per chiamare di nuovo il responsabile, ma sentì un discreto bussare, non ebbe nemmeno il tempo di dire avanti, che entrò l'inserviente con i risultati dei test psicomotori. Una volta rimasto solo, si mise a guardare i risultati con attenzione, deciso a non sottovalutare la minima disfunzione. Dovette ammettere con sé stesso che non aveva incontrato una persona più sana, mentre stava riesaminando la situazione per l'ennesima volta, capì finalmente quello che aveva avuto davanti agli occhi fin dall'inizio, il malato zero sembrava molto più giovane della sua età effettiva, anche fisiologicamente dimostrava al massimo vent'anni. Rodolfo sorrise, non sapeva a cosa gli potesse servire, ma comunque era un punto di partenza, in tutta quella confusione era il primo indicatore di un'anomalia del suo paziente. Prese degli appunti su quali esami privilegiare, s'incupì pensando che, nonostante il caso fosse suo, non poteva operare sul paziente zero a suo piacimento, per procedere, doveva avere il consenso di Mario Gasser, il primario del reparto Malattie Infettive. Prese la cartella clinica e si avviò verso la stanza di Andrea Saltusio che, fortunatamente era in isolamento; proprio a causa del suo contatto con il virus Ebola e, per questo motivo era stato alloggiato in un locale ricavato nell'ex stenditoio. Quando Bencivenga entrò nella stanza, Andrea Saltusio era solo, stava leggendo, lo informò senza tatticismi: «È inutile che io mi metta a fare i giochetti con te, non appena sarò pronto per partire con la ricerca, voglio che tu sappia come ho intenzione di procedere. Per prima cosa devo appurare, il motivo per cui la tua età apparente sembra di dieci anni inferiore a quella reale, per farlo ho bisogno della tua collaborazione; ti avverto che momentaneamente lascio perdere la ragione del mancato contagio perché ho troppo pochi elementi su cui basare delle ipotesi».

La velata minaccia del giorno prima aveva messo addosso ad Andrea, una sorta di angoscia, ma era anche lui un ricercatore: «Ti asseconderò nel tuo lavoro, ma non perché sia obbligato a farlo, voglio tentare di dare il mio contributo per dare un po' di sollievo a chi soffre. Non dimenticare che, nel mio piccolo, sono anch'io uno scienziato, nella mia carriera ho conosciuto tanti individui senza scrupoli; voglio essere estremamente franco con te, non c'è bisogno di spronarmi per farmi accettare le torture a cui, sicuramente verrò sottoposto,» s'interruppe, pensò che non c'era bisogno di confessargli che già da solo faceva leva sui suoi sensi di colpa, per essersi sempre defilato nel rapporto con gli altri. Riprese rassegnato: «però non mi sottoporrò dogmaticamente a tutto quello che ti pare e piace, però se mi accorgo che stai barando, smetto di giocare».

«È il minimo che posso concederti, ti ringrazio della tua partecipazione emotiva, vedo che hai capito tutte le implicazioni, per questo ti rinnovo la preghiera di non parlare con nessuno del nostro accordo, la ricerca di cui sarai l'oggetto, proprio per le sue finalità, deve appartenere solo a noi due. Te lo prometto, per quanto mi sarà possibile, parlerò prima con te dell'indirizzo che, volta per volta, darò alla sperimentazione, eviterò di condividere con chicchessia il mio lavoro, per quanto possibile, cercherò di evitarti esami invasivi».

Andrea aveva da chiedergli un favore, sondò il terreno per sapere se poteva inserirlo nello scambio: «Non credo che tu sia venuto apposta da Milano solo per rassicurarmi».

Bencivenga decise di essere sincero: «Ho il risultato della TAC con mezzo di contrasto, tu hai trentuno anni, ma la scansione ha appurato che la tua struttura ossea e muscolare è molto più simile a quella di un ventenne, che a uno della tua età, cosa ancora più strana, siccome vieni da un orfanotrofio, sicuramente da ragazzo sei stato sottoposto a tutte le vaccinazioni, nonostante questo, nel tuo sangue non c'è nessuna traccia di anticorpi».

«Quest'ultimo particolare lo sapevo, l'ho scoperto a Kankan, Sandro Farano, il capomissione, dopo le molte analisi del sangue che ho dovuto fare si era accorto di questa peculiarità ed era anche lui seriamente preoccupato, onestamente ci ho pensato molto, ma non so a cosa pensare».

Rodolfo si agitò sulla sedia, nella testa gli vorticarono cose come: etica professionale e giuramento d'Ippocrate, ma riuscì a tenerle a bada, anzi, cominciava anche a congetturare una linea d'azione per la sua ricerca: «Ho bisogno di sapere, qual è l'ultima volta che ti sei ammalato e di che patologia; rispondimi solo se sei sicuro; devo sapere se questa tua prerogativa ti è stata trasmessa dai tuoi genitori, o si sia sviluppata dopo la nascita».

Andrea cercò di concentrarsi, i ricordi riemersero lentamente: «Non ho mai conosciuto mio padre e mia madre perché sono cresciuto in un orfanotrofio, ma posso essere abbastanza preciso, sono sicuro di non essermi mai ammalato, siccome ero un ragazzo emarginato, non suscitavo una buona impressione sulla gente; ho una specie di flash di quando ero molto piccolo, andavo all'asilo, mi sono ritornate in mente le parole della suora che ci accudiva: "Tu sei così malvagio che nemmeno le malattie vogliono avere qualcosa in comune con te"».

«Ho bisogno di scoprire fino a che punto il tuo organismo riesca a distruggere i virus. Il prossimo protocollo da usare, ti confesso che ancora devo metterlo a punto, ma posso avvisarti che di certo prevederà l'inoculazione di alcuni vaccini, per poi fare la conta degli anticorpi; con la mia ricerca, avendo il tuo appoggio, potrei essere di grande aiuto nella preparazione di antidoti per gravi malattie,» lo guardò sorridendo «per il momento, è meglio evitare voli di fantasia, comunque, nel più breve tempo possibile, preparerò una tabella, che sarà la base del primo protocollo, poi cominceremo con la sperimentazione. Se tu lo vorrai questa potrebbe diventare anche la tua ricerca».

«Quello che mi proponi è originale, io sarei la prima cavia che partecipa anche tecnicamente all'esperimento, per il momento, cominciamo con i primi test, ne parleremo in seguito. Veniamo alla mia condizione, anche se non sono infettivo, preferirei restare qui, in reparto sarebbero in tanti a voler capire che succede, qui darei meno nell'occhio».

Il primario, anche se non conosceva a fondo le sue intenzioni, intuì che l'opzione proposta da Andrea, a cui non aveva pensato, era vantaggiosa perché eliminava molti problemi, rispose entusiasta: «Questa è proprio una bella idea, così avrò la possibilità di ridurre il personale da dedicare a questa ricerca, l'innegabile vantaggio sarà che così potrò portare avanti meglio il lavoro: oltre ad esserci minor rischio di interferenze, diminuiranno anche le possibilità di fuga di notizie,» siccome il paziente collaborava, decise di approfittare della sua idea, per limitare le ingerenze del primario che scalpitava, con l'intenzione di entrare a pieno titolo nel progetto. Continuò in tono serioso: «per il momento non dovrai sottoporti a nessun trattamento, avrai contatti solo col personale da me disposto, così si eviteranno inutili assembramenti».

Contento di poter avere un po' di calma, gli disse: «Da quello che ho capito, credo che dovrò restare molto tempo da solo, fammi portare qualche libro, tanto per far qualcosa, altrimenti la giornata sarà lunga da passare».

Rodolfo Bencivenga salutò Andrea, avvertì l'infermiera che doveva portare al paziente qualche libro, poi corse ad aggiornare la situazione a Mario Gasser. Lo trovò nel suo studio, dal saluto freddo, capì che la grana era già scoppiata, lui con quell'uomo ci doveva lavorare, sfoderò il suo sorriso migliore, per cercare di limitare i danni: «Fortunatamente, le condizioni del paziente zero sono discrete, ma credo che sia meglio mantenerlo in quella struttura ancora per un po', perlomeno fino a quando non siamo sicuri di quello che sta succedendo,» facendo in modo da non essere visto, tirò fuori dalla borsa solo le analisi del sangue, e le mostrò al collega «vedi, i suoi valori sono tutti nella norma e non ci sono tracce della malattia».

Il primario sorrise, per la prima volta, quel presuntuoso del Rothschild, lo stava mettendo al corrente di qualcosa, toccava a lui rispondere con un altro gesto distensivo: «Potrebbe darsi che il suo sistema immunitario manchi di qualche ricettore, quindi aggredisce tutto quello che non riconosce, così non ha bisogno di ricordare gli elementi patogeni in grado di minare l'organismo».

Bencivenga, soddisfatto perché il primario si era rilassato, rispose in modo affabile: «La tua teoria è molto interessante, ne terrò conto nel tentare di elaborare un protocollo che tenga conto di tutte le peculiarità del nostro paziente. Sono conscio che ti sto dando fin troppo disturbo, ho già richiesto ai miei collaboratori una selezione di vaccini, modificati appositamente, per controllare che cosa rimane nel suo sangue,» stupendosi della sua stessa doppiezza, aggiunse «ovviamente, volta per volta, ti farò avere i risultati, la mia ricerca sarebbe inutile, se non potessi condividerla con tutto il mondo accademico».

Mario Gasser era già soddisfatto di come si stavano mettendo le cose, ma provò lo stesso a sorprenderlo: «Se ci lavorassimo insieme?» Era inquieto, si prese un po' di tempo per vedere la reazione di Bencivenga, se si ribellava alla sua idea l'avrebbe smascherato, siccome il primario del Rothschild non proferì parola, lo prese come un incoraggiamento a parlare «per prima cosa, dovremmo scoprire in che modo l'organismo aggredisce gli anticorpi».

Rodolfo Bencivenga doveva riflettere in fretta, non poteva far capire che non aveva nessuna intenzione di farlo diventare parte attiva nel progetto, rispose con una cordialità che era ben lungi da avere: «Non speravo di poter contare sulla tua collaborazione fattiva, ne ho proprio bisogno, non ho ancora iniziato il protocollo col paziente zero e ho già bloccato mezzo reparto di Ematologia, per la prima parte della ricerca. Dovrò regolarmi dai risultati che verranno, a seconda della reazione del paziente zero ai trattamenti, vedremo insieme cosa fare,» dovette costringersi a mantenere lo stesso atteggiamento, aggiunse in tono neutro «momentaneamente sono ancora nella fase esplorativa, non ho particolare bisogno di personale, per continuare a operare in tutta sicurezza, preferirei che proseguissero a occuparsene quelli che ho appositamente distaccati, devo pur giustificare il loro allontanamento dal reparto di appartenenza, ma capisco le tue esigenze. Siamo solo all'inizio, se hai disponibilità di unità da applicare a questo progetto, fammi sapere i nomi e le mansioni che ricoprono, siccome credo che ci vorrà molto tempo per venire a capo della situazione, cercheremo di fare dei gruppi, all'inizio saranno formati da elementi dei due ospedali, se poi le tue disponibilità fossero adeguate a portare avanti il progetto col paziente zero, non ho nessun problema a lasciare che se ne occupino solo quelli di Bolzano».

Si maledisse per aver voluto mettere i puntini sulle *i*, il collega del Rothschild si era comportato in modo più che corretto, ma adesso, per il prosieguo della sperimentazione, non poteva far finta di non sapere niente. La faccia di Mario Gasser era tutto un programma, Rodolfo Bencivenga si rese conto che il suo bluff aveva funzionato, infatti il primario, si affrettò ad aggiungere: «Lo sai meglio di me, il personale a disposizione è sempre contato e di pagare gli straordinari non se ne parla proprio,» si rese conto di non essere all'altezza della situazione, cercò di essere più incisivo «proverò a mettere mano sui turni della settimana prossima, ma è meglio essere pratici, se il nostro progetto non ha l'approvazione del direttore dell'azienda, non posso assicurarti niente».

Bencivenga gli aveva dato tanta di quella corda che si era impiccato da solo, cercando di nascondere la sua soddisfazione e dando alla voce un tono di delusione, riprese: «Rimaniamo d'accordo così, per il momento continueremo a utilizzare i locali che avete predisposto; fin quando non otterrai una risposta dai tuoi capi, ci faremo carico della ricerca sul paziente zero noi del Rothschild, nel momento stesso in cui verrai a sapere i nominativi delle tue disponibilità, le loro mansioni, me le comunicherai e io, gradualmente, li inserirò nel progetto».

Il tempo di una stretta di mano e Rodolfo Bencivenga si avviò per la scala, era riuscito a bloccare sul nascere le velleità di Mario Gasser, ci voleva solo una spinta per farlo desistere definitivamente. C'era un grande problema da affrontare, le condizioni del malato zero avrebbero potuto incuriosire anche gli altri medici. Se avessero deciso di fare indagini più complete, lui non si sarebbe potuto opporre erano nel loro ospedale. Era impensabile permettere che qualcuno venisse a conoscenza delle potenzialità del paziente zero, doveva trovare il modo di sottrarre Andrea Saltusio alla curiosità dei suoi colleghi bolzanini.

La svolta

L'autista lo aspettava davanti all'uscita, non appena lo vide si avvicinò a lui, partirono in tutta fretta. Rodolfo si rilassò sullo schienale e chiamò Marco Fiori, il presidente del Consiglio d'Amministrazione del Rothschild, l'uomo gli rispose dopo il terzo tentativo: «Caro Bencivenga, mi dica in fretta quello che le serve, sono in una riunione per trovare fondi, come ben sa, i soldi non si trovano per terra».

Di certo si trovava, con una delle sue ultime conquiste, a sperperare soldi dell'ospedale, riuscì a mantenersi serio: «Ho in ballo una ricerca sul paziente zero, quello che è arrivato da Kankan, in collaborazione con l'ospedale di Bolzano,» era certo che quel cialtrone non aveva letto il suo promemoria, si affrettò a specificare «un caso sospetto d'infezione tropicale, l'uomo è venuto a contatto col virus Ebola. Vorrei che parlasse col direttore dell'azienda di Bolzano, sconsigliando, a livello discorsivo, di perdere soldi, tempo, uomini e faccia, in un progetto fallimentare».

Il presidente fece una lunga pausa, poi riprese preoccupato: «Non riesco a capire quello che vuol dire, nel suo discorso ci sono molte cose che contrastano tra loro; mi vuole spiegare, in sintesi, come stanno le cose?»

Bencivenga sorrise, come aveva previsto, il presidente aveva abboccato: «Devo togliermi dal groppone il primario del reparto di Malattie Infettive di Bolzano, mi sta pressando per partecipare al progetto, siccome prevedo un forte rientro di immagine, non voglio dividerlo con nessuno».

Quando riprese era più rilassato: «Ci penso io, il crucco che dirige l'azienda, non farà storie, mi deve molti favori; nel caso in oggetto, in cosa consiste il nostro prestigio?»

«Non posso anticiparle la portata effettiva, ma già da adesso, posso dirle che, quando faremo la prima conferenza stampa, ne parleranno i giornali di mezzo mondo».

Marco Fiori era un irresoluto nato, ma aveva il dono innato dell'intuizione, gli aveva fatto guadagnare il posto che occupava, riusciva sempre a subodorare l'affare: «Allora, per evitare interferenze nel suo lavoro, credo che sia il caso di trasportare il paziente zero al Rothschild, dobbiamo isolare il malato e pensare a un cordone protettivo».

«Era quello che speravo, però preferirei il basso profilo, per adesso, meno se ne parla e meglio è, facciamolo passare per un trasferimento dovuto alle condizioni del paziente e al suo bisogno di attrezzature più all'avanguardia».

«Sono d'accordo con lei, è meglio non farsi trovare impreparati intanto, mentre non si delinea la situazione, dopo aver sbloccato i fondi, mi occuperò personalmente di far allestire i locali del vecchio laboratorio, credo che siano l'ideale per il suo paziente, si trovano sullo stesso piano del suo reparto, ma lontano dalle corsie;» si prese una pausa, quando parlò, il tono della sua voce era allegra «ovviamente mi deve dare almeno una settimana; per tutto quello che le serve, non si limiti, ha carta bianca».

Si rilassò sullo schienale, aveva avuto il beneplacito del presidente del Consiglio d'Amministrazione, ma non si fidava del tutto di lui, bisognava trovare il modo di portare via il paziente con la benedizione di Mario Gasser. Si arrovellò tutto il viaggio, ma non riuscì a trovare un solo pretesto per spostare Andrea Saltusio a Milano, in fondo era un loro paziente. L'idea a Bencivenga venne mentre da solo in ascensore, saliva in reparto. Paradossalmente, gli era stata fornita dallo stesso primario del reparto di Malattie Infettive di Bolzano. Ricordando le sue parole: "Bisognerebbe scoprire come mai l'organismo aggredisce gli anticorpi". Capì che, sebbene l'ospedale di Bolzano fosse un centro d'eccellenza, non poteva competere col Rothschild di Milano, se Marco Fiori avesse fatto quello che gli aveva promesso, potevano riuscire a risolvere, senza pubblicità, la questione a loro vantaggio. Entrò nel suo reparto, come al solito, gli venne incontro Enrichetta, la sua caposala, l'orologio segnava le quindici e trenta, l'aveva lasciata alle sei e mezza di mattina, stava al lavoro da almeno nove ore. Senza nemmeno rendersene conto le rivolse un sorriso: «Buon pomeriggio! Sono annullate tutte le visite della settimana, rimango nel mio ufficio ma è come se non ci fossi, passami solo le telefonate di Eleonora e di Fiori».

La donna, visibilmente sorpresa dal suo atteggiamento cordiale, gli comunicò: «Le visite di oggi che non ho potuto posticipare, ho già provveduto a smistarle al suo vice, provvederò subito a disdire quelle dei prossimi giorni;» restò con lo sguardo sulla cartella, gli ricordò «per sera ha un impegno mondano con sua moglie, alle venti avete un invito a cena alla Tana di Bacco, Furio Alderisi, il vicepresidente, ha deciso che la nuova moglie faccia finalmente, l'ingresso nella società. Le ho ordinato il solito mazzo di fiori per sua moglie e un altro per la signora Alderisi, se ha intenzione di andare a casa a cambiarsi, può avvertire che passa lei dal fioraio, altrimenti, glieli consegneranno nel suo ufficio alle diciotto e trenta».

Quando entrò nel suo ufficio, si sedette nella sua poltrona preferita, nonostante la sua situazione fosse complicata, si sentiva sereno; si chiese il motivo del suo stato, la risposta era sotto i suoi occhi, lui doveva pensare solo al suo lavoro, Enrichetta gli risolveva tutti gli altri problemi. Approfittò del suo ottimo umore per mettersi subito al lavoro; accese il computer e aprì la cartella dei protocolli d'infettivologia, ovviamente nessuno era adatto al paziente zero, sapeva di essere un buon ricercatore, utilizzando tutte le sue conoscenze, ritagliò addosso ad Andrea Saltusio una sperimentazione mirata. Chiamò il suo autista, gli disse di tenersi a disposizione perché l'indomani mattina alle sei e trenta l'aspettava a casa sua. Mentre metteva tutto il materiale, preso dal vassoio della stampante, in una cartella, sentì bussare alla porta. Guardò d'istinto l'orologio erano le diciotto e trentacinque, sicuramente era il fioraio, aveva lavorato altre tre ore senza nemmeno rendersene conto. Finì di mettere i fogli nel faldone e andò ad aprire la porta, prese i mazzi di fiori che il ragazzo gli porgeva e si diresse a casa, aveva i crampi allo stomaco.

Nicole si avviò verso la stanza di Andrea, il primario milanese gli aveva detto di portare dei libri al paziente zero e, per aver campo libero, aveva rassicurato il collega di turno, dicendogli che, siccome non era ancora arrivato il protocollo, per il momento, avrebbe badato lei al ragazzo. Entrò con la smania addosso, chiuse la porta col chiavistello, Bencivenga le aveva detto, che se la situazione lo richiedesse, di tirargli su il morale, lei lo aveva preso alla lettera. La ragazza si strofinò addosso, Andrea la strinse a sé: «Mi chiedo come ho fatto a rinunciare a tutto questo».

«Non lo so, ma la cosa più importante, è che abbiamo avuto un'altra possibilità».

Dopo aver fatto all'amore, Nicole scivolò da sotto le coperte, indossò la tuta e, dopo aver sbloccato la porta, si mise a leggere un libro accanto al letto del suo amore.

Bencivenga aprì la porta, dal corridoio non si sentiva nessun rumore, sicuramente Eleonora non era in casa, ne approfittò per fare una doccia. Quando la moglie rientrò era già pronto per la serata e, come al solito, loro sarebbero arrivati in ritardo. La donna sentendosi in difetto, stava per raccontargli una delle sue incredibili scuse, poi vide il fascio di fiori e corse a baciarlo. Come ampiamente previsto, varcarono la soglia del ristorante quaranta minuti dopo l'ora dell'appuntamento, ma Eleonora, col suo fascino, si fece perdonare per il ritardo. Rodolfo era attratto dalla sensualità della moglie, in pubblico era uno spettacolo il solo vederla, sembrava un ottimo preludio per il prosieguo della serata, ma quando alla fine di una cena deludente, tornarono a casa, Eleonora aveva esaurito la sua vena lussuriosa. Se ne andò a dormire, fare il pendolare da Bolzano non era l'ideale, ma sperava di risolvere al più presto il problema, contrariamente a quanto pensasse, si addormentò subito. Si svegliò prima che suonasse la sveglia, ammirò la bellezza della moglie, si chiese che cosa avessero in comune, ma soprattutto, come aveva fatto a conquistarla. Scese senza rumore dal letto, si vestì in salotto per non svegliarla. Si fermò al bar per fare colazione, quando arrivò la macchina aveva riletto per la terza volta il protocollo che aveva preparato per il paziente zero. Non aveva l'intenzione di leggerlo per la quarta volta, aprì lo sportello anteriore si sedette d'avanti, lanciò la borsa sul sedile posteriore con l'intenzione di chiacchierare con l'autista ma, lo stesso, non fu di grande compagnia, pensava a come estromettere Mario Gasser, in modo indolore, dalla gestione della sua cavia umana. Sapeva di non avere molto tempo a disposizione, doveva incominciare a barare da subito. La cosa più importante era partire col protocollo e, se il primario del reparto Malattie Infettive fosse riuscito a reperire personale disponibile, sospenderlo la domenica stessa. Aveva già pensato al pretesto da addurre: "Fin quando non si capisce in che modo reagisce l'organismo di Andrea Saltusio, non ha senso sottoporlo a tutte quelle torture". Se, invece, il primario non fosse riuscito a trovare personale, da affiancare al suo staff, poteva lavorare sul paziente zero fin quando il direttore dell'Azienda Sanitaria di Bolzano, non fosse intervenuto. Questo semplice espediente, avrebbe fatto partire la sperimentazione, ma bloccava di fatto la collaborazione che aveva intenzione di dargli Mario Gasser. Quando arrivò nel reparto, si diresse direttamente nell'ufficio del primario, anche se venne accolto cortesemente, non poté fare a meno di vedere l'aria infelice del collega. Bencivenga, che non aveva nessun motivo di essere demoralizzato, esordì in modo cordiale: «Ho elaborato un protocollo *ad hoc* per il nostro paziente, per cominciare ho portato una decina di vaccini, vorrei sapere la disponibilità del tuo ospedale. Mi hanno fatto capire che, se non ottengo subito dei risultati, il direttore del Consiglio d'Amministrazione mi taglia fondi e unità, il passo successivo potrebbe essere l'immobilismo».

Solo a questo punto, Rodolfo Bencivenga aprì la borsa e consegnò al collega il fascicolo del primo protocollo, con il quale avrebbero dovuto cominciare la sperimentazione. Mario Gasser si torse sulla sedia, prese la cartella e gli diede appena un'occhiata. Quando cominciò a parlare era afflitto: «Ho parlato col direttore dell'Azienda Sanitaria, mi ha parlato in politichese, in pratica mi ha sbattuto in faccia che non abbiamo né fondi né disponibilità di portare avanti una sperimentazione, di tale portata».

Bencivenga, senza doversi esporre, aveva già raggiunto il suo scopo, ma non volle infierire, si dimostrò veramente dispiaciuto: «Ti capisco, quello che ti ho anticipato, mi fa capire che anche i cervelloni del Rothschild si sono messi di traverso;» riprese sottovoce, il tono era cospirativo: «ma noi non abbiamo niente a che vedere con le loro beghe, per il momento, proviamo ad andare avanti con quello che abbiamo a disposizione, aspettando con calma i risultati che verranno, solo dopo tireremo le somme».

Abbandonò l'aria da cane bastonato: «Ho dato solo un'occhiata, ma credo che possiamo provare a farla funzionare,» rammentò quello che il collega gli aveva chiesto «nella nostra banca, abbiamo quanti vaccini vuoi».

Se, col suo comportamento, voleva riuscire a far abboccare alla sua esca, un insospettabile come il primario del reparto di Malattie Infettive, c'era riuscito. Nessuno doveva sospettare della sua malafede, l'idea di trasferire il malato zero, in un centro più attrezzato, doveva essere avanzata dallo stesso Mario Gasser. Riprese a parlare, come se fosse veramente convinto di poter portare avanti il progetto col collega di Bolzano: «Credo che sia il caso di andare a impartire le nostre disposizioni per iniziare il protocollo, sarebbe opportuno che ci fossi anche tu».

Mario Gasser era a disagio: «Non credo di poterti assicurare un sostegno col personale, almeno per la prossima settimana, non ho nessuna possibilità di spostare unità per il nostro progetto».

Rodolfo Bencivenga, per la prima volta vide in lui la possibilità di assecondare le follie della moglie. Cercò di consolarlo: «Per il momento gli addetti alla ricerca che ho mi bastano, quello che mi serve è una lavorazione sui campioni che manderò in laboratorio, a ciclo continuo;» si fermò ma riprese quasi subito «siccome possedete una banca vaccini molto fornita, procurami una lista delle tue disponibilità, così, nei ritagli di tempo, posso cominciare a preparare il lavoro per i prossimi giorni».

Nella stanza, attorno al letto del paziente zero, c'erano: Mario Gasser e otto, tra infermieri e medici, distaccati dal Rothschild e Rodolfo Bencivenga, quest'ultimo stava entrando nell'ottica di dover recitare, esordì in un modo inaspettato: «Ringraziamo il dottor Mario Gasser per la sua ospitalità, oggi alle tredici in punto, cominceremo con la sperimentazione, nel protocollo sono indicati gli orari e la quantità di sangue da inserire nelle provette; i risultati non appena compilati, li immetterete nelle apposite caselle del modulo e me l'invierete, tramite e-mail, al mio indirizzo di posta elettronica,» un medico stava per intervenire, lo fermò per concludere «probabilmente tornerò lunedì, per correggere o modulare diversamente la sperimentazione, a seconda dei risultati ottenuti».

Il medico che voleva interrompere la discussione, riuscì a intervenire: «Non pensa che alternare turni di sei ore, con solo diciotto ore di riposo, sul lungo periodo, possano diventare massacranti?»

Si avvicinò alla lavagna e disegnò la seguente tabella:

A	B	C	D	D	A	B	C	C	D	A	B	B	C	D	A
06	12	18	R	06	12	18	R	06	12	18	R	06	12	18	R
12	18	06		12	18	06		12	18	06		12	18	06	

A-B-C-D le coppie costituite da un medico e un infermiere

«Come potete vedere, vi ho diviso in quattro squadre, se controllate bene gli orari, siccome avrete un solo paziente, l'aspetto più snervante del vostro lavoro, sarà l'inattività; dall'inizio della sperimentazione, cioè dalle tredici di oggi, comincerete a lavorare sei ore per turno, sarete in due, un medico e un infermiere, effettuerete sei ore di lavoro e diciotto di riposo; la notte sarà di dodici ore, ma non si effettueranno test, quindi basta che vi alterniate a sorvegliare il paziente. Lascio a voi l'organizzazione del servizio e la formazione delle squadre, non sono importanti ai fini della ricerca, quello che mi serve, categoricamente, è ottenere l'esito degli esami, non appena li ritirate dal laboratorio».

Mario Gasser era a disagio, aveva accusato il collega milanese delle peggiori nefandezze; invece, lui gli aveva dato quel supporto che non aveva ricevuto dall'Azienda. Parlò senza nemmeno riflettere a quel che avrebbero comportato le sue parole: «Farò in modo che il laboratorio sia aperto dalle sei alle diciotto, per consentirvi di lavorare a pieno regime. Se ci sono problemi non fate storie col personale, avvisatemi, provvederò personalmente a risolvere ogni controversia».

Bencivenga sorrise, beato: «Ora, se non avete nient'altro da chiedere, io torno a Milano devo relazionare al Consiglio d'Amministrazione, i costi del vostro distacco».

Rodolfo Bencivenga, sprofondato nella sua poltrona, aspettava con ansia, i risultati della prima parte di sperimentazione che gli giungevano da Bolzano, quando finalmente lampeggiò l'icona della posta, aprì immediatamente la cartella. Gli esiti, erano proprio quelli che aspettava. Non aveva altra scelta, doveva spingere sull'aspetto economico, l'unico modo era quello di portare la situazione del laboratorio di analisi di Bolzano al collasso; ormai non c'erano alternative, dopo le schermaglie iniziali, la vera sperimentazione si sarebbe dovuta tenere al Rothschild. Adesso cominciava la parte più complessa, nessuno del reparto Malattie Infettive di Bolzano, doveva sospettare che lui voleva sottrarre a loro il paziente zero. Smise di pensare al lavoro, cominciò a concentrarsi sulla sua condizione, c'erano ancora molti punti da chiarire, ma intravedeva la possibilità tangibile di fare fronte alle stravaganze della moglie. Dopo aver archiviato il materiale ricevuto, ripensò agli ultimi giorni, il rapporto con l'esosa consorte era diventato un tormento, ma si sentiva d'umore giusto per mettere riparo. Corse subito a casa, aveva la visione di una cenetta intima e un lieto dopocena. Le improvvisate, a volte danno un esito imprevisto, infatti trovò Eleonora che chiacchierava amichevolmente, nel letto matrimoniale, con un altro uomo, riuscì ad allontanarsi senza farsi sentire; nonostante tutto, non aveva nessuna intenzione di lasciare la moglie, ma voleva almeno sfogarsi, appena salito in macchina, chiamò il suo amico, fraterno, Cesare Brambilla, avvocato divorzista: «Ho beccato mia moglie a letto con l'amante, che cosa devo fare?»

L'amico sapendo che Rodolfo possedeva una pistola, regolarmente detenuta, cercò di indurlo a miti consigli: «Non ne vale la pena, se la uccidi, trascorreresti tanti anni in galera e rinunceresti alla tua brillante carriera, per cosa poi, per una bambina viziata».

Bencivenga ci tenne a precisare: «Non ho nessuna voglia di farle del male, la amo troppo, vorrei solo poterle far fare la vita che desidera».

Preso in contropiede, Cesare Brambilla, si prese un po' di tempo prima di rispondere. Quando riprese, era deciso: «Caro Rodolfo, smettila di farti del male da solo, non è la donna adatta a te, conosco bene le persone del calibro di Eleonora, lei non vuole te, desidera solo poter fare quello che le piace e basta, non le interessa nemmeno il prestigio che ha acquisito essendo tua moglie o, per questo, poter entrare nel salotto buono della città, lei gode solo se può vivere a suo piacimento, la soddisfa rincorrere la gratificazione del momento, qualunque sia, per poi voltare pagina non appena l'ha ottenuta».

Negando a se stesso quello che aveva appena visto, riprese con un sospiro: «Anche se dici di essere al corrente dei suoi capricci, secondo me, ti lasci fuorviare dal tuo mestiere, credi che tutte le donne siano uguali, Eleonora è diversa, non ha paura di vivere intensamente, sai cosa mi ha detto l'altro giorno: "Ho vergogna di me stessa, solo quando sono costretta a mentire, voglio sempre essere sincera, se l'uomo che mi sta accanto accetta questa mia visione della vita bene, altrimenti è lui quello sbagliato". Ti rendi conto, è una donna così pura, che ho l'obbligo di provare a tenermela».

Cesare Brambilla riprese sconsolato: «Forse hai ragione, spesso mi sono lasciato influenzare dal mio mestiere, ma stavolta sono certo di non sbagliare, la vita è tua, fanne quello che ti pare,» stava per riattaccare, ma l'amico finì il suo pensiero «fammi sapere cosa ti dice sull'accaduto».

Rodolfo ripensò alle parole dell'amico, ebbe uno sbandamento, ma durò solo per qualche istante, subito pensò a come poter fare per esaudire i bisogni di sua moglie, senza farle accorgere che lui sapesse del suo tradimento. Voleva fare in modo che fosse lei a confessarglielo, aspettò che l'amante di Eleonora uscisse da casa sua, per rientrare aspettò una decina di minuti. Sbatté la porta di casa e contemporaneamente compose il numero del suo ufficio, quando cominciò a squillare il telefono, si diresse nel suo studio a rispondere alla telefonata che si stava facendo, così lasciò tutto il tempo alla moglie di ricomporsi. Ignara che il marito aveva scoperto il suo tradimento, la donna lo aggredì verbalmente: «Ti rendi conto che questa non è più vita? Quando ho rinunciato al posto di hostess per seguirti nella buona e cattiva sorte, non sapevo che avrei diviso con te solo la parte peggiore».

La donna platealmente si voltò e si diresse verso la stanza da letto, dopo qualche istante sentì sbattere la porta. Rodolfo, rassegnato, si rintanò nella camera degli ospiti, il suo cervello era in subbuglio. Cesare era un malfidato, ma doveva ammettere che aveva indovinato, l'autocoscienza del fallimento del suo matrimonio durò poco, si concentrò sulle parole della moglie. Rimproverandogli di essere costretta a una vita grigia senza sussulti ma, soprattutto, inferiore alle sue aspettative, lo aveva messo in una condizione di sudditanza. Rodolfo Bencivenga, da buon ricercatore, sapeva che, nel prosieguo della sua carriera professionale, la storia del paziente zero, gli avrebbe decretato soldi e onori, ma nel breve periodo era complicato tirarne fuori qualcosa, ma era obbligato a provarci. Nonostante il suo dramma interiore, si tuffò nel lavoro.

Bencivenga, nel suo ufficio di Bolzano, aspettava i risultati della seconda parte di sperimentazione, era soddisfatto di come stavano procedendo le cose; aveva ricevuto da poco la notizia da parte del Consiglio d'Amministrazione del Rothschild, nella persona di Marco Fiori, che i lavori al vecchio laboratorio, per ricavare dei locali idonei alla sperimentazione sul paziente zero, erano finiti. Quando fece capolino Mario Gasser, l'uomo senza una parola si sedette sulla poltrona davanti alla scrivania. Tirò fuori una bottiglia di cognac, prese due bicchieri e versò una dose generosa di liquore per entrambi. Dopo un paio di sorsi il primario del reparto Malattie Infettive, trovò il coraggio di parlare: «Il nostro ospedale non ce la fa a sostenere le spese di laboratorio, la sperimentazione si prevede ancora molto lunga, io ho già attinto a tutti i fondi a disposizione, non abbiamo nemmeno un'ora di straordinario da elargire; dovremmo pensare un'altra strategia, per continuare».

Rodolfo riuscì a mantenersi calmo, il collega bolzanino, gli aveva risolto il problema. Si finse addolorato: «Sono d'accordo, ma trovare un'alternativa è difficile, i sentieri da percorrere sono stretti, non posso distaccare anche il personale di laboratorio, ho già sul collo il fiato dei membri del Consiglio d'Amministrazione».

«Se trasferissimo a Milano il paziente zero?»

«Per te non sarebbe una buona cosa, voglio essere sincero, i consiglieri sono già sul piede di guerra, non accetterebbero, l'ingerenza di uno estraneo nel reparto».

Mario Gasser rimase fermo a pensare, finì tutto il liquore poi disse: «Vuol dire che me ne farò una ragione, tu non immagini nemmeno, le pressioni che sto ricevendo dal direttore dell'Azienda Sanitaria».

Bencivenga, per trasferire il paziente zero al Rothschild di Milano, forte dell'appoggio inconsapevole del primario dell'ospedale di Bolzano, era contento di non dover accampare il pretesto della carenza di attrezzature della struttura. Dovette aspettare solo due giorni poi capì che era andata proprio come pensava, dopo tre settimane di straordinari pagati ai dipendenti del laboratorio, fu proprio il direttore dell'Azienda Sanitaria di Bolzano che, non avendo capito la doppiezza di Bencivenga e nemmeno quella di Marco Fiori, convocò Rodolfo Bencivenga nel suo ufficio, aveva la faccia di circostanza. Entrò subito in argomento: «Siamo costretti a fermare il progetto per mancanza di fondi, ma saremmo gratificati lo stesso, se lo porterete avanti voi a Milano».

«Non è una cosa così semplice come sembra, l'opinione pubblica vi massacrerebbe».

Il direttore dell'Azienda Sanitaria di Bolzano, rispose abbattuto, ma si vedeva che era contento di liberarsi di una rogna che, non solo aveva tenuto paralizzato il laboratorio per tre settimane, aveva fatto lievitare esponenzialmente le spese: «Ho trovato il modo, per far passare la cosa senza darle troppa pubblicità».

Intanto si stava combattendo un'altra battaglia, Andrea Saltusio, nonostante i sensi di colpa, voleva ribellarsi alla separazione dalla sua fidanzata. La sera prima del trasferimento a Milano, fecero in modo di restare soli. Fu Andrea a comunicare alla ragazza la sua decisione: «Ho deciso, smetto di prestarmi a questa farsa, troveremo il modo di vivere insieme, sono disposto a trasferirmi a Milano, per vivere con te».

«Non sottovalutare che perderesti i cinquecentomila euro che Rodolfo Bencivenga ti ha promesso; ammetto che sarà complicato, ma non dimenticare che io lavoro al Rothschild, qualche modo per stare insieme lo troveremo».

Il giovane, seppure rassicurato dalle parole della ragazza, le disse: «Non sono disposto a tollerare in eterno i diktat del primario, voglio sapere quando tutto questo finirà».

Fecero l'amore, il dopo fu una sensazione nuova per entrambi, non sapevano quando avrebbero avuto, un altro po' d'intimità».

La paura dei due giovani durò solo l'arco di una notte, venne superata dall'ordine del giorno a firma di Rodolfo Bencivenga che, forte dell'appoggio incondizionato del presidente, per evitare divulgazioni di notizie, pretese e ottenne dal dirigente sanitario di operare al Rothschild con la stessa squadra che aveva a Bolzano. La motivazione addotta, oltre quella di avere bisogno del massimo riserbo, era di dare continuità alla sua ricerca. Siccome nessuno si è accorto della relazione tra Andrea Saltusio e Nicole Giudici, rimase anche lei aggregata al progetto.

Il giorno dopo arrivarono le disposizioni del direttore dell'Azienda Sanitaria di Bolzano, senza mai nominarlo direttamente, appoggiava il trasferimento di un paziente, al Rothschild, facendolo passare come se fosse una richiesta del malato. Rodolfo Bencivenga, senza colpo ferire, era riuscito ad ottenere la sperimentazione esclusiva, sul paziente zero.

Milano

Rodolfo Bencivenga era demoralizzato, aveva davanti a sé gli ultimi risultati sulla sperimentazione, dei ventiquattro vaccini inoculati al paziente zero, non c'era traccia di anticorpi. Prima di cadere nello sconforto decise di provare con un nuovo protocollo, consisteva nell'inoculare alla cavia, qualcosa di più infettante. Nella criobanca si era procurato una serie di elementi patogeni non trattati, quali raffreddore, virus di influenze tra le più contaminanti alcune, anche se poco pericolose, molto ostiche da curare. Siccome, dopo alcune settimane, il personale si era abituato, talmente alla sua presenza che non lo sorvegliava più a vista, riuscì a trafugare i campioni di: pertosse, morbillo, varicella, scarlattina e poliomelite. Avendo il materiale, da quel momento in poi iniettò, via endovenosa, malattie a mano a mano sempre più gravi e contagiose. Dopo un mese di queste inoculazioni, il paziente continuava a non presentare nessun sintomo di aver contratto le malattie, né di aver sviluppato gli anticorpi. Nonostante la sperimentazione rischiasse di sfuggirgli di mano, Bencivenga non spiegò le sue intenzioni ai medici del reparto, continuava a passare soltanto quello che decideva che loro dovessero sapere; siccome proprio l'assenza di risultati gli stava dando la convinzione, di aver estratto il solo biglietto vincente tra milioni di foglietti bianchi, capì che era giunto il momento di fare un salto di qualità. Risoluto, ma con molta preoccupazione, passò a un livello molto più pericoloso, un po' alla volta lo contagiò direttamente con malattie estremamente pericolose: Aids, epatiti, vaiolo, tbc, tetano e di tutte quelle di cui era riuscito a trafugare i campioni nella criobanca. Ogni volta ottenne lo stesso risultato, non solo il paziente non si ammalò, ma nel suo sangue non c'era nessun segno di contatto con queste malattie. Decise allora di ripartire da capo, anche se questa volta in maniera più veloce, ma i risultati erano sempre identici, il paziente zero non si ammalava, ma non si riusciva a capire che cosa succedesse nel suo organismo. Dopo molti mesi di lavoro, l'unica cosa certa, era che Andrea Saltusio non poteva contrarre nessuna malattia, Bencivenga sospettava, che nemmeno le altre di cui aveva disponibilità, ma che non gli aveva ancora inoculato, potessero infettarlo. Il problema era che, anche dopo averlo rivoltato come un pedalino, in nessuna parte del suo corpo, compreso ovviamente il sangue, si denotava una particolarità che giustificasse un tale dono. Tornò in ufficio, per provare a inventarsi qualche altra cosa, ma non riusciva a concentrarsi sul suo lavoro, sentiva che la moglie lo stava allontanando da lei, infatti, da qualche giorno, Eleonora aveva cominciato a dare segni di nervosismo. Con la convinzione che tanto non avrebbe combinato niente di buono, rientrò a casa prima del solito per tentare la riappacificazione. Dal corridoio sentì degli inequivocabili rumori dalla stanza da letto, stavolta non tornò indietro, entrò nella camera e trovò la moglie a letto con l'amante, era lo skipper che avrebbe dovuto accompagnarli nel giro del mondo. La cosa peggiore che potesse capitargli, non era il tradimento, ma il fatto che non era lo stesso uomo che l'altra volta era uscito da casa sua. La donna lo raggiunse in salotto, le sue parole erano deliranti: «Che fai mi spii?»

«Quando torno non voglio trovarti più qui».

La moglie lo guardò supplicante poi, come se ci avesse ripensato, cambiò atteggiamento, lo derise: «Non sei in condizioni di dettare limiti, mi sono stufata dei tuoi modi, ma prima di concederti il divorzio, voglio vederti con le pezze al culo».

Rodolfo non le diede la soddisfazione di ribattere, uscì e andò a ubriacarsi, il proprietario del bar, che lo conosceva da anni, quando vide che era ubriaco marcio, lo fermò e lo fece riaccompagnare a casa. Quando aprì la porta era agitato, ma si accorse che non c'era nessuno in casa, prese dalla cassaforte la pistola, poggiò il freddo acciaio sulla tempia, rimase fermo, capì che non era abbastanza vigliacco da premere il grilletto, la constatazione gli fece più male del gesto che non era riuscito a compiere; rimise a posto l'arma e scoppiò in lacrime. Come al solito, quand'era in condizioni pietose, decise di andare a rintanarsi nel suo reparto. Quando Enrichetta, la sua caposala, entrò nel suo studio, lui era sommerso dalle carte, la guardò con odio, ma lei non si fece smontare, gli consegnò i registri per la firma: «Questa è la situazione attuale del reparto, sono stata costretta a mettere Tommaso D'Asola in isolamento, è praticamente in coma, nell'ultima settimana l'AIDS ha attaccato il suo organismo in maniera aggressiva, Pino La Mura crede che abbia poche ore di vita».

Nonostante non fosse nello spirito adatto per pensare al lavoro, si trovò a chiedere: «Che fanno i parenti?»

«Quando quattro giorni fa è stato ricoverato, era già in condizioni pessime, da quello che ho saputo, nessuno ha seguito il decorso della sua malattia, ho letto il verbale d'ingresso, l'hanno raccattato in strada, la Polizia ha fatto delle ricerche ma, all'indirizzo dove abitava, non hanno trovato nessuna informazione sulla famiglia».

Sorrise alla sua collaboratrice, si stupì vedendo nei suoi occhi uno sguardo assassino; lasciò da parte le beghe con il personale e tornò a esaminare il faldone del paziente zero. Come un piccione dal cilindro di un prestigiatore, volò un'idea: iniettare duecentocinquanta centimetri cubici di sangue di Andrea nell'organismo del malato terminale di AIDS. Non aveva molto tempo a disposizione, aspettò che il personale lasciasse il padiglione e, armato dell'occorrente, entrò nella stanza di Andrea Saltusio. Gli disse a bruciapelo: «Ho intenzione di effettuare una nuova sperimentazione, ma ho bisogno del tuo beneplacito».

Andrea, più di una volta aveva notato nello sguardo di Bencivenga una vena furbesca, ma mai un atteggiamento furtivo, gli domandò: «Che cosa pensi di fare?»

Era indeciso sul comportamento da tenere ma poi, quasi a cercare un consenso, gli confidò: «Ho intenzione di fare una trasfusione col tuo sangue a un malato terminale, è solo un'intuizione ma, nella peggiore delle ipotesi, non credo di fare grossi danni».

Andrea era preoccupato, espose al primario la sua perplessità: «Che cosa succede se l'uomo migliora?».

«Procediamo un passo alla volta, per adesso è solo un tentativo estemporaneo; potevo tenerti all'oscuro di tutto, ma non voglio venir meno ai nostri accordi».

Andrea convenne con sé stesso che Rodolfo era stato sempre corretto nei suoi confronti, ritornò di buon umore, gli rispose: «Procedi pure con la tua sperimentazione, ma tienimi al corrente delle conseguenze».

Aspettò che ci fosse il cambio turno, s'intromise furtivamente nel reparto di terapia intensiva e fece la trasfusione di sangue del paziente zero a Tommaso D'Asola. Dopo aver messo nella sua borsa tutto quello che aveva portato, con sé, gli riattaccò la flebo. Aveva calcolato male i tempi ma, anche se per poco, riuscì lo stesso a uscire dal reparto senza essere visto. Il primario rientrò nel suo studio, gli tremavano le gambe dal pericolo scampato. Le successive due ore furono un inferno, in attesa di sapere che cosa stesse succedendo nella sala di rianimazione, ma non aveva il coraggio di domandare. Era sulle braci ardenti, riprese in mano il risultato di tutti gli esperimenti fatti sul paziente zero, rilesse da capo l'intero faldone, per quello che aveva intenzione di fare, non erano ammessi altri errori. Non era del tutto convinto, riesaminò di nuovo tutto dal principio; continuava a sembrare tutto a posto, era sfinito, sollevò la testa dall'incartamento, la conclusione era sempre la stessa, era un'occasione troppo ghiotta per lasciarsela sfuggire. Si rilassò sullo schienale in preda a una strana percezione, da quando si era deciso a lasciare la moglie, il suo cervello era tornato ad essere più reattivo. Chiamò la caposala, la donna arrivò di corsa, la guardò negli occhi, per vedere se ce l'avesse ancora con lui, sembrava tutto a posto: «Predisponi che Tommaso D'Asola, venga monitorato ogni quattro ore, esami standard della sua patologia, i risultati li voglio qui sulla mia scrivania».

La donna era troppo intelligente, per contestare la decisione del primario ma, per agire in maniera efficace, prima voleva capire: «Che devo dire a Pino La Mura, il medico che l'ha in cura, di certo mi chiederà spiegazioni».

«Non c'è niente da dire, è solo uno studio che ho in sospeso, in una mia ricerca, comunque, quando domattina arriverà mandamelo nel mio studio, gli parlerò io».

La caposala abbassò lo sguardo e gli disse: «Vado a dare le disposizioni, se vuole posso informare io La Mura».

«Mi faresti un grande favore, non osavo chiedertelo».

La donna uscì sorridendo, in fondo era contento di non aver trasportato sul lavoro altre tensioni. Questo intermezzo gli era servito per rilassarsi, pensava a Tommaso D'Asola, se la sua idea era sbagliata l'uomo sarebbe potuto morire, gli tornò il buonumore, era inutile colpevolizzarsi, l'uomo era già condannato, con tutti gli antidolorifici che prendeva non avrebbe potuto soffrire di più. Un languore allo stomaco, gli comunicò che aveva saltato il pranzo, si avviò lentamente verso l'uscita del reparto, venne bloccato da Pino La Mura, era agitatissimo: «Enrichetta mi ha appena avvertito, ero tornato perché il mio assistente era sconvolto per i miglioramenti di Tommaso D'Asola, che cosa c'entri con il mio paziente».

Dalle parole del collega, era chiaro che la sua incursione in terapia intensiva, non era stata scoperta, cercò di fornire una versione credibile: «In realtà, io Tommaso D'Asola non l'ho mai visto, ho solo sentito parlare di lui dalla mia assistente. Sto ultimando uno studio ematico, sulle patologie che portano alla morte, in un malato terminale di AIDS, al fine di testare nuovi farmaci per la terapia del dolore. Quando la mia caposala mi ha avvertito che avevamo nel reparto un paziente in queste condizioni, ho approfittato subito dell'opportunità».

«Scusami, sono sconvolto, all'improvviso il mio paziente si è svegliato dal coma,» il medico era incerto, poi scosse la testa: «se ti possono essere utili, ho con me le analisi che hai richiesto a Enrichetta e quelle precedenti».

Bencivenga non stava nella pelle, prese sotto braccio il collega e rientrò nel suo studio. Pino La Mura accettò un bicchiere di cognac, mentre lui lo sorseggiava, Rodolfo comparò i risultati delle analisi. In poche ore l'organismo aveva trovato la forza di reagire al virus che lo aveva minato per anni, interrogò il collega: «Avete somministrato qualche farmaco specifico al paziente?»

Pino La Mura prima di rispondere, consultò la cartella clinica: «Abbiamo provato il protocollo standard, ma nei successivi quattro giorni che l'abbiamo avuto in cura, l'organismo del paziente non ha mai reagito a nessuno stimolo farmacologico; da quando è entrato in coma, gli abbiamo somministrato solo antidolorifici».

Trovò il coraggio di chiedere: «Quali sono le sue condizioni attuali?»

La Mura rispose pensoso: «Continuiamo a tenerlo sedato, in pratica, ma è come se qualcuno avesse spostato indietro le lancette del suo organismo, di quanto lo dobbiamo ancora scoprire».

«Ti consiglio di continuare a monitorarlo, se non ti dà troppo fastidio, mi piacerebbe conoscere il decorso della sua malattia, supportato dai risultati degli esami clinici, mi piacerebbe rimanere informato sul caso».

Quando rimase solo, si accorse che non aveva più fame, doveva lasciare perdere le sperimentazioni occasionali, non poteva utilizzare i pazienti del reparto, lo avrebbero scoperto subito, doveva iniziare una vera indagine scientifica. Si recò nel padiglione allestito per ospitare il paziente zero, avvertì gli addetti al progetto che, fino a nuovo ordine, avrebbero dovuto continuare il monitoraggio solo la mattina, senza iniettare altri vaccini, ma solo soluzioni fisiologiche. Si recò da Andrea Saltusio, era solo in stanza, chiuse la porta a chiave e gli comunicò le sue conclusioni: «Per adesso mi baso solo sull'intuizione, ma ho motivo di credere che il tuo sangue sia un potente farmaco, in grado di riparare i danni prodotti dai peggiori virus in circolazione; ho dimezzato i test sul tuo organismo e mi accingo a una sperimentazione in proprio, per sapere fino a che punto posso spingermi». Rodolfo s'interruppe, quando riprese era accalorato: «tu sei il mio biglietto da visita per la fama, ma non voglio costringerti a niente, tutto quello che ho intenzione di fare, sono disposto a sperimentarlo solo se sei d'accordo».

Andrea era confuso: «Non capisco, che novità è questa?»

«Come ti ho appena detto, la ricerca che farò mi servirà a conoscere le tue potenzialità, ma non ho intenzione di sacrificarti sull'altare della ricerca, per questo ti chiedo se pensi sia il caso che io continui la sperimentazione, per potere alleviare le sofferenze della gente».

Andrea era tentato di sottrarsi, ma aveva cominciato a fidarsi, del genere umano, l'unico suo cruccio era solo quello che, se avesse conosciuto prima le sue potenzialità, avrebbe potuto salvare Giulio. Era agitato, ma rispose in tono neutro: «Sono nelle tue mani, fa la cosa che ritieni giusta».

Rodolfo Bencivenga ritornò a casa, non voleva mettersi all'attenzione dei colleghi, sorrise amaramente, ora che poteva dare a Eleonora tutto quello che voleva, lei aveva distrutto tutto, con parole, così spiacevoli, che lui non poteva far finta di non aver sentito. Girava per l'appartamento come una tigre in gabbia, la moglie come al solito si era defilata, ricordava bene che, l'ultima discussione avuta due giorni prima, si era conclusa con: "prima di concederti il divorzio, voglio vederti con le pezze al culo". In quel momento, anche se la sua gentile consorte, non doveva essere in cima ai suoi pensieri, gli levava la serenità per pensare al suo lavoro. Non aveva voglia d'incontrarla, nemmeno per sbaglio, si rinchiuse nel suo studio. Non riuscì nemmeno a sedersi che squillò il telefono. Era il suo amico Cesare, non aveva intenzione di parlare nemmeno con lui.

Al quinto squillo, ne ebbe abbastanza di sentire quello stridore, l'amico subito entrò in argomento: «Caro Rodolfo, aspettavo la tua chiamata, ma non sono arrabbiato perché ho dovuto chiamare in ospedale per sapere che eri andato via. Come al solito non mi dai retta, tua moglie ti ha preceduto, sapendo che comunque ti saresti rivolto a me, mi ha fatto chiamare dal suo avvocato, ma è stata consigliata male, anche se il giudice credesse alle loro teorie e imputasse a te il fallimento del matrimonio, l'assegno mensile sarà di meno della metà del tuo stipendio e nessuna divisione delle tue proprietà come vorrebbe. Siccome le cose non stanno come affermano, non riesco a capire il motivo per cui fa l'offesa,» sentì dei rumori in sottofondo, poi l'amico riprese: «ti stimo come un fratello, ma non mi sono fatto fuorviare dalla nostra amicizia, ho voluto verificare il tuo e il suo comportamento, non parlo per sentito dire, le ho messo un investigatore privato alle calcagna, ho scoperto che tutto ciò che mi hai raccontato è vero; ho anche le prove dei suoi numerosi amanti, se tu mi dai carta bianca, ci penso io a risolvere la questione nel migliore dei casi; dovrà andarsene a mani vuote».

Per la prima volta, Rodolfo prese in seria considerazione l'idea di lasciare la moglie: «Se cercassi di spiegarti come ragiona Eleonora, sono certo che non capiresti,» sospirò rumorosamente «dimmi quello che devo fare».

L'amico riprese con voce autoritaria: «È il momento di dimostrarle chi comanda a casa tua, per metterla sotto pressione nascondile i gioielli, lei è molto sensibile all'argomento, se ti chiederà il motivo non dire niente, potrebbe registrarti, consegnale la lettera che t'invierò sulla tua e-mail, non appena avrò chiuso la comunicazione».

Rifletté molto sulle parole dell'amico, ebbe un moto di ribellione, quando rispose sentì le lacrime scendergli sulle guance: «In fondo è anche colpa mia, lei si è sempre comportata così, l'ho amata per questo; lei ha sempre vissuto in un mondo immaginario, che reinventava continuamente, cambiando le regole e il significato delle sue azioni, l'unico guaio era che pretendeva che io condividessi le sue follie e vivessi assieme a lei nella sua realtà inventata,» si asciugò le lacrime e riprese «devo ammettere che per i primi tempi è stato divertente, ma da quando ha cominciato a giocare a estromettendomi dal suo mondo, non ce l'ho fatta più a resistere».

L'amico accettò lo sfogo, senza commenti, riprese grave: «Però è stata lei a prendere l'iniziativa, questo ti dovrebbe far riflettere, era sicura che avresti ceduto per non dispiacerle. Vi conosco da troppo tempo, per non rendermi conto che non c'è più niente da fare; lei è imprigionata nel suo delirio di onnipotenza, non ritornerà indietro. Ciao Rodolfo, questa volta fa la cosa giusta, ascoltami».

Pensare alla separazione da sua moglie gli consentì di allentare la tensione, questa volta non aveva cercato di scusarla, in fondo non mentiva al suo amico, era veramente anche colpa sua, per non perderla, le aveva concesso troppo, compreso qualche scappatella, ma Eleonora ormai andava a ruota libera, aveva smesso da un pezzo, di darsi dei limiti. Diede retta ai suggerimenti dell'amico, andò nella stanza da letto, prese il cofanetto coi gioielli, portò via anche tutti gli oggetti di valore che c'erano e chiuse tutto nella sua cassaforte. Stampò la e-mail di Cesare, la inserì in una busta e la mise sulla scrivania di sua moglie, questo semplice gesto lo fece sentire già più libero, ma in quella casa tutto le parlava di Eleonora, prese un po' di biancheria e qualche cambio, mentre aspettava che Cesare tagliasse gli ultimi laccioli con la moglie, si diresse nella sua villa di Lecco. Bencivenga fu tentato, almeno un paio di volte, di tornare indietro a distruggere la lettera, era tutto inutile, sapeva che per lui ed Eleonora non c'era più futuro. La villa era stata ripulita pochi mesi prima, in un momento di esaltazione, la moglie aveva proposto di passarci i fine settimana, ma poi non se n'era fatto niente, perché non la soddisfaceva stare lontano dal cuore pulsante della capitale economica, in realtà, quella casa non le era mai piaciuta. Non si perse in chiacchiere, ripulì la stanzetta degli ospiti, siccome aveva una splendida vista sul lago, era la sua preferita, la fece aerare e rifece il letto con biancheria pulita. Il sonno fu agitato, ma sua moglie non c'entrava per niente, nei momenti di dormiveglia ripensava a quello che era successo col paziente di Pino La Mura, non poteva correre il rischio di finire la sua carriera in modo inglorioso. Si svegliò più stanco di quando fosse andato a dormire; durante il tragitto per arrivare in ospedale, ripensò al sotterraneo dove lavorava, prima di imboccare la strada che l'aveva portato così in alto; in fondo anche lui era stato ricercatore precario e senza mezzi. Più ci pensava e più si convinceva che non era pensabile fare una sperimentazione umana col sangue del paziente zero, lo avrebbero scoperto, però poteva allestire un laboratorio nella sua villa e lì continuare la sua ricerca su delle cavie da laboratorio. Doveva cavarsela da solo, non poteva coinvolgere nessuno nel suo progetto, fortunatamente, sapeva tutto quello che gli occorreva. La giornata in ospedale trascorse proficuamente, le analisi del paziente ricoverato in rianimazione, confermavano i miglioramenti. Il resto del tempo lo utilizzò per informarsi su tutti i negozi che vendevano animali della zona, ne scelse una quarantina, li dispose in modo da poterli verificare in successione. Visitò il paziente zero, siccome non era ancora pronto, per partire con la sua sperimentazione, lasciò che tutto proseguisse come disposto in precedenza. Quando uscì dal lavoro, proseguì con il suo piano, per comprare venti cavie, tutte dello stesso peso, dovette visitare quasi tutti quelli che aveva annotato. Aveva la macchina piena di gabbiette mangime e abbeveratoi, passò dal garage di casa e prese tutte le apparecchiature da laboratorio che aveva conservato. Notò nel piazzale la macchina della moglie, ebbe solo un attimo di sbandamento, poi risalì nella sua auto e si diresse verso la sua villa di Lecco. Scese nel sotterraneo e dispose per terra le gabbiette con le cavie, dopo averle accudite, si premurò di elencare tutto quello che gli mancava, per allestire un laboratorio. Andò in città e comprò tutto quello che gli poteva servire, il resto se lo procurò, alla spicciolata, nei negozi specializzati, pagando contanti alla consegna. Dovette superare molti contrattempi, ma in una settimana era pronto per la sperimentazione. Nei ritagli di tempo, aveva predisposto il protocollo della sperimentazione sulle cavie, questo espediente gli consentì di passare in breve tempo alla fase operativa. Numerò le gabbiette delle venti cavie, somministrò loro i virus di cinque malattie infettive, una per ogni quattro esemplari, aspettò che si manifestassero i primi sintomi. Quando si accertò che le cavie erano effettivamente malate, lasciò che comparissero i segni caratteristici, solo allora cominciò ad iniettare loro il sangue del paziente zero, in misura di tre centimetri cubici, se fossero stati degli esseri umani, in percentuale ne avrebbero ricevuto circa duecentocinquanta centimetri cubici. Le analisi successive dimostrarono che gli animali stavano reagendo tutti allo stesso modo, ma soprattutto, che le malattie avevano cominciato a regredire. Continuò a monitorare le cavie, si accorse che, dopo otto giorni, terminarono i benefici e, anche se non erano guarite del tutto, avevano avuto tutte un netto miglioramento. A questo punto, poco dopo la scadenza degli otto giorni, decise di iniettare altri tre centimetri cubici di sangue. Il sangue di Andrea non restò attivo per otto più otto giorni, come aveva ipotizzato, ma il periodo si allungò addirittura a trentadue giorni, in questo periodo ottenne la perfetta guarigione dalla malattia in tutti gli animali, col conseguente svanire di ogni danno fisico, prodotto dalla malattia. In pratica tornarono ad essere esemplari sani, anche se Bencivenga non aveva la prova certa, sembravano addirittura ringiovaniti e più vispi. Passò alla seconda fase della sperimentazione, comprò altre sei cavie e iniettò a tutte loro lo stesso virus, quando la malattia cominciò a manifestarsi trattò gli animali nel seguente modo: al primo, il farmaco indicato per la cura; al secondo tre centimetri cubici del sangue del paziente zero; al terzo e al quarto, tre centimetri cubici di sangue estratto dalle cavie guarite col sangue di Andrea Saltusio, agli ultimi due, siccome non aveva altro sangue prelevato quella mattina dal paziente zero, tre centimetri cubici di quello che era stato tolto dieci giorni prima. Le scoperte furono a dir poco strabilianti: la cavia curata col farmaco indicato per la patologia, mostrò miglioramenti nella norma; nella seconda, il sangue di Andrea restò attivo per otto giorni nel corpo dell'ospite, poi perse ogni particolarità, una successiva trasfusione consentì la guarigione totale dalla malattia; il sangue di una cavia guarita dalla trasfusione, non manteneva nessuna proprietà curativa; ma quello che scombussolò i piani di Bencivenga, fu scoprire che le cavie a cui era stato iniettato il sangue prelevato dieci giorni prima, non avevano avuto nessun miglioramento. Gli ultimi risultati, gli erano stati forniti da Pino La Mura sulla sperimentazione umana effettuata su Tommaso D'Asola, confermavano che il sangue del paziente zero, era restato attivo per otto giorni, per poi perdere ogni effetto benefico. Nel periodo preso in esame, il malato non era guarito, ma si era ottenuto il risultato, già di per sé incredibile, di riportare indietro gli effetti negativi della malattia. Comparando tutti i risultati ottenuti, il dato più interessante della ricerca, era la certezza che con due trasfusioni, di duecentocinquanta centimetri cubici, di sangue del paziente zero, si potesse curare qualsiasi malattia, anche delle peggiori. I dati raccolti dai medici, sul paziente zero, evidenziavano un'ulteriore prerogativa fisiologica di Andrea Saltusio, il suo sangue si rigenerava con una velocità strabiliante, l'unico effetto su di lui dei continui prelievi erano: un aumento della fame e un elevatissimo bisogno di reidratarsi. Ormai era inutile continuare a perdere tempo a giocare al piccolo chimico, ritornò nella villa di Lecco, soppresse tutte le cavie e le incenerì, sterilizzo le gabbie. Distrusse i vaccini e le fiale coi virus e persino l'ultimo flacone di sangue di Andrea Saltusio. Inspiegabilmente, al contrario di quello che aveva pensato, s'addormentò subito e fece un sonno tranquillo. La mattina si alzò a controllare il locale dove aveva creato il laboratorio, era tutto in ordine, nessuno avrebbe detto che, quella cantina, per due mesi, avesse ospitato uno studio così importante, aprì le finestre e tornò nella sua stanza, si cambiò e si diresse al Rothschild, con la fine della sperimentazione, paradossalmente tornava al punto di partenza; qualsiasi sperimentazione su cavie umane, avrebbe destato troppo interesse. Quando arrivò al quarto piano, notò che sul pianerottolo c'erano tanti uomini della sicurezza. Riuscì a sgattaiolare nel suo reparto, Enrichetta Dattilo, la caposala, non sapendo della presenza del primario in reparto, arrossì e subito si avvicinò a lui. La donna, nonostante fosse di bella presenza, era la sua vittima sacrificale, qualsiasi cosa non andasse per il verso giusto, Rodolfo lo imputava a lei, la cosa strana era che, in tanti anni di lavoro insieme, la donna non si era mai ribellata al suo trattamento. Rodolfo, con alle spalle vent'anni di angherie sulla sua sottoposta, non ci pensò due volte, la sua curiosità la scaricò subito su di lei: «Che cos'è tutto questo casino, non ho mai visto tanti vigilanti tutti insieme».

«Quando sono arrivata, non solo mi hanno bloccata, ma non si sono fidati nemmeno del mio badge, mi hanno perquisita, parlando con uno di loro ho scoperto che si tratta del ricovero di un americano, un certo Mark Graham, mi hanno detto che è uno degli uomini più ricchi della terra. È stato ricoverato stanotte, per un blocco respiratorio, è affetto da SLA». Sapendo che il primario era poco propenso ad ascoltare a lungo, aveva detto il necessario, ma Bencivenga le fece cenno di continuare, riprese con lo stesso tono: «prima di diventare completamente dipendente dalle macchine, aveva voluto soddisfare il desiderio, di fare un giro in gondola nella laguna di Venezia, al rientro in albergo è stato colto da malore; il tour prevedeva anche una visita tra i resti della Roma imperiale».

Nella testa di Rodolfo Bencivenga si formò un piano, per riuscire a utilizzare tutto quello che aveva scoperto, ma aveva bisogno di un aiuto per arrivare a concretizzarlo: «Grazie, sei stata molto esaustiva,» la donna rimase sbalordita, era una delle poche volte, da che prestava servizio in quel reparto, che si rivolgeva a lei in maniera garbata, ma la cosa eccezionale era che, in tutti quegli anni, non aveva mai ricevuto un complimento. La guardò come se non l'avesse mai vista prima e riprese: «Enrichetta, potresti andare in Pneumologia e farmi raggiungere dal primario, non ho voglia che restino tracce di questa conversazione».

La caposala era al settimo cielo, l'aveva chiamata per nome, lei credeva che il suo capo non lo ricordasse nemmeno, subito lasciò il reparto, la gioia le metteva le ali ai piedi. Dieci minuti dopo, la donna entrava nell'ufficio di Rodolfo Bencivenga, accompagnata da Elio Saccardi, il primario di Pneumologia. La caposala li lasciò soli, fu il nuovo arrivato che s'informò sulle intenzioni del collega: «Qualsiasi cosa ti serve, fa in fretta, ho un paziente d'eccezione».

Bencivenga era indeciso su come comportarsi, la prese da lontano: «Mi fa piacere che sei venuto subito, questa è una situazione che può essere una grande opportunità o una catastrofe, per entrambi, tutto quello che ti chiedo deve rimanere top secret, è un gioco molto pericoloso, gli avvoltoi non aspettano altro che spolpare le nostre carc…»

Elio Saccardi, lo interruppe senza riguardi: «Si fa presto a dire parole eclatanti, ci conosciamo da troppi anni, lo sai bene che con me c'è poco da proporre enigmi, dimmi quello che hai in mente che facciamo prima».

Bencivenga non aveva altra scelta che parlare chiaro: «Ho bisogno di un colloquio da solo, con Mark Graham, se le cose andranno come penso, io avrò grandi benefici da questo incontro, ma nemmeno tu potrai lamentartene».

Il primario di Pneumologia, conosceva bene il suo collega, non aveva mai millantato cose che non avrebbe potuto mantenere. Nonostante tutto gli rispose sfiduciato: «Sappiamo entrambi che la fama del Rothschild è solo un lontano ricordo, quando siamo arrivati, allora eravamo giovani e brillanti ricercatori, in vent'anni, siamo diventati l'ombra di quello che eravamo, la cosa peggiore che potesse capitarmi è che…»

Stavolta fu Bencivenga a stopparlo: «Non ti ho chiamato per sentire le tue lamentele, voglio solo sapere se mi dai una mano a parlare da solo con Mark Graham».

Elio Saccardi capì che l'amico non stava scherzando, smise di porsi domande: «Mettiti il camice e vieni con me; ti avverto, l'uomo è sorvegliato a vista, posso prometterti al massimo cinque minuti di tempo, da solo con lui, ti devo procurare un interprete?».

«Dovrà farsi bastare il mio inglese, non è il caso di scoprire le mie carte davanti ad altre persone, ma adesso andiamo, sono curioso di conoscerlo».

Bencivenga camminava dietro Elio Saccardi, i suoi pensieri erano confusi, ma aveva un punto fermo, fare in modo di convincere il magnate, a barattare la sua guarigione per una donazione a sette zeri. Dovettero passare due controlli da parte delle guardie del corpo, prima di entrare nella stanza, l'uomo sembrava dormisse, ma appena sentì la presenza di altre persone nella stanza, aprì gli occhi. Il primario di Pneumologia controllò la tabella che gli porse l'infermiera, i valori erano accettabili, attirò l'attenzione della ragazza e insieme uscirono dalla stanza. Il paziente era perplesso, si agitò sul letto per protestare, il primario di Ematologia lo anticipò, nel suo inglese perfetto: «Sono Rodolfo Bencivenga, il primario del reparto di Ematologia, ho fondati motivi per credere che sia possibile la sua piena guarigione, si tratta di un trattamento sperimentale, per questo ho bisogno di sapere quanto è disposto a donare all'ospedale, in caso di recupero totale della salute». Il primario bloccò il magnate, che voleva intervenire, poggiandogli la mano sulla fronte: «la crisi ha allontanato i finanziatori, lavoriamo da tempo su questo progetto, ma il nostro ospedale soffre di una penuria di aiuti economici, abbiamo bisogno di nuovi sovvenzionatori, perché, pur di continuare la ricerca, da anni lavoriamo gratis, nel tentativo di salvare vite umane».

L'uomo si scosse, come a voler capire se avesse sentito, veramente quelle parole, nonostante la voce fosse metallica, perché arrivava attraverso comunicatore alfabetico con sintesi vocale, risuonò chiara e comprensibile: «Non ho capito a che gioco state giocando, se fosse vero quello che mi sta dicendo, io sarei disposto a cederle l'intero patrimonio, non mi resta molto da vivere e, dai peggioramenti delle mie condizioni fisiche, intuisco che non sarà nemmeno tanto piacevole…»

Bencivenga sapeva che aveva poco tempo a disposizione, lo interruppe: «È stato molto chiaro, adesso proverò a spiegarle il nostro punto di vista; a noi basta un mese del suo tempo e una donazione di una trentina di milioni di euro. A lei chiediamo solo il più stretto riserbo fino alla guarigione e, anche dopo, dovrà aspettare il nostro comunicato stampa, prima di divulgare la notizia».

Ignorò l'interruzione, negli occhi gli brillava la luce della speranza, risuonò di nuovo quella voce sintetizzata: «Siete molto economici, non sono così fiducioso come lei, ma di certo arrotonderò a modo mio l'importo che mi avete chiesto, come può vedere sono pronto ad accettare tutte le vostre condizioni, ma l'avverto, non mi piace essere preso in giro».

Bencivenga era esultante, dovette attingere alla sua sicurezza, per mantenersi calmo: «Ci sono alcune formalità che dovrà ottemperare: lei, che è più pratico di noi di contratti, mantenendosi sul vago, provi a far mettere nero su bianco, quello di cui abbiamo parlato, ma che sia una scrittura privata di cui siamo i soli depositari e a cui non dovrà essere data nessuna pubblicità. Richieda di essere ricoverato e si faccia trasferire nel reparto di Ematologia, provvederò personalmente, ad assicurarle una sistemazione adeguata; aspetti con serenità, i tempi necessari ad attivare tutte le procedure per poter lavorare in sicurezza sul suo caso. Nel momento che mi darà assicurazioni in tal senso, incominceremo il trattamento».

Mark Graham rimase per qualche istante in silenzio, quando parlò, nonostante arrivasse attraverso comunicatore alfabetico con sintesi vocale, sembrava che gli tremasse la voce: «Voglio essere sincero con lei, quello che mi ha chiesto non è nulla in confronto alla mia guarigione, farò in modo che per domani mattina, lei abbia tutto quello che mi ha chiesto…»

Venne interrotto dall'ingresso nella stanza di Elio Saccardi e un paio di medici del suo staff, il nuovo arrivato si rivolse al suo collega: «Credo che sia venuto il momento di lasciare riposare il nostro paziente».

Bencivenga poggiò una mano sulla spalla di Mark Graham e uscì in corridoio, dopo qualche istante venne raggiunto da Saccardi: «Che cosa succederà adesso?»

«Dipende tutto dal tuo paziente, siccome dovremo lavorare insieme, credo che sia meglio chiarirci subito; non ho nessuna intenzione di toglierti il tuo ricoverato, voglio solo tentare con lui un protocollo sperimentale».

Il pneumologo era titubante, cercò di scegliere bene le parole, aggiunse: «Ti ringrazio per la premura, potevi semplicemente fare scegliere a lui e tagliarmi fuori». Agitò la testa, come a voler richiamare alla mente le parole del collega, riprese meravigliato: «dovresti spiegarti meglio, tu vuoi fare una sperimentazione su Graham e m'includi nel progetto, senza che io abbia partecipato alla ricerca».

«Te l'ho detto, la torta è così grande che ce n'è per tutti e due, ma soprattutto per il Rothschild,» dal suo sguardo si capiva che Saccardi faceva fatica a seguirlo, Bencivenga riprese di buonumore: «mettiamola così, sono disposto a includerti nel progetto, perché mi servono le sue cartelle cliniche nel più breve tempo possibile, ho bisogno di prendere visione di tutto quello che hai sul suo conto».

Saccardi fece finta di credergli, annuì: «Se è solo questo, non ci sono problemi, ti mando tutto nel tuo reparto».

Rodolfo Bencivenga, quando arrivò nel suo ufficio, si mise comodo e chiamò Marco Fiori, il presidente del Consiglio d'Amministrazione, lo conosceva molto bene, non solo era un presenzialista, ma gli piaceva ostentare il suo status. Gli rispose, come al solito esitante: «Rodolfo, adesso non posso perdere tempo, c'è una seduta del Consiglio, ti chiamo io, non appena ho un po' di tempo per farlo».

Le cose andavano meglio di come avesse pensato, fece subito pressione sull'uomo: «Caro presidente, ricorderà sicuramente, la sperimentazione sul paziente zero, sono arrivato al punto che devo solo raccogliere il frutto del mio lavoro. Non ho molto tempo a disposizione, quello che m'interessa sapere, immediatamente, è se lei e il Consiglio d'Amministrazione, volete partecipare o devo fare in modo di dividere i benefici con qualcun altro?»

Sapeva che, col suo discorso aveva fatto un'enorme pressione su Marco Fiori, il quale, come al solito, non aveva capito niente, ma da quell'affarista che era, aveva subodorato anche stavolta il ritorno per sé e per la struttura. Rispose risoluto: «Per cambiare l'ordine del giorno, dovrei rinviare questa riunione e convocarne un'altra straordinaria, cercherò di convincere i consiglieri ad accettare questa forzatura. Mi dia mezz'ora, quando saremo pronti, la farò chiamare dal suo segretario».

Mentre aspettava che lo chiamassero, per cominciare la seduta, aveva redatto il documento da discutere in quella seduta, c'era un'unica proposta: utilizzare il sangue del paziente zero per una sperimentazione su un malato molto importante. Nel caso si fosse riusciti a salvargli la vita, con le sue donazioni, si sarebbero potute risollevare le sorti dell'ospedale in generale e del reparto in particolare. Dopo l'ennesimo giro attorno al tavolo del suo studio, Ugo Robertelli, il suo segretario, fece il suo ingresso: «La stanno aspettando, l'amministratore delegato, deve aver usato toni molto convincenti, ci sono tutti».

«Prendi quel plico sulla mia scrivania e portalo nella sala riunioni, quando mi vedrai arrivare, esci, sigilla la stanza e sparisci, ti telefonerò io quando devi venirci a liberare».

L'uomo rimase molto impressionato dal tono del primario, sapeva che era un uomo molto potente, senza aggiungere una parola prese il pacco e uscì dalla stanza, Rodolfo Bencivenga andò in bagno si lavò il viso e andò nella sala riunioni. Non appena fu entrato, il suo segretario, eseguì alla lettera le sue consegne, il rumore delle mandate della serratura, fece girare tutti verso la porta, ma nessuno protestò. Il primario aprì il pacco e distribuì ai quindici presenti la copia dell'ordine del giorno, solo allora si diresse al suo posto e si sedette. Non si sentiva volare una mosca, in un muto segnale, tutti posarono il foglio sul tavolo, Rodolfo Bencivenga cominciò a parlare: «È inutile sottolineare che solo vent'anni fa, il reparto di ematologia del Rothschild, era un centro d'eccellenza mondiale. Nel corso degli anni, siamo stati prima raggiunti e poi sorpassati da molti altri ospedali, che hanno saputo coniugare ricerca e innovazione. Ormai siamo dei malati terminali che devono la loro sopravvivenza, al buon cuore di chi non ha ancora chiuso il rubinetto dell'ossigeno».

Si fermò per consentire ai membri del consiglio d'intervenire, le proteste non si fecero attendere. Il primo a prendere la parola fu Marco Fiori, il presidente: «Dopo tutto quello che ho fatto per te, non mi aspettavo un simile comportamento, mi rifiuto di prendere parte a questa buffonata, il nostro ospedale procederà a testa alta…»

Venne interrotto da Furio Alderisi, uno dei due vicepresidente: «Quando non ti scrivono il discorso sei penoso, abbi perlomeno il buon gusto di tacere, sono quattro anni che ti abbiamo proposto il nuovo piano aziendale, tu non ti sei ancora degnato di leggerlo …»

Michele Conforti, l'altro vicepresidente, era un buonista, s'indignò, ma senza alterarsi: «Cari colleghi, non c'è bisogno di accavallarsi, noi siamo il cuore pulsante del…»

Davide Donadio, uno dei consiglieri anziani, interruppe tutti senza tanti complimenti: «Smettiamola tutti quanti di prenderci in giro, mi rivolgo soprattutto a chi siede in questo consiglio solo per il gettone di presenza; basterebbe riascoltare questi tre interventi, per capire perché stiamo affondando; trovo che l'analisi del dottor Bencivenga sia perfettamente in linea col pensiero di molti consiglieri e mi trovo pienamente d'accordo con lui, lasciamolo parlare, sono curioso di conoscere i dettagli del suo piano».

Quindici paia di occhi si voltarono verso il primario, era combattuto, ma capì che non era il momento di farsi prendere dagli scrupoli, esordì senza troppi fronzoli: «Vorrei che fosse chiaro a tutti che quanto avverrà in questa stanza, deve rimanere seppellito dentro di noi, anzi, dobbiamo proprio rimuoverlo, mi sono fatto garante della massima discrezione con quello che, per comodità, chiameremo donatore zero. Chiedo l'unanimità, se qualcuno non è d'accordo non ci sono problemi, la chiudiamo qui e continuiamo a sperare nel buon cuore di chi continua a tenerci in vita».

Anche stavolta, le reazioni non si fecero attendere, nella stanza nessuno riusciva a incominciare a parlare perché ognuno si sovrapponeva all'altro, l'unico a rimanere impassibile fu proprio il promotore dell'assemblea straordinaria. Lentamente ritornò la calma, Davide Donadio fu il primo a riaversi, la sua voce roboante spense anche gli ultimi chiacchiericci: «Da quello che abbiamo letto sull'ordine del giorno, non ci vuole un'analisi approfondita, per capire che, la sperimentazione all'oggetto, va contro ogni principio deontologico della nostra professione, ma sono vent'anni che faccio parte di questo consiglio d'amministrazione, è la prima volta che mi è venuta la voglia di assistere alla prossima seduta. Ho sempre odiato Rodolfo Bencivenga, lo sapete tutti, quindi nessuno potrà accusarmi di servilismo, ma i rapporti interpersonali non devono mai interferire con gli affari. Sono d'accordo con lui, ma per tutelare il nostro donatore zero non basta assicurare il silenzio, propongo di depositare, nelle mani del nostro relatore, a titolo di cauzione, le dimissioni dal consiglio e duecentomila euro in contanti; chiunque si lasci scappare anche solo una parola su quest'accordo, oltre al posto, perde anche tutti i suoi soldi».

Nonostante l'esborso fosse consistente, le proteste del consiglio furono minime. Il presidente prese la parola: «In linea di principio io sarei…»

Senza rispetto per la carica, venne interrotto di nuovo da Davide Donadio: «Quando un uomo afferma di approvare qualche cosa, in linea di principio, intende dire che non ha la minima intenzione di metterlo in pratica. Qui non stiamo giocando, non bisogna essere tutti convinti che possa funzionare, è necessario che siamo anche tutti partecipi delle conseguenze,» il presidente tentò d'interromperlo, non glielo consentì: «ovviamente, non vorrei essere smentito dai fatti, è meglio ascoltare il piano di Rodolfo, in tutte le sue sfaccettature».

Tutti i consiglieri fissarono gli occhi su Bencivenga, il richiamo alla deontologia professionale l'aveva destabilizzato, ma sapeva che non poteva più tirarsi indietro. Il primario si decise a parlare: «Il paziente su cui ho intenzione di lavorare ha poco tempo da vivere; si tratta di Mark Graham, per chi non lo conoscesse, posso dire che è l'uomo più potente della terra, in termini di contatti, e il terzo più ricco. È ammalato di SLA, come tutti sapete, i malati di questa patologia perdono gradualmente il controllo di diverse funzioni vitali, come camminare, respirare, deglutire e parlare. Le cause che provocano la SLA non sono ancora del tutto chiare, le uniche cure attualmente disponibili riescono, soltanto, ad alleviare i sintomi e a rallentare la progressione della malattia. L'esito finale è drammatico: prima della morte, il paziente è costretto alla sedia a rotelle, perché paralizzato, e a respirare tramite un supporto per la ventilazione meccanica,» qualcuno rumoreggiò, Bencivenga si fermò, platealmente allungò la pausa: «Graham è già arrivato alla ventilazione meccanica …»

Marco Fiori insorse: «Che cosa c'entriamo noi?»

«Come il presidente, anche tutti voi vi starete chiedendo che cosa abbia a che fare la SLA col mio reparto,» la pausa che doveva permettere ai consiglieri d'intervenire, non venne raccolta da nessuno, perdurava un silenzio sepolcrale. Riprese ringalluzzito: «facciamo un passo indietro, torniamo alla protezione del paziente zero, per la prima volta sono d'accordo con Davide Donadio, aggiorniamo la seduta a domani quando ognuno di voi mi consegnerà duecentomila euro e le sue dimissioni, prima di espormi è meglio che io e il paziente zero, siamo tutelati».

Si fece un silenzio sepolcrale, nessuno aveva intenzione di mettersi in mostra, il presidente ritrovò la voce: «Chi ci dice che non te ne andrai col malloppo?»

«Lei è sempre fiducioso del genere umano, non scapperò semplicemente perché le consegnerò le mie dimissioni, tra buonuscita e azioni, l'importo supera di gran lunga la somma delle vostre cauzioni».

Marco Fiori reagì in fretta: «Vista l'urgenza, come suggerito, aggiorno l'Assemblea a domani mattina, porteremo tutti ciò che ci ha chiesto il dottor Bencivenga, prima di sciogliere la seduta, proporrei una conta di chi ci sarà».

Finito il discorso il presidente si alzò in piedi, altri quattordici scattarono dalla sedia, Bencivenga capì che la partita era cominciata, non si poteva tirare più indietro, c'era l'unanimità che aveva chiesto. Alzò la cornetta del telefono fisso e compose un numero, non disse una parola ma, qualche istante dopo, Ugo Robertelli aprì le porte della sala. L'assemblea si sciolse in silenzio, Rodolfo Bencivenga, si rese conto che non faceva un pasto decente dal giorno prima, chiamò l'autista e si fece accompagnare al suo ristorante preferito. La telefonata di Cesare Brambilla gli arrivò che si era appena seduto, gli disse di raggiungerlo. Mentre pranzavano l'amico lo ragguagliò sulle ultime novità: «Tua moglie, per lasciarti in pace chiede un milione di euro, se vuoi, posso mandarla via senza un centesimo».

Rodolfo sorrise: «Dalle quel che ha chiesto, ma che sia una cosa definitiva, adesso finiamo di mangiare in santa pace».

Cesare tornò alla carica: «Ti consiglio di ripensarci, ma se sei convinto, te la chiudo subito la vertenza, se hai tempo di passare da me, ti faccio firmare i documenti».

Seguì l'amico nel suo studio e, una volta sbrigate le formalità, andò a piedi nel parcheggio dell'ospedale. Si accorse che aveva lasciato le chiavi della macchina in ufficio, salì subito in reparto, nel corridoio incontrò Enrichetta, rimase piacevolmente colpito dalla presenza della donna, non era il tipo da tenersi per sé le sue perplessità, le sorrise: «Che cosa ci fai qui, a quest'ora?»

La donna cominciava ad abituarsi al cambiamento che, il primario, aveva manifestato nei suoi confronti, rispose senza la solita vena acida: «Robertelli mi ha avvertito che lei era impegnato, lavoriamo insieme da quasi vent'anni, la conosco troppo bene per non sapere che, quando è sotto pressione, dimentica quello che non ritiene importante, così sono rimasta in reparto a gestire l'ordinario».

Si rese conto che la sua collaboratrice era sul posto di lavoro da almeno quindici ore, senza nemmeno rendersene conto si avvicinò a lei e l'abbracciò, poi si staccò, per la prima volta si accorse di sentirsi a disagio con una sua sottoposta: «Hai proprio ragione, solo ora mi sono accorto della mia superficialità, me ne vergogno;» Enrichetta era rimasta quasi a contatto col suo superiore, lui riprese, impacciato: «sono stato cieco, credevo di dovermi sempre ergere su tutto e tutti per non essere vulnerabile, ma su una cosa hai torto, in questi anni, spesso, ho lasciato perdere anche tante cosc veramente importanti».

Lei non resistette, dimenticò vent'anni di frustrazioni e l'abbracciò, di colpo i sensi di colpa le fecero fare un passo indietro: «Non so che mi è preso, mi deve scusare se mi sono lasciata andare, lei è un uomo sposato e io una stupida zitella inacidita».

Era la prima volta che considerava Enrichetta una donna, l'attirò a sé, l'abbracciò di nuovo e le sfiorò le labbra con un dito: «Smettila di dire stupidaggini».

Si baciarono con desiderio, Enrichetta non era bella come Eleonora e nemmeno così sofisticata, ma per la prima volta, sentiva di avere tra le braccia una donna. Non riuscì a parlare, Enrichetta lo anticipò: «Non sono una di que…»

«Sono stato stupido, ma non cercare di imitarmi, credo di essere sempre stato innamorato di te, ma avevo il terrore di sbagliarmi, pensavo che tu non potessi essere abbastanza per me, in realtà ero io a essere inadeguato; adesso tocca a te parlare chiaro, spogliarti delle tue paure».

«Ho bisogno di un po' di tempo per raccapezzarmi, mi dia la serenità di farlo senza pressioni».

«Fai tutto quello che ritieni giusto, tocca a me adesso pendere dalle tue labbra, però smettila di darmi del lei».

Lei gli fece una carezza sul volto e si allontanò. Rodolfo era felice, di tutto questo doveva ringraziare Andrea Saltusio, il solo pensiero gli fece tremare le vene ai polsi, non era giusto giocare sulla sua pelle. Senza pensarci due volte, si recò nella stanza del paziente zero, in quei mesi di collaborazione, si era creato un bel rapporto tra i due. Non appena il primario entrò in camera si accorse che il suo paziente era depresso. Cercò di tirargli su il morale: «Sono riuscito ad avere una bella liquidità di danaro, quando domani i consiglieri, mi verseranno le loro cauzioni, ti consegnerò due milioni di euro in contanti, che ti dovranno servire per sparire, in caso di fuga di notizie e, se tutto va nel verso giusto, come buonuscita quando avremo terminato il nostro piano di lavoro».

Andrea faceva fatica a seguire il discorso di Bencivenga: «Perché, pensi che questo sarà l'unico progetto?».

«Comunque vadano le cose, tu devi sparire, ero convinto di ciò, già prima di parlartene, figurati ora che siamo diventati amici».

«Che vuol dire, sparire?»

«Ormai la macchina è avviata, non posso più fermarla, se come credo, con la prima trasfusione, il paziente importante di cui ti ho parlato, otterrà una regressione del male, non appena avrò fatto la seconda tu devi cambiare nome dimenticare tutto quello che ti è successo in questa vita, in poche parole devi uccidere l'uomo che sei, dovrai farlo bene. Nella migliore delle ipotesi, tra qualche settimana, una volta finito il progetto, in molti si chiederanno la ragione del miracolo, non ci metteranno molto a capire che la divina provvidenza non c'entra proprio niente. Da quel momento in poi tu rappresenterai una risorsa troppo grande per ogni nazione, ti contenderanno anche a costo di scatenare una caccia all'uomo, figurati se ti lasceranno libero di vivere la tua vita; cerca di sfruttare questo tempo per premunirti.» Si avviò alla porta, poi ritornò indietro e aggiunse: «Non dirlo nemmeno a me dove andrai e chi diventerai, potrebbero torturarmi o peggio, corrompermi».

Andrea rimase sconvolto più dal tono che dalle parole di Rodolfo, aveva sentito da lui quell'avvertimento tante volte, stavolta era decisamente più drammatico. Lo guardò negli occhi: «Se io non attendessi la seconda trasfusione e scappassi non appena mi consegnerai i soldi?»

«Ti beccherebbero subito, ti ho avvertito proprio per darti il tempo di organizzarti».

Quando rimase solo, si rese conto della gravità della situazione, non aveva molto tempo per ideare un piano che potesse funzionare, otto giorni passano in fretta. Approfittò della libertà che gli concedevano, per scendere al primo piano in amministrazione, entrò nel centralino e, come aveva fatto decine di volte, si rivolse a una delle operatrici: «Posso fare una telefonata?»

La ragazza gli sorrise: «Certo, ma non stare troppo in linea, lo sai che ci controllano».

Gli cedette il posto e andò a fumarsi una sigaretta. Andrea mise in attesa una chiamata entrante e telefonò alla sua ragazza, per evitare di tirarla dentro i suoi problemi, l'avvertì indirettamente: «Senta siamo riusciti a trovare la sostituzione, domani può stare a casa, lei sarà di turno dopodomani orario quattordici venti».

Non aspettò che Nicole rispondesse, chiuse la comunicazione e raggiunse la centralinista che aveva appena acceso la sigaretta, le fece l'occhiolino e tornò in reparto. Si sentiva un cospiratore, con tutti quei sotterfugi ma, suo malgrado, era spaventato, fino a pochi mesi prima, la morte era un problema che non gli riguardava, poteva mettere fine alla sua permanenza sulla terra in qualsiasi momento. L'incontro con Giulio aveva segnato lo spartiacque tra la vecchia e la nuova vita, ma quello che gli aveva trasformato la sopravvivenza in esistenza, era stato ritrovare Ginevra, nelle vesti di Nicole Giudici. Non voleva che la sua ragazza potesse soffrire a causa sua, non se lo sarebbe mai perdonato. Trenta minuti dopo Nicole, che aveva capito il senso del messaggio, entrò nella stanza, era agitata: «Che cosa sta succedendo, perché mi hai chiamato?»

«Il primario mi ha consigliato di tagliare la corda, è pronto a consegnarmi i due milioni d'euro che riceverà dai consiglieri, per consentirmi di sparire dalla circolazione, non appena finita la sperimentazione».

La ragazza rimase stupita, non aveva mai sopportato quel pallone gonfiato del primario, ma doveva ammettere che, nei riguardi di Andrea, si stava comportando bene. Lo abbracciò: «Non ho mica il potere di leggerti nella mente, che cosa vuoi che io faccia?»

«È giunto il momento di mettere in atto quello che abbiamo discusso decine di volte, devi prepararmi il terreno per la fuga,»

Nicole lo guardò con aria interrogativa, lui riprese serio: «tu sola puoi portare fuori i soldi dall'ospedale, ne avrò bisogno per far perdere le mie tracce».

«Smettila di dire cose assurde, se tu dovrai sparire io voglio esserti d'aiuto, cercherò di restare quanto più è possibile in ospedale, pronta a venirti in soccorso».

Andrea aveva le lacrime agli occhi, la ragazza lo baciò, sembrava così indifeso, poi esplose: «Smettila di fare la bambina viziata e fa come abbiamo programmato, inoltra la richiesta di distacco a Bolzano. Non ti preoccupare ho fatto in modo che il responsabile del personale credesse che fosse Rodolfo Bencivenga a mettere una buona parola, per farti distaccare di nuovo a Bolzano, non ti faranno storie. Non appena ne avrò la possibilità, ti raggiungerò, non voglio credere che, per un capriccio tu voglia buttare a mare il nostro futuro».

Nicole si sentiva dilaniata dal distacco, s'intestardì: «Senza te, io non vado da nessuna parte».

«Devi fidarti! Da quello che ho capito, tra poco più di una settimana, sarò costretto a sparire, non ho alternative, per evitare intercettazioni, cercherò di comunicarti i dettagli, con le stesse modalità di oggi».

Si abbracciarono fino a farsi male, poi la ragione ebbe il sopravvento, era quasi ora del controllo, Nicole si allontanò dal reparto prima che arrivasse la squadra. Pochi minuti dopo, il medico di turno entrò da solo nella stanza, compilò la scheda e, dopo aver scambiato quattro chiacchiere col paziente zero, uscì. Andrea non era di buonumore, si mise a letto, bevve una fiala di tranquillante, chiuse gli occhi e si addormentò subito. Rodolfo guidava lentamente, il tragitto che di solito detestava non gli pesava, dopo tanto tempo era sereno, il suo unico cruccio era la sorte del paziente zero. La sua mente era come una pallina di ping-pong rimbalzava tra Andrea e la riunione del Consiglio d'Amministrazione della mattina successiva. Pensò a Enrichetta, subito gli tornò il buonumore, era inutile che si facesse tanti film per la testa, sulla riunione del giorno dopo, conosceva bene tutti i membri del Consiglio, avrebbero ottemperato ai loro doveri. Non appena giunse nella sua cameretta e accese il computer, gli ripiombò addosso tutta la responsabilità. Si concentrò sui dettagli, l'intervento che aveva preparato, era superato dalle proposte del consiglio, modificò l'ordine del giorno in qualcosa di più specifico, stilò i punti cardini in un documento a parte che, dopo averlo letto, tutti i consiglieri avrebbero dovuto distruggerlo, finalmente si sentiva pronto. Fece una doccia e si mise a letto.

Il Consiglio d'Amministrazione

Un raggio di sole lo svegliò, si accorse che aveva dimenticato di chiudere gli scuri della finestra, pregustava una giornata piena di soddisfazioni, si sentiva eccitato. Il traffico era sostenuto, ma non gli dava fastidio gli serviva per riconsiderare tutto quello che aveva intenzione di dire e di fare, non ultimo l'atteggiamento da mantenere con Enrichetta. Il solo pensiero della sua collaboratrice lo fece sorridere, sperava che lei prendesse in considerazione la possibilità, di provare a farsi convincere, sulla genuinità delle sue intenzioni. Stava per chiamare Ugo Robertelli, il suo segretario, quando squillò il telefono, era Eleonora: «Come puoi essere così crudele!»

«Mi rubi le battute, ti amavo, ma tu hai fatto di tutto per distruggere il nostro rapporto, non ti sembra un po' tardi, farti venire gli scrupoli di coscienza?»

«Va bene, non sono stata una moglie perfetta, ma non ti sembra esagerato, tirare dentro il nostro rapporto persone estranee».

Lui rise di gusto, quando parlò si sentiva meglio, gli era tornato il buonumore: «Cara Eleonora, fino a ieri ero così disposto a perdonare le tue scappatelle che nemmeno le vedevo, ma se intendi che Cesare Brambilla sia una delle persone estranee, che mi dici di quelli che ti sei portata a casa mia, nel nostro letto?»

Lei riattaccò il telefono, Rodolfo le dedicò, col pensiero, altri dieci secondi, poi ritornò al programma della giornata, ripassò mentalmente le variazioni che aveva inserito, erano un ottimo compromesso. Arrivò al Rothschild prima del previsto, lasciò la macchina al posto a lui riservato e salì in reparto, Enrichetta gli andò incontro con la cartella dell'ordine del giorno, lui gliela tolse di mano e tentò di abbracciarla. La caposala si divincolò, era a disagio, lui rimase impassibile, siccome lei non aveva il coraggio di parlare, Rodolfo si decise a rompere il silenzio: «Vedo che non hai ancora pensato a cosa farne di noi».

La donna era preoccupata, rispose in un fil di voce: «Potevano vederci».

«Non m'importa, continui a non rispondermi!»

«Sei veramente sicuro di quello che dici?»

«Quello che ho in testa io lo so, non ho ancora capito che cosa ne pensi tu del nostro rapporto».

La donna smise di chiedersi che cosa fosse giusto, si avvicinò e l'abbracciò. Restarono qualche istante fermi a guardarsi negli occhi, poi lui la baciò, per la prima volta lei si abbandonò completamente. In quel momento, Rodolfo si chiese come aveva potuto amare una donna come Eleonora. Il campanello della porta del reparto suonò, lui le diede un altro bacio poi si diresse nel suo ufficio, pochi minuti dopo, Enrichetta entrò, con al seguito Elio Saccardi, il pneumologo era agitato: «Mark Graham mi ha chiesto di poterti vedere, tra dieci minuti finirà la terapia, una guardia del corpo verrà a prelevarti per portarti da lui,» si aggiustò il colletto del camice, poi riprese: «Sei sempre del parere che alla fine resterà qualcosa anche per me?»

«Elio, non ti ho mai mentito, tu sei un amico beneficerai, come tutti noi, della sperimentazione sul tuo paziente».

Si allontanò soddisfatto, non appena si chiuse la porta, Enrichetta si avvicinò e lo accarezzò, Rodolfo la strinse a sé, era felice: «Finalmente ti sei decisa».

La caposala sembrava trasformata, le luccicavano gli occhi: «Non me ne frega niente, accada quel che accada, io la voglio vivere appieno questa felicità».

«Visto che ti sei decisa, ti posso dare la notizia, ho rotto da tempo con mia moglie, del divorzio si sta occupando il mio avvocato; il nostro rapporto non è un segreto, puoi dirlo a chi ti pare, non siamo una coppia clandestina, se poi, compatibilmente con i tuoi impegni, vuoi venire a mangiare qualcosa con me, sarei felice di poter pranzare insieme».

Enrichetta si avvicinò, e rimase stretta a lui, un discreto bussare alla porta ruppe l'idillio, era una guardia del corpo del magnate americano, Rodolfo Bencivenga lo seguì. Mark Graham era disteso sul letto, con accanto Elio Saccardi, fece un cenno alla guardia del corpo, in dieci secondi si trovarono da soli nella stanza, il magnate venne subito al sodo, anche nella voce metallica che usciva dal sintetizzatore, s'intuiva la tensione: «Nella cartella sul comodino c'è quello che mi ha chiesto, gli dia un'occhiata e mettiamoci subito al lavoro».

Bencivenga prese la cartella dal comodino e lesse il contenuto dell'accordo, Mark Graham aveva già fatto una donazione al

Rothschild di trenta milioni di dollari, in caso di miglioramenti significativi, del suo stato di salute, l'Azienda avrebbe ricevuti altri cento milioni. Si rese conto che se l'uomo aveva voluto corromperli, c'era riuscito. Sorrise e si avvicinò al paziente, gli parlo con tono di rimprovero: «Vedo che non ha preso in considerazione l'eventualità di una completa guarigione».

Il magnate si contorse per guardarlo meglio, la voce metallica risuonò stranamente allegra: «Per mia natura credo nei miracoli, ma fino adesso, non sono ancora andato oltre. Se lei riesce a guarirmi, non dovrà nemmeno chiedere, la luna gliela porto a casa personalmente».

«Facciamo un passo alla volta, tra qualche ora ho il consiglio di amministrazione che sancirà l'inizio della sperimentazione, intanto la farò trasferire in un altro reparto, dove avrà più privacy, l'unica cosa che le chiedo, è che non faccia il bambino viziato; noi dettiamo le regole e lei le rispetterà integralmente senza chiedere chiarimenti. Non si tratta di una terapia convenzionale, soprattutto, vorremmo evitare di avere gente tra i piedi, è solo per il suo bene, potremmo essere costretti a improvvisare».

L'uomo si rabbuiò, poi sorrise: «Farò come dice lei; non ho mai concesso tanto, ma è anche vero che non mi ero trovato in questa condizione, prima d'ora».

Bencivenga prese la cartella e uscì. Tornò in fretta nel suo ufficio, fece sedici copie del contenuto della cartella che gli aveva dato Mark Graham. Suonò il campanello come al solito arrivò subito Enrichetta, la abbracciò, alla sua faccia interrogativa lui disse: «Avevo bisogno di essere sicuro che fosse tutto vero, quello che mi sta capitando».

«Se ti comporti così carinamente, mi dici come faccio a non volerti bene?»

«Adesso bando alle chiacchiere, organizza tutto per il trasferimento di Mark Graham, nel nostro reparto, lo sistemi nella stanza accanto ad Andrea Saltusio. Non mi hai ancora risposto te lo richiedo, ti va di pranzare insieme?»

Gli rispose in modo convincente, quando si sciolse dall'abbraccio, Enrichetta uscì dalla stanza per dare le disposizioni per sistemare il nuovo paziente. Rodolfo preparò sedici cartelle, inserì le copie del documento che gli aveva dato Mark Graham, aggiunse anche la ricevuta di duecentomila euro, già firmata; prese dal vassoio della stampante le sue dimissioni; era pronto per la seduta del Consiglio d'Amministrazione. Squillò il telefono, era Ugo Robertelli: «Manca solo lei, tutti i consiglieri sono arrivati in anticipo, hanno un'aria truce».

«Non ti preoccupare, quando usciranno dalla sala riunioni, avranno tutti un sorriso a trentadue denti».

Si diresse con calma al sesto piano, era meglio che cuocessero tutti nel proprio brodo, dopo il suo ingresso Ugo Robertelli, chiuse le porte a chiave, è inutile aggiungere che la sala del consiglio era insonorizzata. Rodolfo Bencivenga prese posto in silenzio, guardò uno per uno la faccia dei consiglieri, erano tutti incazzati neri. Davide Donadio fu il primo ad avvicinarsi, gli porse una mazzetta da duecentomila euro, il primario gli consegnò la cartelletta col suo nome. Marco Fiori, il presidente, si avvicinò anche lui diede un'occhiata di fuoco al consigliere che l'aveva anticipato, e si diresse al suo posto; Furio Alderisi, uno dei due vicepresidenti andò a prendere anche lui la cartella, lasciò la mazzetta di banconote, ma non fece in tempo ad arrivare al suo posto, perché Marco Fiori aveva letto le disposizioni di Mark Graham, con l'aria agitata si rivolse a Rodolfo Bencivenga: «Che cosa significa?»

«Il magnate americano ha voluto portarsi avanti, ora sta a voi dare il nulla osta per iniziare la sperimentazione».

Tutti i consiglieri si affrettarono a versare la cauzione, per capire cosa stesse succedendo. Restarono a leggere il contenuto della cartella, poi si misero a fissare il Presidente. Marco Fiori poggiò la sua cartella sul tavolo e si aggiustò la voce: «Ieri, senza nessuna pezza d'appoggio, eravamo tutti d'accordo di sostenere il dottor Bencivenga, da quello che ho letto, non ci resta che deliberare; vorrei solo aggiungere che tutto andava bene già prima, ma mentirei. Voglio aprire una parentesi per rivolgermi a Furio Alderisi, capisco la sua delusione, ma è inutile dire frasi a effetto,» prese un pezzo di carta dalla tasca, poi riprese con lo stesso tono: «il vostro progetto era ottimo, solo che ai finanziatori non piaceva; stavolta abbiamo la possibilità di tornare grandi, senza dover elemosinare un consenso, per poter sopravvivere, di questo dobbiamo ringraziare Rodolfo Bencivenga, direi che è giunto il momento di formalizzare: invito tutti i membri del consiglio a votare».

Gli esponenti del consiglio di amministrazione deliberarono all'unanimità che, Rodolfo Bencivenga potesse agire autonomamente e utilizzare le prerogative ematiche del paziente zero, per una sperimentazione, finalizzata a salvare la vita, del malato molto particolare, Mark Graham. Rodolfo, che in fondo era un uomo riservato, voleva scappare dalle manate sulle spalle dei tanti ipocriti che adesso lo osannavano, ma non poteva farlo, doveva ancora sistemare alcune cose. Ritirò tutti i fogli dove aveva descritto, dettagliatamente i particolari della sperimentazione e li bruciò in un braciere, poi si schiarì la voce e prese il microfono: «L'attività incentrata sul paziente zero è solo all'inizio, la parte più difficile viene adesso, vorrei che dimenticaste quello che è successo in questa sala, almeno fino alla prima conferenza stampa».

Quando Robertelli aprì la porta del salone, Bencivenga uscì dalla sala del consiglio, e si avviò verso il suo reparto, mise la mano in tasca, si ritrovò tra le dita la sua lettera di dimissioni, siccome nessuno gliela aveva chiesta, era meglio che la tenesse lui, i membri del consiglio potevano anche non essere d'accordo sul versare una buonuscita al paziente zero. Non appena entrò nel suo ufficio, Rodolfo Bencivenga chiamò Elio Saccardi, il pneumologo lo raggiunse dopo pochi minuti, aveva l'aria preoccupata: «Mark Graham ha avuto un problema respiratorio, anche se a fatica, sono riuscito a normalizzarlo. Conosco il mio mestiere, da quello che ho letto sulla sua cartella clinica, non sono sicuro che la diagnosi, fatta dagli americani sia corretta, se davvero puoi fare qualcosa per lui, sbrigati».

«Adesso ci occuperemo di Graham prima, però, devi promettermi che tutto quello che succederà, rimarrà un segreto. Se vuoi ne possiamo parlare insieme, ma nessuno deve sapere niente di quello che succede nel mio reparto, lo sapremo solo tu e io, anche il mio staff ne resterà fuori».

«Accetto, senza riserve».

Non ci fu bisogno di aggiungere altro, Rodolfo gli consegnò il foglio con la descrizione del protocollo che aveva intenzione di dimostrare e si diressero nella stanza approntata per il magnate. L'uomo giaceva supino, qualche istante dopo arrivò Andrea Saltusio, era stato già informato delle modalità del suo utilizzo; infatti, si sdraiò sul letto accanto a Mark Graham e subito gli applicarono gli elettrodi poi, una volta attaccato alle macchine lo prepararono per la trasfusione da braccio a braccio. Procedettero lentamente, mentre i medici che avevano preparato i due pazienti uscirono dalla stanza. Elio Saccardi e Roberto Bencivenga, effettuarono la trasfusione, non tolsero gli occhi dai monitor, quando arrivarono a duecentocinquanta centimetri cubici, smisero di pompare sangue nelle vene del Magnate. Il pneumologo aveva voglia di parlare, ma non voleva contrariare il collega, Rodolfo capì la sua condizione, ma non fece niente per alleviare la sua ansia, aspettò che Andrea Saltusio uscisse dalla stanza, poi fu lui a parlargli in modo neutro: «Il sangue, come ben sai, è composto per il 45% da parte corpuscolare e per il 55% da parte liquida, viaggia in due tipi di percorsi: la piccola circolazione è quella che parte dal cuore, arriva ai polmoni e ritorna al cuore, mentre la grande circolazione è quella che collega cuore-periferia-cuore. Le vene portano il sangue verso il cuore, invece le arterie lo trasportano dal cuore verso gli altri organi, per fare il giro del corpo, in un soggetto sano, il sangue impiega meno di un minuto…»

Il pneumologo non ce la fece a restare calmo, lo interruppe: «Non ho capito quello che vuoi dimostrare, anche un idiota sa come funziona la circolazione del sangue».

«Se mi avessi dato il tempo di spiegarmi, sarei arrivato al punto in pochi secondi,» stavolta non si fece interrompere, lo prese dalle spalle: «ho bisogno che il sangue della trasfusione si mischi al sangue del paziente, per ottenere che tutto l’organismo incominci a ricevere benefici dal sangue del paziente zero, ci vogliono una ventina di giri».

I due primari restarono spalla contro spalla a fissare i monitor, per una decina di minuti non successe niente, poi lentamente, la respirazione del paziente cominciò a normalizzarsi. Aspettarono altri dieci minuti, poi Rodolfo riempì una provetta con cinque centimetri cubici di sangue del magnate e fece uno squillo a Enrichetta. La donna arrivò di corsa, lui le diede la provetta con sopra un nome a caso di un paziente del reparto: «Corri in laboratorio e dì al responsabile che faccia tutti gli esami che gli ho descritto stamattina, ti aspetto qui, non appena sono pronti me li porti, poi andremo a pranzare».

Enrichetta uscì di corsa, restarono di nuovo soli, lo pneumologo era perplesso, gli spiegò il motivo: «Con la ventilazione, riuscivamo a mantenere la saturazione intorno al 92%, nonostante il supporto, il paziente rimaneva in ipossia severa; dopo quarantacinque minuti della nuova terapia, siamo passati al 98%. Aspetto con ansia i risultati delle analisi, ma sono convinto che anche da quelle avremo delle piacevoli conferme».

Rodolfo era euforico, il dottor Saccardi era talmente assorto a controllare i macchinari che non si accorse di nulla. Bencivenga richiamò la sua attenzione e spiegò le prossime mosse: «Non appena arriveranno i risultati delle analisi, il paziente verrà sottoposto a un esame di tomografia ad emissione di positroni e la PET, utilizzando un tracciante al glucosio».

«Il caso di Mark Graham è quello di un malato di SLA conclamata, il paziente si trova nella fase terminale della malattia, gli esami, che hai intenzione di fargli, sono già nella sua cartella clinica che mi ha consegnato il suo segretario».

«Ero certo che non potevano mancare, proprio per questo voglio rifarli, per avere dei punti di riferimento, voglio confrontare i risultati,» il pneumologo lo guardò perplesso, Rodolfo riprese con una punta di malizia: «entrambi ci aspettiamo, un segno di miglioramento, solo che io lo devo anche monitorare».

«Tu capisci le implicazioni di quello che stiamo facendo?»

«Caro Saccardi, è proprio perché immagino il putiferio che scaturirebbe, se questa sperimentazione funzionasse, che ti chiedo di assecondarmi e mantenere il più stretto riserbo, sul nostro lavoro».

Il pneumologo si grattò la testa, era confuso, quando si avvicinò per chiedere ulteriori informazioni, proprio in quel momento Enrichetta entrò nella stanza, aveva in mano gli esiti degli esami, dopo averli consegnati a Rodolfo, aspettò le nuove disposizioni. Il primario aprì la busta con mano tremante, pochi istanti dopo un sorriso si stampò sulla sua faccia, poi porse la busta a Saccardi: «Godi anche tu, da quello che vedo, la tomografia e la PET possono anche aspettare domani,» fece segno a Enrichetta di aspettare e riprese: «adesso noi andiamo a pranzare, credo che ti convenga fare lo stesso, ci vediamo più tardi».

Prima di uscire, chiamò gli uomini dello staff, diede loro le indicazioni necessarie e uscì dalla stanza con la caposala in scia. La donna era molto incuriosita da quello che stava accadendo nel suo reparto; era sotto tensione, il suo rapporto col primario era semplicemente una dichiarazione d'intenti. Era pur vero che lei l'amava dal primo giorno che l'aveva visto, ma lui, fino al giorno prima, non aveva nemmeno per sbaglio, accennato a voler qualcosa di più, seguì Rodolfo Bencivenga come un automa, aveva paura di svegliarsi da quel sogno meraviglioso. Solo quando salirono in macchina trovò il coraggio di parlare: «Senta, io vorrei sap…»

Non riuscì nemmeno a terminare la parola, lui le chiuse la bocca con un bacio, non le consentì di ribellarsi, l'anticipò: «Credo che sia meglio affrontare subito la discussione, smettila di darmi del lei, non devi essere a disagio quando sei con me, dimmi che cosa c'è che non va».

Enrichetta abbassò lo sguardo, aveva l'azzeramento della salivazione, riuscì solo a dire: «Ho paura».

Rodolfo la teneva per le spalle, sorrise: «Anch'io ho paura di te, ma tu non hai risposto alla mia domanda, la riformulo, che cosa c'è che non va tra noi?»

La domanda era troppo diretta per poter svicolare, si arrese, tutto quello che doveva capitare, prima arrivava e meglio era: «Ti amo da anni, ero ormai rassegnata, quando mi hai baciato, mi è sembrato d'impazzire, non volevo evitare di risponderti, ho veramente paura di svegliarmi senza te».

Lui le mise la mano sotto al mento e la costrinse a guardarlo negli occhi, le sorrise: «Vedi che avevo visto giusto, capisco che siamo stati due stupidi a girare attorno al problema senza mai affrontarlo, non è il caso di cercare le responsabilità, è vero che non potremo mai recuperare il tempo perso, ma è anche vero che, se ci amiamo, faremmo una grande cazzata a non stare insieme». Si baciarono, solo in quel preciso momento, Rodolfo si accorse che quelle barriere che, col loro atteggiamento, avevano erette, stavano cadendo. L'uomo però, non si era reso conto che Enrichetta, continuava ancora ad avvitarsi su sé stessa, riprese con dolcezza: «Il paziente facoltoso ci aspetta in reparto, ti dispiace se parliamo dei dettagli, davanti a un piatto di spaghetti?».

La donna ebbe un moto di ribellione, stanca di subire, stava per rispondere in malo modo, bastò guardarlo negli occhi per smettere di agitarsi, in fondo non le era stato detto di tacere, le era solo stato chiesto di parlarne con calma mentre pranzavano. Capì che era terrorizzata da quel sentimento, ma era altrettanto sicura di voler provare, non aveva senso allontanare l'uomo che le stava accanto, solo per paura di perderlo. Tentennava, era da tempo che non usciva con qualcuno, seduti uno di fronte all'altra, non riusciva a guardarlo negli occhi, ripensava alla bellezza di Eleonora lei, una donna scialba, non poteva paragonarsi a sua moglie, apparteneva a un livello inferiore. Rodolfo sembrò leggerle nel pensiero: «Smettila di agitarti, qualsiasi dubbio tu possa avere su di me, l'unico modo di fugarlo è parlarmene come ho fatto io, nel momento in cui mi sono accorto di amarti, invece di tenermelo dentro, l'ho comunicato a te».

Queste parole, invece di calmarla, le misero addosso ancora più agitazione, rispose senza nemmeno badare a quel che diceva: «Come sei diventato democratico, sei davvero sicuro che posso parlarti veramente di tutto…» capì che stava cadendo nel ridicolo, s'interruppe, quando riprese aveva le lacrime agli occhi «hai sbagliato a credere nella nostra storia d'amore, lo vedi che non sono adatta a te?»

Lui le prese una mano, la guardò con dolcezza: «Invece di girare intorno al problema, affrontalo, è l'unico modo di trovare delle risposte esaurienti,» lei cercò di alzarsi, col chiaro intento di scappare via, lui la trattenne «mi dici, una buona volta, che cosa ti sta succedendo?».

Lei si sedette e si aggrappò alla mano che la teneva: «Non puoi amarmi veramente, siamo così differenti…» era nervosa, dalla tensione che cresceva dentro di lei, gli conficcò le unghie dell'altra mano nell'avambraccio «te ne pentiresti subito».

Rodolfo, per non farle male, aprì la mano che le teneva il polso, ma continuò a parlarle dolcemente: «Partendo dal presupposto che non ho nessuna intenzione di lasciarti andare via, tu che cosa proponi?»

Enrichetta si bloccò, stavolta Rodolfo l'aveva fregata, tutto quello che sarebbe successo sarebbe stato colpa sua, ma all'improvviso, si risvegliò dagli incubi che aveva evocato, l'uomo che aveva sempre desiderato, era di fronte a lei e aspettava una risposta, cedette su tutta la linea: «Lo so che mi pentirò di queste parole, ma ti amo, nemmeno io ho intenzione di perderti».

Finirono di mangiare in fretta, avevano entrambi voglia di un contatto fisico; quando salirono in macchina si abbracciarono, lei aveva smesso di recalcitrare. Repressero la loro voglia d'intimità, tornarono subito all'ospedale, le loro schermaglie amorose avevano sortito un grosso effetto, per un'ora non avevano pensato alle condizioni del Magnate. Nel reparto si notava un'attività frenetica, Elio Saccardi, sembrava stesse per esplodere da un momento all'altro, quando li vide arrivare, sembrò calmarsi, ma subito aggredì Rodolfo: «Ti sembra bello quello che hai fatto?» Bencivenga non abboccò, rimase impassibile, il primario di pneumologia riprese ancora più agitato: mi avete lasciato solo, non potete nemmeno immaginare quello che sta succedendo…»

Rodolfo lo interruppe: «Hai notato che, ogni venti minuti, le condizioni del paziente migliorano, se non ho sbagliato i calcoli, il tuo paziente dovrebbe essere già in grado di respirare autonomamente,» Elio Saccardi era esterrefatto, tentò di protestare, Bencivenga non glielo consentì, gli poggiò le mani sulle spalle: «smettila di agitarti, capisco la tua perplessità, ma non è il caso di far sapere a tutti quello che sta succedendo».

Lo pneumologo ebbe un moto di ribellione, poi si calmò, rispose quasi normalmente: «Scusami, allora era questo che tentavi di dirmi?»

«Vedo che finalmente hai capito, quando faremo la prima conferenza stampa, dobbiamo sbalordire tutti, per questo, come ti avevo anticipato, non ci deve essere nessuna fuga di notizie, non potremo più lavorare tranquillamente, verremo sommersi dai giornalisti».

Elio Saccardi si fece serio: «Veramente vuoi condividere tutto il tuo lavoro con me?»

Rodolfo cominciava a stancarsi delle titubanze del collega, non era mica colpa sua se l'avevano sempre strumentalizzato, decise di rincuorarlo: «Smettila di farti del male, l'ho già fatto, se avessi voluto estrometterti, adesso non staresti qui con me; però da adesso, basta lamenti lavoreremo, ognuno per conto suo, sui miglioramenti ottenuti da Mark Graham e sui monitoraggi giornalieri. Solo alla fine confronteremo i risultati dei nostri resoconti definitivi, avremo così due punti di vista sia personali che professionali sulla sperimentazione. Adesso vatti a riposare, ne hai bisogno».

Non appena restò solo, Rodolfo si avvicinò a Mark Graham, l'uomo sembrava dormire, ma quando il primario gli fu vicino, aprì gli occhi, il magnate lo ringraziò, il suo vocione metallico, vibrava di gioia: «Dottore, mi sento bene, riesco persino a sentire una mano».

«Mi fa piacere, ma se vuole stare meglio, non faccia proprio nulla, eviti di stancarsi, sono passate solo poche ore dall'inizio della nuova terapia, non dimentichi che le ho chiesto almeno tre settimane di pazienza».

La voce era la stessa, ma il timbro denotava incertezza: «Quando potrò avvertire i miei familiari?»

«Per adesso non se ne parla, ricordi bene i patti, nessuno deve sapere quello che sta accadendo in questo ospedale, fino alla conferenza stampa che decreterà, ufficialmente, la sua guarigione; non possiamo permetterci di avere tra i piedi centinaia di giornalisti da tutto il mondo. Può rassicurare i suoi familiari, sulle sue condizioni di salute, ma senza dire niente dei suoi miglioramenti e nemmeno sulla terapia che sta avendo; se non ricordo male, la sua visita in Italia, sarebbe dovuta durare altri dieci giorni, è meglio utilizzarli tutti per la sua salute, agli altri, penserà dopo».

Lasciò il monitoraggio dell'uomo al suo staff e andò a rinchiudersi nel suo ufficio, era eccitato, la sua condizione migliorava a vista d'occhio: aveva trovato il coraggio di lasciare Eleonora, sentiva che Enrichetta era la donna adatta a lui, con la guarigione di Mark Graham avrebbe migliorato la sua situazione economica e anche quella professionale; le condizioni erano ottimali per mettersi al lavoro. Prese una cartella senza intestazione e, dopo aver indicato il giorno e l'ora dell'inizio sperimentazione, cominciò a inserirvi tutti gli esami clinici del magnate, dal giorno del suo ricovero nel reparto di Pneumologia. Fotocopiò tutto il materiale che si era accumulato nella prima giornata di terapia, lo suddivise in base all'orario del monitoraggio e allegò tutto nella cartella. Ormai bisognava solo aspettare, nel frattempo non era vietato sognare; dopo un discreto bussare, Enrichetta entrò nello studio e si chiuse la porta alle spalle, non disse una parola, rimase rigida in attesa. Rodolfo si avvicinò lentamente, come se avesse paura di spaventarla, le passò le mani dietro le spalle e l'attirò a sé, la donna rimase dapprima indecisa, poi si avvinghiò a lui, quell'abbraccio serviva a entrambi per affermare qualcosa, quando si lasciarono, erano felici. Lei lo guardava estasiata, Rodolfo aveva già lavorato abbastanza, se la sperimentazione sulle cavie era esatta, doveva solo aspettare: «Qui va tutto per conto suo, sono troppo sfrontato, se ti chiedo di cenare con me?»

«Dammi il tempo di passare per casa, devo cambiarmi, non voglio farti fare brutta figura».

Lui la guardò con dolcezza: «Con te andrei dovunque, anche come sei vestita adesso, ma capisco che tu voglia sentirti a tuo agio; posso accompagnarti?»

Enrichetta esitò, quando rispose era mortificata: «Abito in una stanzetta ammobiliata, siccome non ho mai preso la patente, mi serviva un posto vicino al lavoro».

«Benissimo, allora ci andiamo a piedi, mi fa piacere fare quattro passi con te».

La donna era a disagio, ma non aggiunse niente, Rodolfo capì l'imbarazzo di Enrichetta, ma non volle assecondarla, non potevano cominciare un rapporto con degli ostacoli di ordine mentale. Il palazzo, nonostante fosse stato ristrutturato da poco, era di edilizia popolare, entrarono nel portone lei, prima di salire al primo piano, dove abitava, si bloccò, lui ignorò la sua titubanza, la prese sotto braccio e si avviarono lungo la scala. La stanza era ordinata, sembrava un salotto, il disagio nella donna aumentò, ma prima che potesse esplodere, Rodolfo l'abbracciò: «Smettila di agitarti, per il solo fatto che ci sei tu, questo posto mi sembra incantevole».

Si abbracciarono, lui le toccò le rotondità, Enrichetta tentò di sfuggirgli, ma smise quasi subito di divincolarsi, era anche lei eccitata. Fecero l'amore sul divano, il dopo fu straordinario, Rodolfo non riusciva a smettere di sfiorarle la pelle, lei lo assecondava appagata. Restarono seduti ad accarezzarsi, quando Enrichetta si alzò dal divano, lui la seguì nel bagno, la donna, imbarazzata dalla sua nudità stava per protestare, lui l'anticipò: «Adesso mi credi?»

Nonostante lui avesse scandito bene le parole, era troppo inebriata per riuscire a capire che cosa intendesse, eluse la domanda: «Dovrai arrangiarti con un mio accappatoio».

«Se la risposta è sì, mi adatto anche a usare una tovaglietta per il bidet,» le diede un bacio sul collo «adesso non prendere freddo, entra prima tu nella doccia io ne approfitterò per guardarti ancora un po'».

Dopo aver fatto la doccia, uscirono subito per andare a prendere la macchina in ospedale, Rodolfo evitò di portarla in un ristorante di lusso, voleva che lei fosse a suo agio, in fondo quello era il loro primo appuntamento. Decise di andare a Valmadrera, in un locale che affacciava sul lago di Como, Enrichetta, contrariamente a quanto avesse pensato, fu una compagnia piacevole, anche dal lato puramente conviviale. Quando uscirono dal locale, complice anche qualche calice di vino, la ragazza era molto più disinvolta. Incoraggiato dal suo comportamento, la portò nella sua villa di Lecco, la donna era estasiata dalla bellezza della casa e non fece niente per mascherarlo: «Ora capisco a che servono i soldi che vi affannate a guadagnare».

«Sono felice che ti piaccia, per il momento ti devi accontentare, l'unica stanza vivibile è quella degli ospiti, ma già domani, chiamerò l'agenzia per far ripulire la casa da cima a fondo,» notò un guizzo negli occhi di Enrichetta, volle rassicurarla a modo suo: «Se ti piace, potremo farlo diventare il nostro nido d'amore, spero che tu non cambi idea sul nostro rapporto, perché quando il mio avvocato avrà sbrigato le pratiche per il divorzio, diverrai mia moglie, se tu lo vuoi, potremmo farne la nostra residenza».

La serpe del dubbio s'insinuò nella mente della ragazza, ma la scacciò subito, non si fanno promesse, così importanti, a una donna che ha già ceduto su tutta la linea. La mattina dopo, mentre facevano colazione al bar, Rodolfo chiamò la squadra di pulizia, poi si rivolse a lei: «I mobili fanno schifo, ma già c'erano quando l'ho comprata, che ne diresti se, compatibilmente con i nostri impegni, ci pensassimo insieme?»

Siccome stava mangiando un cornetto, annuì. Lo guardava ammirata, un uomo così non aveva bisogno di far colpo su di lei, si sentiva già sua. Quando arrivarono nel reparto, c'era una certa agitazione, Rodolfo corse subito nella camera di Mark Graham, Elio Saccardi era chino sul paziente, riuscì solo a dire: «Che cosa sta succedendo?»

Il medico era tutt'altro che agitato, stava semplicemente togliendo tutte le impalcature, che mantenevano il paziente, per sistemarlo in una posizione che gli consentisse di utilizzare meglio i comandi. Gli rispose nervoso: «Il signor Graham, riesce a mantenersi col busto ritto…»

«Noi tutti, siamo qui per cercare di risolvere i suoi problemi, non per crearagliene di nuovi, prima di fare una cosa del genere, era opportuno che decidessimo insieme».

Lo pneumologo si fece scuro in viso: «Hai ragione, ma volevo solo aiutarlo a stare meno ingessato».

Rodolfo notò una cartella sul comodino, si avvicinò e lesse con attenzione, l'evoluzione che stava avendo la malattia era stupefacente, era riuscito a respirare tutta la notte, autonomamente e, anche se con qualche difficoltà, muoveva entrambe le mani. La guarigione era troppo veloce, aveva calcolato almeno due giorni, per arrivare a quella condizione e non erano passate nemmeno ventiquattrore. Temeva che i miglioramenti si arrestassero, era meglio sincerarsi personalmente. Gli fece un prelievo, e mise la provetta in tasca, poi si rivolse a Mark Graham: «Si prenda tutto il tempo che le serve e mi dica come si sente, non voglio che lei utilizzi termini tecnici, me lo spieghi con parole sue».

La voce tardò ad uscire, segno che il paziente era molto agitato, quando si calmò riuscì a parlare: «Non ci sono termini in grado di spiegarlo, è un po' come qualcuno dal didentro, mi desse una leggera scossa elettrica, ma non fa male,» tentò di aggiungere qualcosa, ma non riuscì a parlare, quando riprese aveva un sorriso sul volto: «ho avuto un'altra scossa, subito dopo ho sentito che potevo muovere un dito del piede».

«Se tutto procederà come previsto, i miglioramenti continueranno per altri sei giorni, per questo le chiedo di smetterla di agitarsi, si stresserà troppo».

Il paziente era confuso, non riusciva a rilassarsi riprese con la sua voce robotica: «Si rende conto, solo ieri ero stato colto dall'ennesima crisi, poteva ammazzarmi e oggi respiro autonomamente e comincio a sentire gli arti. Vorrei restare calmo, ma non ce la faccio, nel cervello e nel corpo sono tutto un fermento,» Mark non aveva ancora finito, interruppe Elio Saccardi che voleva intervenire: «Sarò muto come un pesce, ma non potete costringermi a restare calmo, quando la vita, che credevo stesse scivolando tra le mie dita, ritorna a sorridermi».

I due primari uscirono dalla stanza, Rodolfo avanzava a lunghi passi nel corridoio, Saccardi lo seguiva come un'ombra, in pochi minuti raggiunsero il laboratorio. Il tecnico salutò appena, prese la provetta e cominciò a lavorarci, sotto gli occhi attenti dei due primari, preparò una decina di vetrini, poi mise in coltura un po' di sangue, quello che rimase, lo congelò nell'azoto liquido. A mano a mano che analizzava i vetrini, sul vassoio della stampante, si accumulavano i fogli. Dopo mezz'ora d'attesa, il tecnico li controllò e li diede ai medici che aspettavano. Rodolfo fu il primo a trovare la voce: «Credo che sia il caso di avvertire il diretto interessato, il processo di guarigione, sebbene nelle ultime ore abbia avuto un'impennata, continua costantemente».

«Che cosa proponi di fare?»

Bencivenga, contento che il collega gli avesse riconosciuto il comando delle operazioni, rispose pensoso: «Per il momento la cosa più importante, è continuare a tenere blindato Mark Graham, non possiamo permettere che venga a contatto con nessuno, sarebbe una tragedia».

Elio Saccardi lo guardò deciso: «Non ti preoccupare ci penserò io, dammi la possibilità di rendermi utile, altrimenti mi accorgo anch'io che sto prendendomi dei meriti che non mi spettano».

Tornarono nella stanza del magnate, si accorsero, che sebbene fosse seduto su una sedia a rotelle, gli avevano tolto tutte le protesi che lo mantenevano. L'uomo non consentì ai primari di parlare, li anticipò, la voce metallica uscì fluida: «Ditemi che cosa devo fare, lo farò senza discutere,» trattenne a stento una lacrima, riprese emozionato «ho chiesto all'infermiera di potere farle una carezza sul viso, dopo mesi ho percepito col senso del tatto, di nuovo il velluto della pelle di una donna».

Rodolfo fece un cenno impercettibile al collega, lui capì al volo; il pneumologo si rivolse a Mark Graham: «Veniamo adesso dal laboratorio, le sue condizioni migliorano a vista d'occhio, è diventato tassativo che lei venga tenuto protetto da tutti, anche da sé stesso, probabilmente le starebbe già bene, questo livello, ma noi vogliamo vederla guarito».

Era quasi incredibile, ma i due medici percepivano l'emozione, in quella voce metallica: «Avete ragione, vorrei veramente poterlo gridare a tutto il mondo che sto tornando, ma l'opportunità che mi state dando è grande, e io voglio sfruttarla fino in fondo. Disponete tutto quello che credete, da questo momento avete una delega in bianco per operare per conto mio».

Una volta fuori dalla stanza, Saccardi abbracciò Rodolfo, era emozionato: «Ti sono immensamente grato, dimmi che cosa posso fare per te, se devo amputarmi una gamba per donartela, lo voglio fare senza anestesia, per gustarmi la sofferenza, di fare qualcosa per te».

Nella testa di Bencivenga si formò un progetto che, sebbene fosse in embrione, lo stimolava moltissimo. Si rivolse al collega con complicità: «Che ne dici, se ti lasciassi la grana del paziente facoltoso per qualche giorno?»

«Ti ringrazierei della stima, vai pure ci penserò io, dovresti solo avvertire quelli del Consiglio di Amministrazione della variazione di programma».

Rodolfo era in visibilio, sperava solo che Enrichetta non si facesse prendere dalle sue paure, la raggiunse nel reparto e, davanti ai suoi colleghi la baciò. La donna si divincolò imbarazzata, Bencivenga le sorrise: «Che ne dici se, quale regalo di fidanzamento, ci prendiamo un weekend lungo, dove vuoi, tutto per noi?»

Enrichetta lo baciò, con quel semplice gesto, svanirono tutte le paure di Rodolfo: «Dai subito le consegne al tuo sostituto che andiamo, ti aspetto nel mio ufficio».

Quando la donna entrò nello studio aveva appena finito di parlare col presidente, Marco Fiori si era congratulato con lui, perché Mark Graham aveva versato nelle casse dell'ospedale altri cento milioni di euro. Enrichetta sembrava titubante, lui le rivolse un sorriso affascinante e le chiese: «Abbiamo tre giorni tutti per noi, deciditi a dirmi tutto quello che mi devi dire, ma non sono disposto a lunghe discussioni, ti do tempo fino alla macchina».

«Ti amo, ma non posso tacere, quello che stai facendo è sbagliato, il regolamento dell'ospedale vieta, categoricamente, la sperimentazione umana; le uniche deroghe sono per quelle sperimentazioni della terza fascia».

«Prima di risponderti, voglio farti una domanda, è solo questo quello che dovevi dirmi?»

«Proprio perché ti amo, non vorrei intrattenere con te un rapporto, attraverso il parlatorio di un carcere».

Rodolfo Bencivenga le sorrise beato: «La situazione è semplice, Andrea Saltusio ha firmato per fare una trasfusione braccio a braccio, Mark Graham ha firmato per ricevere la donazione, siccome sapevano entrambi le conseguenze a cui andavano incontro, non credo che ci siano gli estremi per una denuncia».

Lei lo abbracciò e lo tenne stretto, poi si rivolse a lui supplicante: «Fino a pochi giorni fa, mi sentivo una persona morta dentro, facevo finta di avere una vita attiva per sentirmi ancora capace di dare qualcosa; non farmi del male».

Rodolfo cambiò completamente discorso: «Adesso mi devi dire dove ti piacerebbe andare, altrimenti mi costringerai a decidere anche per te».

«Ti dispiacerebbe restare insieme nella tua villa sul lago, a tentare di farla a nostra immagine?»

«Stare da solo con te, è la cosa che più desidero, ma accetterò solo se smetterai di avere paura del nostro rapporto».

Enrichetta lo guardò negli occhi, poi li abbassò per non far notare il calore che le avvampava il viso, decise di fidarsi, senza porre condizioni: «Ho ucciso i miei fantasmi, sono finalmente libera di vivere».

Si diressero a Lecco a tutta velocità, entrarono in un'esposizione di arredamenti, anche se Enrichetta era abituata a economizzare sulle spese, scoprirono di avere gusti compatibili, in poche ore cambiarono arredamento alla villa, decisero di continuare ad utilizzare la stanzetta fino alla consegna dei mobili che avevano acquistato. Come tutte le cose belle, i tre giorni volarono, si trovarono di nuovo nel reparto, se l'aver detto a tutti del loro rapporto, evitò i pettegolezzi tra i colleghi di Rodolfo, non sortì lo stesso effetto tra i pettegoli del personale paramedico; ma bastò vederli insieme per mettere d'accordo tutti, sembravano fatti l'uno per l'altra. Fecero una visita al Magnate, lo trovarono in piedi a fare esercizi col fisioterapista, fu il paramedico a parlare: «Di comune accordo con Elio Saccardi, stiamo tonificando i muscoli, abbiamo scoperto che la ripresa del tono muscolare aiuta sia la forma fisica che quella mentale, del resto lo può notare dalla sua espressione, il grado di soddisfazione».

Quando Mark Graham si girò, Rodolfo si accorse che gli avevano suturato il buco in gola e che la voce che sentiva era proprio quella del magnate, l'uomo anticipò le sue domande: «In base ai nostri accordi, ho già fatto accreditare sul conto dell'ospedale, cento milioni di euro, la faccenda economica con il Rothschild è chiusa, adesso mi deve dire che cosa posso fare per lei?»

Bencivenga era a disagio, non era abituato a tirare sul prezzo: «Il presidente mi ha confermato che effettuato un altro versamento, ha già dato più di quello che aveva promesso, va bene così».

Il magnate insorse: «Forse non mi sono spiegato, sono io che voglio dimostrarle la mia gratitudine, non conosco un modo diverso dal pagare. Ormai mi sento bene, se mi concentro, riesco persino a mantenermi in piedi, questo lo devo a lei, ho persino smesso di chiedere, voi dite io faccio, ma su una cosa può stare sicuro, quando uscirò da questo ospedale, la coprirò di soldi e non per pagarla, voglio solo che condivida la mia gioia».

Rodolfo uscì dalla stanza di Mark Graham ed entrò in quella di Andrea Saltusio, quando vide il primario, il ragazzo si alzò dal letto: «Quando non ti ho visto, mi sono preoccupato, poi mi hanno spiegato che ti sei preso qualche giorno per stare con la tua nuova fidanzata…»

Il primario l'interruppe: «Non c'è tempo da perdere, veniamo alle cose importanti, si avvicina il momento dell'ultima trasfusione, dopo avrai poco tempo per scomparire, se ti servono altri soldi non è un problema provvedo subito».

Andrea si rincuorò: «Va tutto bene, quello che mi hai già dato è molto più di quanto avevamo pattuito, mi sto organizzando, aspetto solo il tuo segnale per andare via».

Quella sera, Nicole Giudici riuscì a eludere i controlli e, con addosso un camice bianco, s'introdusse nella stanza del paziente zero, il ragazzo le fu subito vicino, per un po' di tempo non ci fu bisogno di parole, Andrea fu il primo a riaversi: «Non mi aspettavo una tua visita».

«Non ce l'ho fatta a resistere senza vederti, promettimi che non mi lascerai mai».

«Ti amo, non posseggo la sfera di cristallo, però ti garantisco che farò di tutto per meritare il tuo amore».

Dopo aver fatto l'amore erano entrambi più rilassati, lui le giurò che non aspettava altro che stare insieme per sempre, la ragazza soddisfatta dalle promesse, uscì di soppiatto e aspettò che finissero il giro, poi riuscì a filare via, senza essere individuata. Il tempo passava inesorabile, dopo sette giorni e sedici ore, Rodolfo, notò che i miglioramenti si erano fermati, con otto ore di anticipo sulla sperimentazione, propose a Elio Saccardi, di effettuare l'ultimo trattamento. Avevano da poco finito la trasfusione dal paziente zero a Mark Graham, nella stanza non si sentiva volare una mosca, Rodolfo Bencivenga ed Elio Saccardi, assorti nei loro pensieri, stavano liberando i due pazienti di tutte le apparecchiature che avevano monitorato l'ultima trasfusione. Rodolfo si sentiva soffocare, aveva bisogno di uscire da quel posto, tolse il catetere dal braccio di Andrea Saltusio e, dopo aver sbloccato le ruote della barella, lo accompagnò nella sua stanza. Si era calmato, diede una mano all'amico e, dopo averlo sistemato sulla sua poltrona si diresse nel suo ufficio e aggiornò la cartella di Graham. Lo squillo del telefono lo fece sussultare, era il suo segretario, Ugo Robertelli, vista l'ora si preoccupò, la voce dell'uomo era irriconoscibile: «Quel pazzo non ha rispettato i patti,» non aggiunse nient'altro, ma non chiuse la comunicazione, Rodolfo riconobbe la voce di Marco Fiori, il Presidente del Consiglio d'Amministrazione sembrava esaltato: "... amo guarito il multimiliardario Mark Graham, sfruttando un'intuizione, il dottor Rodolfo Bencivenga, il primario del reparto di Ematologia, ha effettuato una trasfusione col sangue del paziente zero, quello che anche se infettato dal virus dell'Ebola, non si e ammalato, no...»

Bencivenga interruppe la telefonata, si avviò di corsa verso il padiglione dove avevano portato avanti la sperimentazione sui due uomini ed entrò nella camera di Mark Graham l'uomo era sveglio, si affrettò ad avvertirlo: «Faccia venire tutti gli uomini della sicurezza, contravvenendo agli accordi presi, hanno divulgato il suo nome, la situazione potrebbe diventare pericolosa anche per lei».

«Che cosa sta succedendo?»

«Siamo in piena emergenza, il Presidente del c.d.a. ha appena tenuto una conferenza stampa, svelando tutti i particolari della sua guarigione,» evitò di essere interrotto «devo andare da Andrea, lui rischia molto più di lei».

Uscì dalla stanza col cuore in gola, la situazione era già precipitata, davanti alla porta del paziente zero c'era un vigilante, si avvicinò allarmato, ma l'uomo di guardia non gli impedì di entrare. Al ritorno dalla stanza di Andrea, notò un assembramento per le scale, incuriosito si avviò verso l'uscita del reparto, lì venne informato che i giornalisti stavano tentando di forzare il blocco. Bencivenga fece un tentativo disperato, chiamò un suo amico, Carlo Mandelli, il prefetto di Milano: «Devi intervenire subito, ho paura che ci scappi il morto».

L'uomo non si mostrò sorpreso: «Non mi dire che c'entra quello che voi chiamate il paziente zero?»

Bencivenga era sbalordito: «Tu che cosa ne sai?»

«Secondo te, che prefetto sarei se non venissi informato di tutto quello che accade nella mia provincia. Spiegami che cosa sta succedendo».

«Quel coglione di Marco Fiori, senza nessun preavviso ha indetto una conferenza stampa dove, oltre al tipo d'intervento su Mark Graham, ha svelato anche l'identità del paziente zero».

«Ti lascio, devo predisporre una rete attorno all'ospedale, speriamo di essere ancora in tempo».

In meno di un'ora arrivarono cinquecento unità tra militari e carabinieri, riuscirono a portare la calma. Siccome ormai tutti sapevano che il paziente zero era in realtà Andrea Saltusio, per proteggerlo, i carabinieri intervenuti per portare la calma, si diressero nel padiglione dov'era avvenuta la sperimentazione. Andrea Saltusio non era più nella sua stanza nel letto, al suo posto, c'era l'uomo che era stato chiamato da Marco Fiori a sorvegliare la porta, ingenuamente credeva che una sola unità sarebbe bastata a proteggerlo. Il paziente zero si era letteralmente volatilizzato, le modalità convinsero gli uomini del RIS, che erano stati chiamati dai carabinieri per sbrogliare la matassa, che il ragazzo era stato rapito.

Il commissario Chirigu Marongiu

Paolo Landolfi, il questore di Milano, faceva a lunghi passi il giro attorno al tappeto, era nervoso, quegli idioti del Servizio Segreto, si erano comportati come al solito, avevano scoperto in tempo l'attenzione per il trattamento di Mark Graham con il sangue del paziente zero, da parte di un misto eterogeneo della peggiore risma: alcuni stati stranieri; la malavita nostrana e mondiale; potenti servizi investigativi privati che agivano per conto di multimiliardari; decine di cani sciolti difficili da catalogare; aspettando le decisioni dei politici, non erano intervenuti in tempo. Nonostante la situazione fosse chiara da leggere, con il loro atteggiamento attendista, invece di proteggere il paziente zero, se l'erano fatto soffiare da sotto al naso. Come di consueto, nelle alte sfere, erano cominciati gli scaricabarili: Diliberto Peroni, il ministro dell'interno, messo sotto pressione dai parlamentari, aveva accusato apertamente i servizi segreti, AISI e AISE, d'incompetenza, non contento, si era premurato di diramare una circolare riservata, ai prefetti di tutta Italia. Il documento, sebbene scritto in politichese, era molto diretto, si evidenziava la criticità della situazione, evidentemente sfuggita di mano a quelli dei Servizi Segreti; ciò faceva sottintendere la caduta di teste eccellenti. Per tutta risposta, il generale Matteo Picerno, capo dell'AISI, invece di rassegnare le sue dimissioni, aveva mandato anche lui ai prefetti un'informativa, con la quale, pur evitando accuratamente di fare nomi, tentava di alleggerire la negligenza sua e quella dei sottoposti, dando una versione dei fatti che strideva con quella del ministro. Il questore aveva in mano entrambe le comunicazioni, fornite direttamente dal Presidente della Repubblica, suo caro amico che, una volta resosi conto delle lotte intestine, l'aveva contattato personalmente, in forma privata, per avere una visione oggettiva dei fatti e, all'occorrenza, nel caso ci fossero i presupposti, un suo intervento discreto. Siccome non poteva dir di no al presidente della Repubblica, figuriamoci all'amico, senza nemmeno avere il tempo di rendersi conto in che ginepraio l'avevano attirato, si era trovato nell'occhio del ciclone. Il bussare alla porta lo fece sussultare, corse alla scrivania e premette il pulsante del citofono, riuscì appena a dire: «Chi è?»

«Il commissario Chirigu Marongiu».

Sbloccò la porta e si sedette sulla sua poltrona. Il nuovo arrivato avanzò fino alla scrivania, strinse la mano al questore, poi si sedette di fronte a lui.

«Come mai adesso ti fai chiamare Chirigu?»

«Quando sono arrivato a Milano, nel millenovecento novanta, volevo evitare storpiature, già Chirico mi sembrava abbastanza strano. Sette mesi fa è venuto a mancare mio padre, al mio arrivo a Samugheo era già morto. Due giorni dopo, il primario del reparto oncologico mi ha comunicato che avevo pochi mesi di vita, in una sorta di compensazione ho pensato di recuperare il nome con cui mi ha sempre chiamato mio padre,» anticipò l'amico, e riprese con lo stesso tono: «qual è il motivo che ti ha spinto a contattarmi, non credo che tu mi abbia fatto chiamare per la questione del mio nome».

Il questore gli passo le due circolari e il rapporto dei rilievi del RIS, incrociò le braccia e attese in silenzio. Il commissario lesse attentamente le circolari, poi le restituì, tenne per sé solo il rapporto dei carabinieri. Quando parlò era decisamente allegro: «Come al solito, dopo aver fatto una figura di merda, fanno a gara per vedere chi è più coglione,» guardò negli occhi il questore e aggiunse: «Paolo, non riesco a capire che cosa vuoi da me, quelli del RIS conoscono bene il loro mestiere e hanno alzato bandiera bianca; non vorrei sembrare patetico, ma sono quasi tre mesi che ho lasciato la Polizia e, nella migliore delle ipotesi, me ne resta uno da vivere».

Il questore, anche se conosceva già le condizioni fisiche dell'amico, divenne malinconico, riprese con un filo di voce: «Vorrei tanto poter fare a meno di te, ma sei l'unica risorsa che posso mettere in campo, gli altri disponibili sono già tutti al lavoro;» s'interruppe per controllare la voce: «ma non è questo il problema, la carenza di personale non c'entra niente con la mia situazione, la verità è che, dopo quello che è successo, non mi fido più di nessuno, tutti possono essere corruttibili».

L'uomo ciondolò un po' la testa, quando riprese a parlare, era ritornato a essere il bastardo commissario, Chirico Marongiu: «Farò finta di non aver capito che, per le mie condizioni di salute, nessuno può darmi quello che mi serve, per corrompermi. Invece di sprecare fiato, spiegami che cosa vuoi che faccia, non c'è bisogno di ricordarti che sono passate due settimane dal suo sequestro, non farei un buon servizio ad assecondarti passivamente, se i suoi rapitori fanno parte della schiera che posso immaginare, le probabilità di trovarlo sono davvero infinitesimali».

Il questore si grattò rumorosamente la testa, ma la voce era decisa: «Non voglio fare inutili giri di parole, in questo momento la cosa più importante è tentare di trovare Andrea Saltusio, quell'uomo rappresenta la crisi e la sua soluzione. Non sono uno stupido, so benissimo chi potremmo avere di fronte, tutti lo cercano per motivi tutt'altro che nobili. Umanamente, la cosa normale sarebbe quella di localizzarlo e provare a metterlo al sicuro, ma anche noi, al pari degli altri, lo vogliamo per gli stessi motivi, per quel che potrebbe rappresentare. Sono convinto che sia molto complesso, se non ci riuscirai, proverò in qualche altro modo a ottenere la quadratura del cerchio».

Marongiu cominciava a stancarsi: «Non riesco a immaginare chi possa essere il responsabile della sua sparizione, vorrei aiutarti con tutto il cuore, ma ti rendi conto che Andrea Saltusio potrebbe trovarsi in qualsiasi posto, se chi l'ha rapito ha gli appoggi necessari, questo pianeta è abbastanza grande per far perdere le proprie tracce».

Di minuto in minuto, il questore sembrava più agitato, riuscì a fare un sorriso: «Proviamo a essere positivi, non ho detto che sei obbligato a trovarlo, voglio che provi a farlo, ma se ci riesci farai un grande servizio allo Stato».

Il commissario riconobbe che, quella che gli veniva data, poteva essere l'occasione che aspettava, per chiudere alla grande: «È inutile che parli il politichese con me, dopo quasi trent'anni di collaborazione, ti conosco bene; percepisco che quello di aiutarlo a nascondersi, è solo un tuo pio desiderio; tutti quelli che lo cercano, noi compresi, vogliamo l'uomo per i nostri interessi. Dal polverone che si è alzato, è chiaro che quando mi spingerò sulle sue tracce, mi ritroverò attorno una folta comitiva, con le mie stesse finalità, ma tutte le strade che m'indicheranno, non mi porteranno da nessuna parte, perché significa che nemmeno loro sanno dove sbattere la testa,» il questore si agitò sulla poltrona, Marongiu evitò di essere interrotto, riprese cercando di non far trasparire il suo malumore «senti, per paura di finire sotto i ferri, mi sono nascosto dietro all'attaccamento al dovere, ho rimandato tante volte l'asportazione del tumore al rene che ormai, nelle mie condizioni di salute, non è più operabile. Bada bene, non mi sto lamentando della mia condizione, voglio solo farti capire che sono vecchio, ammalato e, anche se non c'entrano niente con l'indagine che vuoi affidarmi, proprio sulla tenuta del mio fisico, ho seri motivi per essere pessimista sulla mia riuscita. La concorrenza è variegata e agguerrita; chiunque ha catturato quell'uomo, non sarà per niente d'accordo a farselo portare via. Per pura curiosità, ho seguito la notizia sui giornali e negli approfondimenti televisivi, da quello che è trapelato, proprio per le modalità in cui è avvenuto il sequestro, sono certo che, chiunque sia l'autore, il paziente zero si trova già al sicuro. Volendo ipotizzare che, per un qualsiasi motivo, non è ancora uscito dal Paese, faranno di tutto per tenerlo nascosto, aspettando il momento buono per portarlo via; quello che mi preoccupa di più, è la qualità delle forze che potrebbero essere state messe in campo, la posta in gioco è altissima».

Il questore sembrava invecchiato di dieci anni, gli rispose scoraggiato: «Per un attimo ho sperato che tu, col tuo eccezionale fiuto investigativo, sistemassi tutto, ma devo convenire che il paziente zero, questo è il nome che gli hanno affibbiato i ricercatori, è troppo importante per chiunque, qui non si tratta di pezzi di ricambio, col sangue di quell'uomo si guarisce; proprio per questo fatto i concorrenti in campo sono molti e motivati».

Il vecchio commissario ebbe uno scatto d'orgoglio: «Non ho detto che voglio abbandonarti, ti ho solo spiegato che non sarò il solo a cercare Andrea Saltusio, quindi le possibilità di ritrovarlo, non sono molte. Non ti nascondo che la sfida è stimolante, ma sono molti i problemi che mi porto dietro per conto mio, non ultimo la mia malattia, avrei bisogno di un sostegno costante».

Il sorriso ritornò sul volto del questore, gli passò un foglio, quando parlò era sereno: «Rivolgiti a questo numero, ti forniranno di tutto quello che ti serve, non ti preoccupare non è un commissariato; nella speranza che tu accettassi, ho attivato un'unità di crisi, in tutto quattro persone, a sostegno della tua indagine, disponibili ventiquattro ore su ventiquattro; ma la cosa più importante, è che nessuno di loro vorrà conoscere la natura della tua indagine, né ti chiederà il motivo delle tue richieste, da loro avrai il supporto necessario, senza pregiudicare la tua autonomia».

«Vorrei iniziare le indagini dal reparto di ematologia del Rothschild; non conto di trovare niente d'importante, dopo il passaggio dei RIS, non c'è la minima possibilità di scoprire qualcosa che sia sfuggito a loro, mi serve solo per sentire l'odore della selvaggina,» stava per alzarsi, ma ritornò a sedersi: «mentre mi faccio un'idea di quello che è successo al Rothschild, devi contattare tutti i questori d'Italia, spremano i collaboratori di giustizia, ho bisogno di sapere il comportamento delle varie organizzazioni di criminalità organizzata, alla notizia del rapimento del paziente zero».

Il questore ringalluzzito dalle confidenze del commissario, aggiunse: «Provvederò subito a diramare una circolare, ma tu mantienimi informato».

Marongiu scosse la testa, ma non infierì, lo guardò divertito: «Paolo, certe volte, quando vuoi fare il furbo, sei patetico, non puoi vincolarmi ai tuoi problemi, solo perché ti ho chiesto un favore; se ti ho detto che sarei partito dal reparto da dove è scomparso, l'ho fatto solo perché comunque l'avresti saputo, per avere gli esiti delle mie indagini, dovrai aspettare che io le abbia terminate. Dimenticavo la cosa più importante, nessuno ai piani alti, deve sapere che mi hai assegnato quest'indagine, il caso è già complesso per conto suo, non voglio essere costretto a guardarmi le spalle anche dagli amici».

«Prendi anche le circolari, potrebbero servirti».

Il commissario mise i fogli nella cartella che il questore gli aveva dato, si alzò gli strinse la mano e uscì dall'ufficio. L'effetto di essere tornato in servizio, era un antidolorifico naturale, si sentiva quasi bene, senza farsi scrupoli, mentre percorreva i corridoi della questura, incontrò un agente che conosceva, si fece prestare il telefono di servizio e compose il numero di telefono che gli aveva consegnato Paolo Landolfi, dall'altra parte, rispose una voce gracchiante: «Chi sta cercando?»

Marongiu non si fece impressionare dal tono sgarbato: «Per il momento, mi serve un tesserino ministeriale, non ti preoccupare il nome e la foto glieli metterò io, un'auto senza conducente, un telefono pulito completo di scheda attiva per contattarvi e qualche migliaio di euro in biglietti di piccolo taglio, per le prime spese, in seguito ti comunicherò le altre richieste, a seconda delle mie esigenze».

La sua voce dovette sembrare convincente, l'uomo cambiò completamente tono, rispose gravemente: «Mi dia il tempo materiale per provvedere». S'interruppe la comunicazione, l'uomo richiamò dopo un paio di minuti «Ho la disponibilità di tutto quello che mi ha chiesto, compreso un telefono GPS corredato di scheda anonima e traffico illimitato, mi deve solo dire dove effettuare la consegna».

L'indecisione di Marongiu durò solo un istante: «Ti aspetto davanti alla Questura».

«Tra venti minuti sarò lì, giusto il tempo di fare il pieno».

Stava per entrare nell'ufficio del vice questore, ci ripensò, non poteva chiedere discrezione al questore per poi chiacchierare con i suoi sottoposti. Si avviò lentamente verso l'uscita, cercò di richiamare alla memoria tutto quello che aveva appreso sul caso, ma in termini investigativi era veramente poco. Non ebbe il tempo di annoiarsi, un'auto si fermò proprio davanti a lui, il guidatore scese dalla macchina, si avvicinò e gli porse una grossa busta gialla: «Dentro troverà tutto quello che ha chiesto, il tesserino è già a posto».

Senza aggiungere altro l'uomo gli consegnò le chiavi dell'automobile e si allontanò a piedi, in direzione della metropolitana. Marongiu salì in macchina e si diresse verso il Rothschild, cercava di non pensare alla sua condizione, quello che non aveva detto al questore era che, a causa del suo male, certe volte crollava a terra senza sapere com'era successo, poteva finire l'indagine in modo inglorioso, cadendo per le scale o in uno scontro frontale. Il pessimismo lo fece distrarre dal caso, fino all'arrivo all'ospedale. Quando entrò nel reparto di Ematologia, notò che c'erano quattro uomini armati davanti all'entrata, lo accolse la caposala, una brunetta carina e con un sorriso a trentadue denti: «Che cosa posso fare per lei?»

«Quelli del ministero, vogliono far vedere che anche loro s'interessano al caso del paziente zero, mi hanno mandato a perdere un po' di tempo tanto, in questa storia, nessuno ci si raccapezza,» fece la voce insinuante «lei cosa ne pensa di questa scomparsa?»

«Non ne ho la minima idea, sono stata avvisata del fatto, la mattina quando sono arrivata in reparto, per curiosità mi sono recata nella stanza dov'era ricoverato Andrea Saltusio, mi hanno cacciata via in malo modo».

«Potrei dargli un'occhiata anch'io?»

«Posso accompagnarla, ma l'avverto, ci hanno diffidati a entrare, hanno messo i sigilli alla porta».

Marongiu vide molti uomini armati nel reparto: «Vedo che i vostri capi vi proteggono bene».

«Questi proteggono l'americano, meno male che domani trasferiranno Mark Graham ad Atlanta, così finalmente ci toglieranno dai piedi i pistoleri».

La donna l'accompagnò fino al vecchio laboratorio, Marongiu notò che la porta, come le aveva confidato la caposala, era sigillata, ma si notava che qualcuno era entrato lo stesso e aveva rimesso i sigilli alla meno peggio. La sua accompagnatrice, rendendosi conto dell'effrazione, chiese di non essere immischiata in quelle beghe, non aveva intenzione di diventare il capro espiatorio di nessuno, si girò e si allontanò in tutta fretta. Il commissario, finalmente solo, riuscì a fare un sopralluogo alla stanza che aveva ospitato il paziente zero. Non c'era niente da vedere, fatta eccezione per il frigo e un televisore a quaranta pollici, era una stanza come un'altra, solo un letto, un armadietto e alcuni libri sul comodino, non c'erano apparecchiature che potessero fare intuire qualche trattamento particolare. La finestra si apriva e chiudeva dall'interno, era stata trovata chiusa, ma i rapitori dovevano per forza essere entrati da quella parte, camminando per una decina di metri su un cornicione di una ventina di centimetri. Era impossibile rifare lo stesso percorso con un uomo al seguito che non fosse un arrampicatore, figuriamoci un prigioniero. Gli specialisti del RIS avevano ragione, chi aveva rapito Andrea Saltusio, aveva organizzato tutto nei minimi particolari. Uscì dalla stanza deluso, siccome notò un vigilante che sorvegliava una porta del corridoio, si avvicinò; l'uomo lo guardò con aria minacciosa e portò la mano alla pistola che aveva nella fondina. Marongiu si avvicinò all'uomo per nulla intimorito dal suo atteggiamento: «Questa dev'essere la stanza di Mark Graham, lo posso vedere o devo convocarlo in Questura?»

Il vigilante rimase per un momento interdetto, poi con una mano appoggiata alla fondina, prese il cellulare e chiamò. Il commissario rimase fermo fino a quando l'uomo non gli fece segno di avvicinarsi, con perizia lo perquisì, poi diede due colpi alla porta, si affacciò un uomo con la stessa divisa che fece un cenno al collega e l'invitò a entrare. Nell'anticamera c'erano solo quattro vigilanti, lo perquisirono di nuovo e solo dopo lo fecero entrare nella stanza di Mark Graham. L'uomo era seduto in una comoda poltrona, aveva l'aria divertita: «Che cosa volete adesso?»

Nel suo pessimo inglese, Marongiu gli disse: «Sono qui solo per guadagnarmi lo stipendio, che cosa mi può dire sul rapimento del ragazzo?»

«Mi dispiace per quello che gli è successo, non mi sono accorto di niente, avrei voluto fare di più,» il commissario lo guardò con aria interrogativa lui, s'interruppe, poi riprese con convinzione «gli debbo la vita, i miei uomini, quando non erano impegnati nella mia sicurezza, contemporaneamente alla mia stanza, sorvegliavano anche la sua, il giorno della seconda trasfusione, il presidente del Consiglio d'Amministrazione, aveva messo una guardia armata davanti alla sua porta, ma non è bastato».

«Vuole dire che, la sera della sparizione di Andrea Saltusio, i suoi uomini erano nel corridoio?».

«Sfortunatamente, si sono allontanati per qualche minuto, quando sono tornati, hanno notato che non c'era più la guardia davanti alla porta, ma non gli hanno dato molta importanza, perché l'uomo sorvegliava anche l'altro ingresso, da questo lato era sicuro perché c'erano i miei uomini».

«Quand'è l'ultima volta che ha parlato col suo benefattore?»

«Il giorno della sua sparizione, l'hanno portato nella mia stanza per la trasfusione poi, una volta uscito, non l'ho più visto,» gli mostrò due gattini di carta, uno bianco e uno nero: «guardi, questi me li ha dati Andrea Saltusio, qualche giorno prima dell'ultima trasfusione, mi ha detto che rappresentano il bene e il male, come ogni cosa di questo mondo; sono la cosa a cui tengo di più, dopo la vita che mi ha donato. Rodolfo Bencivenga, il primario del reparto, quando la sera della scomparsa di Andrea, è ritornato per visitarmi, mi è sembrato molto colpito dal suo rapimento, non l'avevo mai visto così».

«Sa se, prima della sua scomparsa, il primario ha visitato anche il suo benefattore?»

«Sono sicuro che è andato da lui, perché il guardiano che era davanti alla porta, ha discusso prima di farlo entrare».

Marongiu era curioso: «Come mai è ancora qui, sembra che le sue condizioni siano ottime».

«Rispetto la parola data a Bencivenga, quando mi dirà che posso partire, mi sentirò libero di farlo, gli devo tutto».

Il commissario uscì dalla stanza e si diresse in reparto, era pensoso, non gli avevano detto che, la sera della sua sparizione, il paziente zero, avesse avuto visite, non contava di ricavarne qualcosa, ma era meglio sentire che cosa avesse da aggiungere questo Rodolfo Bencivenga. La caposala lo accompagnò personalmente nello studio del primario, Marongiu si accorse che l'uomo era teso. Non volle tirarla per le lunghe: «Da quello che mi hanno detto, lei è l'ultimo ad aver visto Andrea Saltusio».

Il primario si schiarì la voce, quando parlò, gli era sparita la tensione: «Sono entrato solo per salutarlo, il vigilante che stava davanti alla stanza le potrà confermare che sono rimasto solo qualche minuto, poi sono uscito. Mi sono trattenuto in ufficio, solo il tempo di archiviare gli esami del giorno, poi sono andato a cena con la mia fidanzata, il dottor Elio Saccardi e la moglie».

«Che cosa ne pensa di questa faccenda?»

«Non so che dirle, è tutto così assurdo, conoscendo le caratteristiche del suo sangue, l'unica cosa certa, è che chiunque l'abbia rapito, non lo mollerà tanto facilmente,» il primario si sedette alla scrivania e dopo qualche minuto gli consegnò la sintesi della sperimentazione su Andrea Saltusio, riprese animatamente «se ha voglia di perderci un po' di tempo, potrà farsi un'idea su chi poteva avere interesse ad avere tutto per sé il paziente zero».

Marongiu prese la cartella che gli porgeva, sapeva che non c'era altro da dire, ci provò lo stesso: «Comunque la ringrazio per la sua gentilezza. Lei pensa che potrebbe essere uno dell'ospedale?»

Il primario capì subito dove voleva andare a parare: «Siccome non ha intenzione di leggerlo, glielo spiegherò io per somme linee, il sangue di Andrea Saltusio, guarisce anche malattie più invalidanti, capirà che, chiunque abbia un problema importante di salute e abbastanza soldi per commissionare un rapimento così raffinato, potrebbe essere il colpevole; oppure è solo uno che ha fiutato l'affare, potrebbe essere chiunque, anche qualcuno del Rothschild.

Carlo Mandelli, il prefetto, mi ha confermato che c'era stata una fuga di notizie perché, fin dal trasferimento da Kankan, quelli dei servizi segreti, erano già stati informati del paziente zero».

Le parole del primario gli rimbalzavano nella testa, se lui aveva ragione, c'erano milioni di possibili mandanti, quasi senza accorgersene, si ritrovò nel parcheggio dell'ospedale, salì in macchina svogliatamente, aveva l'impressione che il ragazzo si era trovato coinvolto in un gioco che l'aveva tirato dentro e stritolato. Gli avevano anche segnalato un incendio, all'incirca alla stessa ora del rapimento, per scrupolo di coscienza, si recò al pronto soccorso, il primario lo accolse senza nascondere un cenno di fastidio: «Mi ero rilassato un po', ma vedo che avete ricominciato».

Marongiu non si fece impressionare: «Non le porterò via molto tempo, voglio solo conoscere il suo parere: secondo lei, il principio d'incendio potrebbe essere collegato al rapimento del paziente zero?».

«Ho provato a ragionare, per questo lo escludo categoricamente: se fosse una fuga volontaria, non riesco a capire il motivo dell'intrusione, poteva rischiare di essere scoperto poi, da quello che mi hanno raccontato i medici che erano di turno, non è sparito niente, appiccare un incendio poteva solo attirare l'attenzione; nel caso che il paziente zero, fosse stato portato via da un commando, non avrebbe avuto senso, attraversare mezzo ospedale per dar fuoco agli spogliatoi, probabilmente è stato uno scherzo finito male».

Le argomentazioni erano valide, d'altronde anche gli uomini del RIS, non avevano trovato niente, salutò il primario e lasciò il pronto soccorso di malumore, a passo svelto raggiunse la macchina. Avviò il motore e si diresse a Bolzano, come capitava ultimamente, quando il cervello era libero di pensare, si formò davanti agli occhi la figura della moglie, era triste ritrovarsi soli, in quel momento promise a sé stesso che alla fine di quella storia, sarebbe voluto tornare a Samughco, nella villa del padre e aspettare là la morte. Arrivò all'ospedale di Bolzano prima del previsto, si diresse al reparto di Malattie Infettive, venne ricevuto da Mario Gasser, il primario del reparto. Non sapeva cosa dire, per fortuna, fu il medico a entrare in argomento: «Siamo stati ciechi, il paziente zero poteva significare il rilancio della struttura, invece i meriti sono andati tutti al Rothschild, noi abbiamo fatto la figura dei polli».

«Pensa che il dottor Rodolfo Bencivenga possa entrarci qualcosa in questa sparizione?»

«Lo escludo categoricamente, anche prima che il direttore del dipartimento chiudesse i rubinetti degli straordinari, Bencivenga poteva tagliarmi fuori dal progetto invece, contrariamente a quello che avrebbe fatto chiunque, non solo ha continuato a interagire con me, ma mi ha messo al corrente di tutta la sperimentazione, protocolli compresi».

Aveva l'impressione che gli fosse sfuggito qualcosa, era troppo vecchio del mestiere per non capire che c'erano dei particolari che non quadravano con tutto il resto, Marongiu volle vederci chiaro: «Prendendo per buona la correttezza di Bencivenga, c'è una cosa che mi deve spiegare; se Andrea Saltusio era un vostro paziente, come mai, è finito a Milano?»

«Noi siamo un piccolo ospedale, pagare trenta ore al giorno di straordinari ai tecnici di laboratorio e spendere migliaia di euro in reagenti, ha fatto finire in fretta i fondi per la ricerca. Quando stavamo incominciando a capire le potenzialità della sperimentazione su Andrea Saltusio, abbiamo richiesto di poter sforare il tetto prefissato di altri ventimila euro, ma dalla regione ci è arrivato lo stop alla spesa. Per evitare che il progetto fallisse, sono stato costretto a chiedere al C.d.A. del Rothschild che la sperimentazione continuasse a Milano, Bencivenga ha provato persino a mettermi in guardia, dal trasferimento a Milano del paziente zero, avvertendomi che, una volta trasferito il progetto a Milano, il presidente non avrebbero tollerato ingerenze, da personale estraneo alla struttura; ho provato a spiegare il caso ai miei superiori, ma non ho potuto far altro che assecondare la volontà del direttore».

Questo complicava le cose, Marongiu aveva ipotizzato una lotta tra i due ospedali per accaparrarsi la ricerca invece tutto si era svolto senza colpo ferire. Si rivolse al primario distrattamente: «Se non ci sono problemi, vorrei visitare i locali che hanno ospitato Andrea Saltusio».

Mario Gasser lo guardò stupito, non si aspettava una simile richiesta, ci tenne a precisare: «Siccome non sapevamo il grado di pericolosità, l'abbiamo ricoverato in un posto isolato, fino adesso nessuno è venuto a chiedere di fare un sopralluogo,» pigiò un pulsante sulla scrivania, dopo qualche minuto, un inserviente entrò nella stanza «conduci il commissario nella stanza dov'era ricoverato Andrea Saltusio,» vide la faccia terrorizzata dell'infermiere: «non c'è bisogno che entri; quando ha finito, riaccompagnalo da me».

Il commissario diede inizio a una minuziosa ispezione della stanza che aveva ospitato Andrea Saltusio ma, nonostante avesse esaminato attentamente ogni possibile nascondiglio, non trovò niente di niente, stava per uscire, quando la sua attenzione venne attirata da una farfalla di carta, appuntata con uno spillo sul bordo di una cornice di un poster, senza sapere il motivo, l'infilò in tasca. Meccanicamente, attirò l'attenzione dell'inserviente, che era rimasto davanti alla porta: «Chi ha utilizzato la stanza, dopo il trasferimento del paziente zero?»

L'uomo si mantenne a distanza, era indeciso, non sapeva se potesse parlare, poi rispose, biascicando le parole: «Non c'è stato più nessuno, lei è il primo a entrare in questa stanza, da quando l'uomo è stato trasferito a Milano, stiamo ancora aspettando quelli del risanamento».

Ritornò nell'ufficio del primario, Mario Gasser era seduto dietro la scrivania, gli indicò la poltrona. Aspettò che fosse seduto, prima di parlare: «Come ha potuto vedere, non abbiamo toccato niente, siccome non abbiamo bisogno di altre stanze, aspettiamo i comodi del dirigente del Dipartimento, per la disinfestazione».

Marongiu, anche se non sapeva il motivo, era deluso, aveva solo perso tempo inutilmente, strinse la mano al primario e gli disse: «La ringrazio per la disponibilità».

Bestemmiò perché aveva dimenticato dove aveva parcheggiato, ma non era quello il motivo del suo malumore. Nei due ospedali non aveva trovato niente, era inutile nasconderselo, si trovava di nuovo al punto di partenza. Decise di continuare il viaggio all'incontrario, la prossima meta non poteva che essere Kankan. Salì in macchina e chiamò Paolo Landolfi, il questore, gli rispose dopo pochi squilli: «Dopo le tue premesse, non mi aspettavo una tua chiamata, che cosa hai trovato?»

«È inutile che continui a provarci con me, non ti ho chiamato per farti il rapporto sulla situazione, voglio sapere solo qual è il limite del mio mandato».

Il questore rispose deluso: «Hai carta bianca! Puoi almeno dirmi se stai seguendo già qualche pista?»

Rispose solo perché sapeva che il questore era sotto pressione: «Non sto privilegiando nessuna traccia, per adesso sto solo acquisendo tutte le informazioni, in appresso vedrò se quello che ho trovato mi serve per andare avanti, devo andare, ma non ti preoccupare, nel malaugurato caso che io riuscissi a ritrovare il nostro uomo, sarai il primo a saperlo».

Il questore riattaccò, non ci voleva molto per capire che non era contento. Marongiu meditò molto sul passo successivo, la Guinea non era certo dietro l'angolo, proprio per le sue condizioni di salute, doveva organizzarsi bene per il viaggio. Era abituato al lavoro di squadra, tirò fuori il cellulare e chiamò il suo appoggio per la missione: «Ho bisogno di arrivare in Guinea, l'aeroporto principale è quello di Conakry, poi dovrò prendere un elicottero per proseguire il mio viaggio fino a Kankan; mi serve sapere, nel più breve tempo possibile, da quale aeroporto, parte il primo volo per la mia destinazione».

«Mi dia il tempo di controllare, la richiamo non appena ho la notizia che vuole sapere, subito dopo mi attiverò per le prenotazioni e i biglietti».

L'uomo chiuse la comunicazione, senza aggiungere altro, Marongiu avviò il motore e si diresse verso l'autostrada, quando squillò il telefono, aveva percorso una decina di chilometri. Era il suo appoggio: «Il primo volo utile per la Guinea, parte da Milano Malpensa alle diciannove e trenta, nell'indecisione, le ho già prenotato un posto».

«Hai fatto benissimo, dovrei arrivare in tempo, ma per sicurezza sarebbe meglio che tu facessi il check-in per via telematica, è inutile perdere un giorno di lavoro. Manda uno dei tuoi uomini all'aeroporto col biglietto per Conakry, le indicazioni su come raggiungere velocemente Kankan, una prenotazione in un albergo, duemila euro in biglietti di piccolo taglio e un paio di scatole di un antidolorifico, il Katorolac. Se non trovo intoppi, tra tre ore e mezza, lo aspetto al banco del check-in».

L'uomo come al solito non aggiunse una parola. Il traffico era scorrevole, tre ore dopo Marongiu arrivò all'aeroporto di Milano Malpensa, lasciò la macchina nel parcheggio e si avviò al bancone per incontrare il suo referente. Un uomo attirò la sua attenzione, aveva in mano una ventiquattrore: «Le ho portato quello che mi ha chiesto, sono riusciti a procurarle anche un passaggio in elicottero per Kankan».

Marongiu aprì la valigetta e controllò, c'era tutto, prima di congedare l'uomo, gli chiese: «Se, per caso, avessi bisogno di qualcosa in Guinea, avete qualche referente sul posto?»

«Non posso risponderle così su due piedi, la faccio richiamare non appena abbiamo qualche notizia».

Una volta rimasto solo, si recò in bagno, spostò i soldi nel portafoglio e mise nella valigetta le due circolari e le relazioni dei RIS, che gli aveva dato Paolo Landolfi e gli appunti che aveva preso nei due sopralluoghi, tutte in formato anonimo. Per abitudine si recò al banco per fare il check-in, in fila c'erano pochi viaggiatori, preso dalla smania di partire, solo in quel momento, ricordò che era già stato fatto telematicamente, prima di darsi del rimbambito, la fame lo convinse ad andare al bar. Mangiò un tramezzino e per precauzione prese anche due compresse, dopo aver bevuto l'ultimo caffè italiano, lentamente si diresse nella sala d'attesa. Di solito quando era impegnato in un'indagine, non gli dava fastidio aspettare, utilizzava il tempo d'attesa per analizzare quello che aveva scoperto, ma questa era una situazione del tutto nuova perché non aveva niente su cui meditare. Lo squillo del telefono lo fece sussultare, era sicuramente uno degli uomini che collaboravano con lui: «Enrico mi ha riferito la sua richiesta, al momento non abbiamo punti di riferimento sul posto, ma in caso di bisogno non si preoccupi, chiami a questo numero, un modo per aiutarla lo troveremo,» l'uomo fece una pausa, Marongiu sentì un brusio in sottofondo poi, il suo contatto riprese a parlare «il telefono che le abbiamo fornito, è abilitato alle comunicazioni in tutta l'Africa».

«Ti ringrazio, spero che non mi serva niente».

L'uomo riattaccò, Marongiu rimase, ancora per qualche secondo, con il telefono appoggiato all'orecchio, pensando che il questore gli aveva messo a disposizione una squadra veramente efficiente, poi mise il cellulare in tasca e ritornò al caso. Quando aprirono il cancello d'imbarco fu una liberazione, s'incolonnò disciplinatamente, raggiunse il suo posto e, per abitudine consolidata, il cervello si mise subito al lavoro. Analizzare quel poco di materiale che aveva racimolato. Non gli portò via molto tempo.

Conakry

Forte del suo allenamento, maturato in anni di lavoro, chiuse gli occhi e, invece di dormire, fino all'arrivo a Conakry, continuò ad analizzare il caso in tutte le sue sfaccettature. Non appena uscì dall'aeroporto, prese un taxi e si fece accompagnare in albergo, nonostante tutto non era stanco. Fece una cena leggera e si ritirò in camera, preso un foglio, cominciò il test delle fattibilità; era un metodo che aveva utilizzato fin da quando aveva vinto il concorso per commissario. Consisteva nello spacchettamento dell'indagine in tutte le sue parti, poi analizzava il singolo pezzo e prendeva nota di tutte le varianti, alla fine aveva il quadro completo dei fatti in tutte le possibili combinazioni, poi con calma eliminava tutti gli elementi contrastanti. Per il solo fatto di trovarsi a migliaia di chilometri, dal posto dov'erano avvenuta la scomparsa, si sentiva meno assillato dal problema, in poco tempo riempì una trentina di fogli di appunti. Una volta terminata la prima parte del lavoro, si mise a letto, prese due pillole e si sdraiò supino, lentamente venne assalito dalla stanchezza e dai dolori alla schiena, pensò che tutto questo non sarebbe durato ancora per molto, come al solito, il solo pensiero, accentuò il suo malumore, dopo un paio di bestemmie si addormentò. La brutta notizia gli arrivò la mattina da Enrico, l'unico della sua squadra che conosceva personalmente, lo avvertì del problema: «Oggi l'elicottero militare è impegnato in una missione, non ci sono altri voli per Kankan, se non vuole sobbarcarsi una decina di ore su strade ignobili, dovrà aspettare fino a domani».

«Non ho il fisico, per superare la prova strade africane».

L'uomo rise in sottofondo: «Domattina, alle sei, una macchina verrà a prenderla in albergo per portarla all'eliporto, l'arrivo a Kankan è previsto alle dieci e trenta, alle sedici ha il volo per il rientro a Conakry. Nel caso avesse bisogno di restare un po' di più, mi chiami che le organizzerò il rientro,» si fermò, ma poi riprese quasi subito «il questore, quando l'ho chiamato per farmi ottenere il visto sulle note spese, mi ha avvertito che il comandante della nave che ha accompagnato Andrea Saltusio fino a Dakar, è nel porto di Conakry in attesa di ripartire per la Mauritania».

«Non era una delle mie priorità, ma non mi costa niente scambiare quattro chiacchiere con lui».

«Ci penso io, tra un paio d'ore, verrà una macchina per accompagnarla al porto».

Marongiu scese in sala e fece un'abbondante colazione, sorrise, in fondo non era una cattiva idea, parlare con i fratelli Gargiulo. Era certo che non sarebbe servito a niente per la sua indagine, però contava di tracciare un profilo psicologico dell'uomo. Quando arrivò al porto, l'autista, che parlava esclusivamente la lingua Fula, gli indicò con il dito la nave, Marongiu pagò la corsa, scese dalla macchina e si avviò lentamente. Le attività sulla barca erano frenetiche, stavano caricando dei macchinari e sulla banchina c'era una cinquantina di pedane di aiuti comunitari. Non appena terminarono di stipare la nave, Eugenio Gargiulo si avvicinò a Marongiu e gli strinse la mano: «Mi hanno avvertito della tua visita, che posso fare per te?»

Il modo aperto con cui si era rivolto a lui, lo mise in soggezione, però capì che l'unico modo per entrare in contatto con lui era quello della sincerità: «Sono qua solo perché il mio volo per Kankan è stato rimandato, però mi fa piacere parlare di Andrea Saltusio con voi, che l'avete conosciuto nella sua quotidianità».

Nonostante volesse aiutare chi stava cercando Andrea, Eugenio era combattuto, anche se non riusciva a comprendere a cosa potesse servire quella discussione, quando iniziò il suo racconto, decise di riferire tutto: «Quando il ragazzo è arrivato, sembrava detestare tutti, Giulio compreso,» si rese conto che il commissario aveva sbarrato gli occhi, e precisò: «Giulio era l'altro medico che partecipava al progetto assieme a Cédric, l'autista del camion, i tre formavano l'equipaggio che, da Dakar avrebbe proseguito fino Mamou, per congiungersi al convoglio di medici senza frontiere diretto a Kankan. Come ti stavo dicendo, dopo un approccio ostile, Andrea si è rivelato un ragazzo di grande bontà e altruismo; in circa dieci anni di lavoro con le organizzazioni che si occupano di portare aiuti umanitari e sanitari, ho conosciuto tanti operatori, quei tre insieme, sono restati meno di cinque giorni sulla nave, ma alla loro partenza, ci hanno lasciato un vuoto».

Eugenio gli fece segno di seguirlo, arrivato in plancia gli presentò il resto dell'equipaggio: «Questo capoccione è Maurizio mio fratello, il vecchietto è Vincenzo Maresca il nostro tecnico radio».

A Eugenio non sfuggì il segno che gli faceva il fratello, riprese a parlare: «Se vuoi pranzare con noi tra poco si mangia, al mio gemello piace la compagnia, è sempre contento quando abbiamo ospiti a tavola».

Stavano avviandosi in cucina, quando Marongiu vide un uccello di carta sulla consolle dei comandi. Chiese a Maurizio: «Questo che cos'è?»

Rispose Maurizio: «Andrea l'aveva creato appositamente per noi, Vincenzo non appena lo vide, disse che rappresentava l'araba fenice, siccome, da buoni napoletani, siamo superstiziosi, l'abbiamo lasciato là a proteggerci».

Nonostante il pranzo fosse squisito e i fratelli disposti a parlare, anche questo colloquio non fece emergere nessun nuovo elemento. Marongiu si fece chiamare un taxi, salutò i tre uomini e si avviò verso l'uscita. Aspettò che la macchina arrivasse davanti alla passerella, salì in fretta e si fece condurre in albergo. Si mise a lavorare sui fogli che aveva preparato la sera precedente, dopo aver tolto tutti gli elementi che cozzavano tra loro, non rimase quasi niente. Marongiu si grattò in testa a due mani, non era possibile, sicuramente aveva sbagliato qualcosa, era inutile cercare dove fosse l'errore, mise i fogli in valigia e ne prese altri dalla risma e cominciò da capo. Di colpo gli crollò addosso la stanchezza, si sdraiò sul letto, ingoiò due compresse di Katorolac e si addormentò. La mattina dopo, Marongiu venne svegliato dallo squillo del suo cellulare, era il suo contatto: «La macchina è partita in questo momento dalla caserma, tra una ventina di minuti sarà in albergo».

Il commissario si vestì in fretta, scese al bar per fare colazione, mangiò due croissant, bevve il caffè, a livello preventivo, inghiottì due compresse e uscì dall'albergo. La macchina arrivò proprio mentre stava per chiamare il suo contatto. Il percorso fino all'eliporto fu tremendo, l'autista complice la strada dissestata, mise a dura prova la schiena già compromessa. Il volo fu monotono, ma non riusciva a pensare, era tutto indolenzito, fu anche tentato di prendere altre due compresse, ma aveva già sperimentato gli effetti collaterali, per riprovare. Atterrarono direttamente nell'ospedale di

Kankan, ad attenderlo c'era Sandro Farano: «Benvenuto in Africa dottor Marongiu, mi hanno chiesto di mettermi a sua disposizione, ma non ho capito in cosa posso esserle utile».

«Sono venuto appositamente dall'Italia per sapere quello che ha fatto Andrea Saltusio, dal momento del suo arrivo alla sua partenza, ma quello che m'interessa, in particolar modo, è sapere chi ha incontrato durante la sua permanenza in Guinea».

«All'arrivo a Kankan, lui e il suo amico, Giulio Garessio, sono stati assegnati a Bissandougou assieme ad altri due medici italiani, Mario Salata e Raimondo Terrano. Allora, a causa dell'emergenza, ero capo missione proprio a Bissandougou, li ho presi in carico io. Il giorno dopo il loro arrivo, ho ricevuto la comunicazione di due allarmi a Kanadou e in un villaggio vicino Lekoro, non ho capito molto perché la linea era disturbata. Siccome dei sei medici, che avevo a disposizione, i due che erano di stanza qui, venivano da diciotto ore di turno, ho preferito mandare i due nuovi equipaggi; nei giorni precedenti, nella zona erano state avvistate bande di predoni, per questo motivo ho mandato, invece di due, tre guardie armate per macchina, con la raccomandazione di essere molto cauti».

Visto che c'era volle togliersi anche gli ultimi dubbi: «Non mi ha parlato degli altri contatti che il ragazzo ha avuto da quando è arrivato a Bissandougou».

«Lui era un pivellino, non ha interagito con nessuno degli altri cooperanti, se non nelle zone comuni della sala mensa; oltre ai suoi colleghi medici e al personale locale, non ha avuto contatti. In realtà lui è stato in missione per meno di ventiquattrore».

Marongiu era seccato: «A me risulta che è rimasto tre settimane a Kankan».

«Forse sta parlando anche del periodo in cui è stato ricoverato, le posso dire che non è successo niente di strano, era in isolamento, non dimentichi che poteva essere stato infettato dal virus Ebola. Tranne i due militari che sono venuti ad interrogarlo, l'unica persona che ha incontrato è Gunter Schnellinger, il referente di tutti gli aiuti umanitari in Guinea, dopo la morte di Iruwa Konka e Giulio Garessio, i due cooperanti infettati, l'uomo è venuto a sincerarsi sulle condizioni di Andrea Saltusio».

Marongiu ormai parlava solo a livello discorsivo: «Scommetto che avete bruciato il bagaglio di Andrea».

«Avevo intenzione di farlo, ma poi ho pensato che, in fondo, i suoi effetti erano rimasti a Bissandougou non potevano essere stati infettati, li ho portati in ospedale, ma lui mi ha detto che li potevo buttare,» s'interruppe per rispondere al telefono, poi riprese con lo stesso tono, «ho pensato che avrebbe potuto ripensarci oppure potevano servire a qualcuno, per questo li ho conservati in un ripostiglio dell'ospedale».

Il medico restò a guardarlo, era in attesa, la domanda era quasi d'obbligo: «Potrei vederli?»

Sandro Farano gli fece strada, percorse tutto il corridoio e si fermò davanti a una porta scardinata, per aprirla dovette mantenerla, prese il trolley e lo consegnò al commissario: «Questo è il bagaglio che aveva quand'è arrivato».

Marongiu lo aprì, dentro c'erano un paio di cambi e qualche indumento intimo. Nelle tasche del trolley trovò alcuni modellini di origami di pregevole fattura e un paio di confezioni di fogli, ancora imballati nel *cellophane*, ormai era chiaro Andrea Saltusio era un amante dell'arte della carta piegata. Si trovò a chiedere: «Sa se qualcuno altro ha messo le mani in questa valigia?»

Il medico rispose convinto: «Solo io, prima di riporlo lo avevo aperto, non mi sembra che manchi qualcosa».

Intimamente sapeva che non avrebbe trovato altro, il suo viaggio in Africa poteva considerarsi terminato, provò a fare un ultima domanda: «Mi ha parlato di Mario Salata e Raimondo Terrano, gli altri due medici che componevano la squadra, che fine hanno fatto? Potrei parlare con loro?»

«Operano nella zona di Bissandougou, dopo l'epidemia di Ebola, il presidio è stato potenziato, adesso ci sono quaranta addetti, una quindicina di medici del contingente umanitario e il resto è formato da personale locale; se vuole posso chiamare una jeep e farla accompagnare».

Pensando alle strade, ma soprattutto, alla sua schiena, rispose prontamente: «Non c'è bisogno, era solo una curiosità».

Seguito dal medico, Marongiu si avviò lentamente verso l'elicottero, il pilota non appena li vide, chiamò la torre di controllo. L'uomo scese dal posto di pilotaggio: «Dobbiamo aspettare una mezz'oretta, il capitano Arturo Lenzi ha chiesto un passaggio fino a

Conakry, da quello che ho capito, anche lui è sulle tracce del suo amico».

Marongiu si rivolse al medico: «Da dove sbuca costui?»

«È arrivato tre giorni fa, con un suo collaboratore, dall'atteggiamento che ha avuto con tutti, potrebbe essere dei Servizi Segreti, ufficialmente, per parlare con quelli che hanno avuto a che fare con Andrea Saltusio, hanno preteso e ottenuto una stanza solo per farne il loro posto di lavoro, probabilmente non hanno trovato niente perché, dopo aver messo a soqquadro tutto l'ospedale, se ne sono andati in giro a interrogare anche gli operatori locali».

Da come ne parlava, si capiva che Farano non aveva molta simpatia per i due agenti, il vecchio commissario era stanco, cominciava a pensare che, prima era solo un dubbio, adesso era certo che il suo viaggio in Guinea fosse solo un inutile spreco di soldi dei contribuenti. Qualsiasi cosa fosse successa in Africa, non c'entrava niente con la successiva scomparsa di Andrea Saltusio. La comparsa di Arturo Lenzi, gli aveva tolto ogni speranza, la delusione accentuò quel senso di stanchezza, si rivolse al medico: «Se uno volesse mangiare qualcosa?».

Prese il telefono e compose un numero, mentre aspettava che gli rispondessero, disse: «Sto chiamando in cucina, provo a chiedere se c'è rimasto un po' di spezzatino, però ti avverto, devi adattarti al tipo ti cucina, se hai il palato fine, lascia perdere».

Quando Marongiu, accompagnato dal medico ritornò all'elicottero, i due uomini erano già in attesa, il commissario gli strinse la mano e stava per allontanarsi, Sandro Farano attirò la sua attenzione e gli bisbigliò: «A loro non ho detto niente del bagaglio di Andrea Saltusio».

Gli strinse di nuovo la mano e si avviò, era strano il mondo, quando credi che sia solo affollato di gentaglia, riesce a stupirti. Al suo arrivo all'eliporto, due uomini lo squadrarono dalla testa ai piedi, impassibile salì sull'elicottero, passò più di un'ora, prima che, quello che sembrava il capo, parlasse: «Mi hanno detto che anche tu sei alla ricerca di indizi su Andrea Saltusio, che cos'hai scoperto?»

Il commissario rise, poi rispose annoiato: «Niente».

L'uomo si irritò molto della risposta ricevuta, non fece niente per nasconderlo: «Te la lascio passare solo perché tu non sai con chi hai a che fare».

Marongiu era in vena di polemica, il loro atteggiamento era puerile: «Sto tremando dalla paura, già penso alla nota di demerito che apporrete sul mio stato di servizio, chissà cosa penseranno i miei eredi».

«Forse siamo stati fraintesi, sono il capitano Arturo Lenzi, quello accanto a me è il tenente Alessandro Rugoni, era solo un modo di scambiare delle impressioni sul caso; mi sembra che nemmeno tu hai trovato qualcosa d'interessante».

Marongiu rispose polemicamente: «In fondo non è colpa vostra, quando vi fanno i corsi, dimenticano sempre di accertarsi che abbiate capito, queste rughe che vedete oltre a dimostrare che sono vecchio, indicano pure che ho una certa esperienza, per esempio vi siete affannati a capire chi avevate di fronte, però vi siete fermati alle condizioni fisiche e anagrafiche, dimenticando la carriera che ho fatto».

Alessandro Rugoni intervenne: «Come hai scoperto che ci siamo interessati a te».

«Me lo avete detto voi, passando al caso, ma non chiedendomi chi ero, era logico intuire che già lo sapevate».

Arturo Lenzi dette un'occhiataccia al suo collega, poi riprese: «Tu sei fortunato, perché non hai qualcuno che ti pressa per avere dei risultati tangibili».

«Nonostante le premesse, non sono arrabbiato con voi, sono solo stanco; anche se non lo meritereste, vi voglio aiutare: se dopo due settimane e mezza dal rapimento, la Polizia e i Servizi Segreti brancolano nel buio, significa che non c'è più niente da scoprire, a questo punto, chiunque ha portato a termine il rapimento l'ha fatta franca».

Nonostante il fastidio alla schiena, s'addormentò.

Ritorno alla base

Il colloquio col questore fu, come al solito, portato avanti nell'insegna della franchezza, Marongiu aveva appena esposto, per sommi capi, tutto quello che era successo in Africa. Il funzionario scosse la testa: «Voglio ragguagliarti sulle notizie avute dai collaboratori di giustizia: nei periodi, immediatamente successivi al rapimento, le varie organizzazioni di criminalità organizzata, da nord a sud, hanno mostrato una certa agitazione, l'interesse per il paziente zero ha portato a un forte accentramento di uomini verso Milano, ma a detta degli interessati, i malavitosi sono stati i primi a lasciare il campo».

«Non possono aver trovato il paziente zero? Loro hanno mezzi e coperture per poterlo nascondere».

Il questore rispose stancamente: «Nessuno dei collaboratori di giustizia, nemmeno quelli che agiscono sotto copertura, hanno avuto riscontri in tal senso».

«Questa cosa non mi piace».

«Le ultime notizie sono pure peggio, nei tre giorni che sei stato via, si sono verificati alcuni episodi spiacevoli: fughe di notizie riservate, dall'ufficio del prefetto; un tentativo di rapimento ai danni del dottor Rodolfo Bencivenga; il furto al Rothschild di tutto il materiale sul paziente zero e la sparizione delle cartelle mediche di Mark Graham,» il commissario fece per intervenire, Paolo Pandolfi gli fece cenno di aspettare e continuò: «a quasi tre settimane dal sequestro, le piste incominciano a intasarsi di gente molto decise, se continua così prima o poi, ci scappa il morto».

Il commissario Chirigu Marongiu, si accorse di aver accettato un incarico abbastanza pericoloso da lasciarci la pelle, ma non era intenzionato a tirarsi indietro. Confidò al questore le sue perplessità: «Non ho nessuna intenzione di ritornare in Africa, non ha senso, nemmeno i Servizi Segreti ci fanno affidamento infatti, per capirlo, mi è bastato vedere gli uomini che hanno mandato, sono mezze calzette. Dopo la scellerata conferenza stampa del presidente del Consiglio d'Amministrazione del Rothschild, sono tre settimane che in televisione non si parla d'altro. Se il solo parlare ha suscitato tanto scalpore, non è difficile ipotizzare che è un affare che muove molti interessi, anche chi se ne frega della ricerca vuole riuscire a mettere le mani sul paziente zero, ma soprattutto con la sua cattura, spera di poter avere il monopolio, col suo sangue, ormai è acclarato, si possono guadagnare cifre astronomiche. Come comprenderai, sono tante le domande a cui non ho saputo dar risposte, solo per questa ragione continuerò a lavorarci, ma voglio che sia ben chiaro, nel momento in cui mi renderò conto che è un'inutile perdita di tempo, mollerò tutto».

Il questore capì le sue perplessità, tirò fuori dal cassetto una cartella e gliela consegnò: «Questo è proprio tutto quello che i miei uomini hanno scoperto, le conclusioni vengono da sole, se il frutto di una settimana d' indagini della Polizia è tutto qui, avevi ragione fin dall'inizio, siamo di fronte a individui molto decisi e professionalmente preparati, in poche parole, tanto di cappello il colpo è riuscito alla grande».

Marongiu prese la cartella e se ne tornò a casa, aveva bisogno di raccogliere le idee, per farlo doveva fermarsi a riflettere su quello che aveva visto, prima di metterci sopra altro materiale. Nell'intimità del suo appartamento, ripassò tutto quello che aveva messo assieme, decine di volte, con l'unico risultato di farsi venire un mal di testa di dimensioni spropositate. Con la scusa del tentativo di rapimento, decise di parlare di nuovo col primario del reparto Ematologico, era convinto che il dottor Rodolfo Bencivenga, nonostante la tanto sventolata collaborazione, non gli avesse detto tutto. Prese la macchina e, senza avvertire i suoi contatti, si recò al Rothschild, dopo la sfiducia al presidente e la rinuncia da parte di Rodolfo Bencivenga ad accettare la carica vacante, la struttura era in fermento e le bocche tutte cucite. Stava per uscire dal reparto, quando una donna anziana si avvicinò a lui, si presentò come la caposala. Marongiu rimase perplesso, lei se ne accorse e precisò: «Sostituisco Enrichetta, la fidanzata del primario, l'ho chiamata a telefono non appena lei è entrato nel reparto, mi ha detto che Rodolfo Bencivenga vuole parlarle,» gli consegnò un biglietto, poi riprese «questo è l'indirizzo, non si faccia notare, troverà aperto il cancello posteriore».

Sembrava che si stesse aprendo qualche spiraglio, evitò di fare considerazioni, salutò e partì per Lecco, odiava ammetterlo, ma non riusciva a raccapezzarsi in quel dedalo, l'indagine andava avanti per eventi casuali. Smise di arrovellarsi, il traffico congestionato assorbì tutta la sua attenzione, ritornò a pensare all'indagine quando uscì dal traffico, ma durò poco, seguendo il navigatore satellitare, dieci minuti dopo arrivò all'indirizzo. La struttura era immersa nel silenzio, sorpassò il cancello d'entrata e andò a parcheggiare, seguendo le istruzioni si portò sul retro, il cancello pedonale era aperto. Entrò facendo bene attenzione a non far rumore, riuscì a fare solo un paio di metri, quando si accorse dell'uomo era troppo tardi, aveva una pistola alla tempia: «Tu chi cazzo sei?»

Non c'era motivo di mentire, era sicuro che, comunque, l'uomo gli avrebbe chiesto il portafoglio: «Sono un ex commissario di polizia, avevo intenzioni di parlare con Rodolfo Bencivenga, sul rapimento del suo paziente, cerco di guadagnarmi qualche liretta per arrotondare».

L'uomo doveva essere uno del mestiere, lo perquisì rapidamente, poi l'ammanettò a un ramo e si mise a controllare i documenti. Marongiu si rilassò perché l'uomo gli rimise in tasca i documenti che gli aveva preso e gli tolse le manette: «Perché non sei entrato dalla porta principale?».

«Te l'ho appena detto, ho un appuntamento col dottor Bencivenga, mi ha detto lui di passare dal retro».

«Vai pure, ma non dirgli che mi hai visto, ricorda che ascolteremo quello che vi direte».

L'uomo non aggiunse altro, uscì dal cancello e, dallo scatto che fece, lo aveva richiuso alle sue spalle, il commissario era perplesso, si portò all'entrata principale e bussò alla porta. Venne ad aprire Rodolfo, si strinsero la mano ed entrarono, non appena arrivarono nell'ufficio, Marongiu gli fece segno di tacere e si avvicinò alla scrivania, prese una penna e si diresse verso il giardino, seguito da uno stupefatto padrone di casa, si accomodò su una sdraio. Rodolfo era perplesso, ma imitò il suo ospite e si sedette al suo fianco, quando si girò a guardare il commissario, si accorse che stava scrivendo. Prese il foglio che Marongiu gli porgeva e lesse: *"Lei è controllato, quando sono entrato dal cancello posteriore, un uomo armi in pugno, ha prima controllato i miei documenti, poi mi ha suggerito di non parlarle della sua presenza"*.

Il primario gli rispose sorridendo: «Non si preoccupi, non c'è nessuno in ascolto, sono solo gli uomini di guardia che si sono montati la testa; l'unica cosa buona, è che non si fanno mai vedere in giro».

«Il questore forse ha dimenticato di avvertirmi, non ero al corrente che fosse sotto regime di sorveglianza».

«La mia protezione, è un regalo di Mark Graham, pensi che ha messo a nostra disposizione una macchina blindata, fino a quando non si sono calmate le acque, questa clausura in fondo mi piace, ma il controllo a cui siamo sottoposti, sta cominciando a stressare la mia fidanzata».

Il primario di ematologia sembrava una persona a modo, le sue dichiarazioni erano comprovate, ma c'era qualcosa che non lo convinceva. Marongiu, forte del detto *repetita juvant*, provò a farlo cadere in contraddizione: «Mi può dire, dal lato puramente clinico, in che condizioni ha lascito Andrea Saltusio?»

«Era nervoso, ma non ho dato molto importanza alla cosa, anche lui era da mesi sotto pressione».

«Come mai, non ha accettato la carica di presidente del Consiglio d'Amministrazione?»

«Nonostante il suo tono inquisitorio, voglio risponderle, non avevo nessuna intenzione di avere a che fare con i burocrati e i passacarte, sono sicuro che farà fatica a capirlo, ma io credo nella mia professione».

Si pentì del suo comportamento, non era colpa di Bencivenga se, nel corso della sua carriera, aveva incontrato la feccia del genere umano, decise di mettere fine a quell'incontro: «Mi scusi se ho ecceduto nella chiacchierata, dando quasi l'impressione di un interrogatorio, le confesso che non so dove sbattere la testa».

«Non si preoccupi la capisco, ho accettato la protezione di Mark Graham, quando hanno cercato di rapirmi, e dire che mi aveva avvertito che la faccenda stava diventando ingestibile. L'ho fatta venire apposta per dirglielo, sulle tracce di Andrea Saltusio si sono messe anche nazioni potenti, economicamente e militarmente, sono fortemente interessate ad accaparrarsi il segreto, anche per possibili scopi militari. Sono stato fortunato, senza gli uomini di guardia, chissà dove sarei adesso. A seguito di questo fatto, per allentare le pressioni, ho pubblicato l'intera sperimentazione effettuata sul paziente zero, in modo gratuito a firma mia e di Elio Saccardi; spero che capiscano che non posso fare i prodigi, senza la bacchetta magica».

«Quello che mi ha riferito, mi sarà molto utile, non so se potrà rasserenare l'umore della sua fidanzata, ma le fila dei cacciatori, si assottigliano sempre di più».

Rodolfo sorrise tra sé e sé: «La ringrazio, anche se è difficile da spiegare, non le auguro di trovare quello che cerca».

Marongiu salutò e si avviò lentamente verso la macchina, le parole del primario, gli avevano confermato la pericolosità degli avversari. Partì a razzo verso Milano, la prima amara considerazione fu per sé stesso, si trovava solo, malato e senza indizi, ma quello che gli faceva più paura era il suo prossimo appuntamento, quello con la nera signora. Parcheggiò sotto casa, sentì che una macchina si era poggiata contro il paraurti posteriore, non fece in tempo a mettere le gambe fuori dallo sportello che venne tirato fuori dall'auto, sentì il freddo acciaio della canna della pistola dietro la nuca. L'uomo che lo teneva col bavero della giacca, gli frugò nelle tasche, dopo qualche istante lanciò il mazzo di chiavi al complice che, fino a quel momento, si era tenuto in disparte, senza una parola, i tre uomini lo spinsero sgarbatamente nel portone. Lo trascinarono a forza per le scale, ma solo quando si chiusero alle spalle la porta del suo appartamento, il più grosso, ruppe il silenzio: «Abbiamo tutto il tempo necessario adesso con calma ci racconti tutto quello che hai scoperto sul rapimento del paziente zero, non cercare di fare il furbo con noi, abbiamo i metodi adatti per farti parlare; anche se noi, nonostante la spiacevole situazione in cui ti trovi, preferiremmo non usarli».

«Credo che mi confondiate con qualcun altro, sono l'ex commissario Chirigu Marongiu, prima di morire, cosa che avverrà tra poco tempo, per contraccambiare un piacere a un amico, ho accettato quest'indagine. Non so chi siete e nemmeno chi rappresentate, quello che è sicuro, è che se siete qui a farmi queste domande, vuol dire che anche voi non avete trovato assolutamente niente».

Quello che sembrava il capo era furente, gli tirò uno schiaffo a mano aperta: «Ti ho mentito, secondo me non dici tutta la verità, ma anche se ti credessi, nessuno mi potrà togliere lo sfizio di torturarti un poco, nel caso tu sapessi qualcosa che non ci hai voluto raccontare».

Marongiu restò in silenzio, col suo occhio allenato, aveva capito che non erano dei professionisti, ma era lo stesso rassegnato a subire le sevizie, sperò solo che, viste le sue condizioni di salute, il cuore cedesse in fretta. Il portavoce lo guardò con odio: «Il tuo silenzio, non ti eviterà la…»

La parola gli morì in gola, quando finirono i colpi sulla porta, sentirono distintamente i rumori degli scarponi per le scale; il capo si avvicinò alla finestra, vide due jeep parcheggiate sul marciapiede e una decina di poliziotti, armi in pugno, che fissavano le finestre. Erano tutti e tre spaventati, uno dei due uomini che gli puntava la pistola alla testa, lo minacciò: «È inutile che ti fai illusioni, se aprono il fuoco, tu cadi con noi».

Cominciarono di nuovo i colpi alla porta Marongiu, che era rimasto ritto al centro della stanza, si aggiustò la giacca, senza curarsi degli uomini armati si diresse verso l'entrata, ma dopo il primo passo, si rivolse al capo: «Avete fatto male i vostri conti, come ostaggio io non valgo niente, sono un uomo morto, due mesi di sofferenza in più, non mi cambieranno la vita, adesso vado ad aprire la porta, se volete spararmi fate pure».

I tre uomini rimasero impietriti, il commissario aprì l'uscio, nella stanza si riversarono una decina di poliziotti, dovevano essere dei gruppi speciali, avevano giubbotti antiproiettile e passamontagna. Gli uomini poggiarono le pistole a terra e alzarono le mani, senza una parola, furono condotti tutti in commissariato, Marongiu fu portato nell'ufficio del commissario. Alla sua apparizione sulla porta l'amico scoppiò a ridere: «Caro Chirico, stavolta siamo pari, ti ho tirato fuori da un merdaio».

Le parole di Mauro lo misero di buonumore: «Ma li hai visti bene, quelli così come sono, presi da soli valgono poco, altri due minuti e mi avrebbero parlato dei loro mandanti, anche senza che glielo chiedessi…».

Il cicalino del telefono interruppe la discussione, il commissario ascoltò in silenzio poi posò l'apparecchio: «Quei tre coglioni, hanno deciso di farmi perdere tempo, non rispondono a nessuna domanda».

«Mettimi con loro nella sette, non devono capire che li state ascoltando, possiamo risolvere prima la questione».

Mauro Soletta, da ex collega e amico, tentò di dissuaderlo: «Non li conosciamo, non mi sembrano pericolosi, ma non è il caso di rischiare, potrebbero farti del male».

Marongiu lo guardò con affetto: «Che cosa vuoi che facciano per peggiorare la mia situazione?»

Il commissario non rispose, chiamò un agente: «Lillo, togli tutti gli effetti personali a Chirico, come se l'avessimo arrestato e, dopo aver trasferito i tre merli nella sette, aspetta una decina di minuti e mettilo insieme a loro».

Quando fecero entrare l'ex commissario nella cella i tre si avvicinarono minacciosi, Marongiu ignorò le loro intenzioni, li guardò schifato: «Siete spazzatura, per colpa vostra, gli ultimi giorni della mia vita li passerò in galera o, se mi va bene, in infermeria».

Quello che aveva sempre fatto il capo, insorse: «Che cazzo dici, siamo noi che per colpa tua siamo finiti in galera, hai fatto qualche stronzata e ti sorvegliavano».

«Ho ragione io, siete dei coglioni che si sono messi in un gioco più grosso di loro, senza la vostra comparsa, quelli dell'antiterrorismo non avrebbero avuto mai un pretesto per arrestarmi; ma quello che m'incuriosisce, è sapere che cosa racconterete ai vostri clienti».

Marongiu li lasciò a bocca aperta e andò a sedersi sulla brandina, si versò mezzo bicchiere d'acqua e inghiottì due pastiglie. I tre tornarono alla carica, ma della loro aggressività, non era rimasto niente, come al solito parlò il più grosso, la voce era insicura: «Come hai fatto a scoprire che siamo degli investigatori privati?»

Ignorando la domanda, rispose con sopportazione: «Quelli della Lombardia li conosco tutti, di dove siete?»

«Veniamo tutti e tre da Roma, ci siamo intravisti mentre cercavamo di capire che cosa fosse successo al Rothschild, quando abbiamo capito che da soli non avremmo fatto niente, abbiamo unito le nostre forze».

«Mi meraviglio che non siano arrivati a voi, tramite la matricole delle pistole».

Ormai l'uomo rispondeva per abitudine: «Le abbiamo acquistate tramite un gestore di un poligono di tiro, per adesso siamo riusciti a mantenere l'anonimato».

«Come sperate di uscirne?».

«Ormai siamo bruciati, speravamo di poter trattare la nostra scarcerazione, per adesso abbiamo parlato solo con i sottoposti, speriamo che il commissario capisca le nostre ragioni, in realtà non abbiamo fatto niente di male».

«Tranne minacciare, picchiare e terrorizzare una persona anziana e malata».

Si avvicinò al capo e gli tirò uno schiaffo, poi si girò di spalle e avvicinatosi alla parete diede due colpi, l'uomo che intanto si era ripreso dalla sorpresa, sentendosi umiliato, si avvicinò con fare aggressivo al commissario, ma alla comparsa degli agenti si bloccò, riuscì solo a dire: «Ci siamo fottuti da soli».

Marongiu riuscì a ottenere di poter assistere agli interrogatori. Così scoprì che i tre erano stati ingaggiati da alcuni gruppi farmaceutici della Capitale, volevano tentare di arrivare al paziente zero, sarebbero stati felici di coprirlo d'oro, non avevano nessuna intenzione di rapirlo, il loro interesse si limitava a inserire il suo nome nella pubblicità dei loro prodotti. Il vecchio commissario si recò da Mauro Soletta, l'amico lo salutò fraternamente, prima di uscire non volle risparmiargli una frecciatina: «Dal loro stile, dovevo immaginarmelo che erano tuoi paesani».

Marongiu uscì dall'ufficio del commissario, prima che lui esplodesse. Non aveva più senso restare a Milano, non poteva partire così, si recò da Paolo Pandolfi per fargli un rapporto dettagliato su tutto il suo lavoro, il questore lo ricevette subito: «Dalla tua faccia capisco che non mi devi dare buone notizie».

«Sono venuto a salutarti, quello che mi fa rinunciare al caso non è la mancanza di indizi, ma il fatto che nessuno dei miei concorrenti abbia trovato qualcosa».

«Adesso che farai?».

«Non mi resta che tornarmene in Sardegna per morire nella terra dei miei avi, sento dentro di me il desiderio di annusare di nuovo gli odori della mia terra».

Si abbracciarono, il questore capì che quello era il loro ultimo incontro, quando si staccarono dall'abbraccio avevano entrambi gli occhi lucidi. Marongiu ritorno al suo appartamento, strappò i sigilli ed entrò in casa, non badò alla confusione, si mise di buona lena a raccogliere tutto quello che aveva intenzione di portare via. Quando arrivò all'album delle foto, solo a vedere le facce sorridenti di lui con accanto la moglie, andò fuori di testa, lo scagliò sulla parete di fronte a lui e si mise a piangere. Quest'episodio gli fece cambiare programma, decise di prendere solo qualche capo d'abbigliamento, non gli serviva altro. Mentre preparava la valigia, trovò un centinaio di fogli fitti di appunti fatti a mano, erano quelli che aveva abbozzato nell'albergo a Conakry. Prima di gettarli gli diede uno sguardo frettoloso, scoprì quello che aveva avuto sempre davanti agli occhi, all'inizio gli erano sembrati indizi insignificanti. Tutto ruotava attorno al lasso di tempo che intercorreva dall'ultimo avvistamento certificato di Andrea Saltusio e l'orario in cui era avvenuta la sua scomparsa, era talmente ristretto che sembrava impossibile potesse essere avvenuto il rapimento. Riprese gli appunti che gli aveva passato il questore, le testimonianze si sprecavano, dopo la rassegna stampa del presidente del Consiglio d'Amministrazione, centinaia di giornalisti si erano accalcati attorno alla struttura, facendo un cordone impenetrabile, sia in entrata che in uscita, solo l'arrivo dei militari aveva fatto ritornare un po' d'ordine. Eseguendo gli ordini impartiti, i carabinieri, prima di rimandarli a casa, li avevano identificati uno per uno. Riassumendo: il paziente zero era sparito in dodici minuti e quaranta secondi, il tempo intercorso dalla visita di Rodolfo Bencivenga, all'arrivo dei primi giornalisti, ma siccome nessuno aveva visto niente, la tempistica poteva essere ulteriormente ristretta di almeno altri tre minuti. I carabinieri che si erano accorti della scomparsa di Andrea Saltusio, mentre aspettavano l'arrivo dei tecnici del RIS, avevano perquisito l'intera struttura. Era tutto completamente sballato, i fatti rendevano inutile qualsiasi ragionamento, uniti alla mancanza assoluta di prove, determinavano un rompicapo. Ma quell'intuizione, associata a quei piccoli indizi che aveva percepito, convinsero Marongiu, a rimandare la partenza. Siccome era inutile continuare a cercare chi aveva interesse a rapire Andrea Saltusio. Incominciò a pensare che cosa potrebbe architettare una persona che si accorgesse che tutti lo vogliono usare come un distributore automatico di sangue, a questo punto il commissario Chirigu Marongiu, smise d'indagare convenzionalmente, spostò di centoottanta gradi le sue ricerche.

San Martino in Passiria

Aveva da poco smesso di nevicare, Marongiu s'inerpicò per la salita, il dolore alla schiena era quasi insopportabile, arrancava bestemmiando ad alta voce, era una cattiva abitudine che aveva preso da quando si era accorto di essere ammalato. Nei pressi della casetta si fermò a rifiatare, bastò quella semplice sosta a far naufragare le sue convinzioni. Fu preso dai dubbi, non era più certo che stesse facendo la cosa giusta, anche se le sue intenzioni erano buone, pensò che fosse il caso di tornarsene indietro e lasciare che le cose facessero il loro corso. La determinazione gli tornò al pensiero che, come l'aveva trovato lui, ci poteva riuscire anche qualcun altro. Forte di questa nuova determinazione bussò con le nocche alla porta, il ragazzo che venne ad aprire era giovanissimo, poteva avere al massimo vent'anni, occhi azzurri e capelli biondi, ma allo sguardo esperto del vecchio commissario non sfuggì che l'espressione e i tratti del viso, erano proprio quelli di Andrea Saltusio. Il ragazzo appariva tranquillo, infatti, senza dare il minimo segno di agitazione, chiese: «Che cosa vuole? Se sta cercando mio padre, dovrà ripassare tra un paio di giorni, è fuori per lavoro».

Marongiu tirò fuori dalla tasca la farfalla che aveva trovato a Bolzano, nella stanza del paziente zero e gliela porse: «Ti ho riportato questa,» il ragazzo si appoggiò alla porta per non cadere, aveva accusato il colpo. Il commissario riprese: «Senti Andrea, sei stato bravissimo a sgusciare via prima che ti prendessero, ma non sei ancora al sicuro; è vero che ti ho trovato sfruttando l'unico errore che hai fatto, ma potrei anche non essere il solo ad aver capito».

Il ragazzo si arrese all'evidenza, non disse una parola, lo fece entrare e chiuse la porta alle sue spalle, Marongiu senza aggiungere una parola, si avvicinò al camino per riscaldarsi, era congelato. Andrea rifletteva velocemente, ma l'agitazione lo frenava, capì che aveva una sola alternativa, quella di ammazzarlo. Non riusciva a capire come quell'uomo fosse riuscito a trovarlo, ma sapeva che, nonostante la situazione fosse disperata, non ce l'avrebbe mai fatta a mettere in pratica le sue intenzioni, nemmeno quando detestava i suoi simili, era riuscito a fare del male a qualcuno volontariamente;

quando riuscì a parlare, era rassegnato: «Sono stato molto attento a non lasciare tracce, come hai fatto a scoprirmi?»

Il vecchio gli sorrise e si sedette sulla poltrona: «A Milano dopo aver fatto un sopralluogo nella tua stanza, ho incontrato Mark Graham, quando gli ho chiesto se si ricordasse di te, mi ha mostrato i due gattini che gli avevi regalato, sono rimasto molto impressionato, più da quello che mi ha detto che per quei due pezzi di carta, ma allora non avevo dato molta importanza a quello che avevo visto. Lo stesso è capitato a Bolzano, su un quadro, infilata sulla cornice, ho visto quella farfalla di carta, l'ho notata perché era molto bella, anche questa volta, senza rendermene conto, ho immagazzinato l'immagine, ma non sono andato oltre. Quando sono stato a Conakry ho avuto la fortuna di conoscere i fratelli Gargiulo, due persone squisite, sulla plancia ho notato un uccello di carta, mi hanno detto che l'avevi creato tu, l'avevano chiamato la Fenice. Quando mi sono recato in Guinea, la stessa cosa mi è capitata a Kankan, perquisendo il tuo bagaglio, nella tasca anteriore ho notato la carta e alcuni origami, non gli ho dato molta importanza, li ho associati alla tua personalità. Devo ammettere che solo per un momento ho tentato di valutarlo come un indizio, ma dovevo convenire che era veramente troppo poco, l'unica considerazione seria che potevo fare, era che ti piaceva piegare la carta per ottenere dei modellini. Mettiti nei miei panni, non ci vuole molto per capire che ero frustrato, non riuscivo ad avere tue notizie, tutte quelle che avevo appreso, erano legate ai periodi prima della tua scomparsa. Un altro dato inquietante era che, lentamente, i concorrenti nella tua ricerca si assottigliavano, ciò poteva significare una cosa, molti, con più mezzi, di me avevano rinunciato. Siccome dopo quattro giorni di indagini non avevo assolutamente niente in mano, ho passato la mano anch'io. Avevo già disdetto l'affitto del mio appartamento, stavo raccattando le ultime cose per la partenza, quando mi sono trovato tra le mani gli appunti che avevo preso a Conakry, gli ho dato una scorsa veloce e ho trovato quello che non andava nel tuo rapimento: i tempi erano talmente stretti che nessuno avrebbe avuto la possibilità di portarti via contro la tua volontà, con quelle modalità e in così poco tempo. A dare un'altra spallata alle mie convinzioni, è bastato vedere due gatti, uno bianco e uno nero che si rincorrevano sui tetti, ho pensato che, per avere affrontato l'indagine eliminando gli elementi contraddittori, non avevo seguito l'unica traccia che avevo trovato. Partendo dal presupposto che, dopo il pensionamento per motivi di salute, il tumore ai reni mi sta mangiando vivo, ma soprattutto perché a Samugheo nessuno mi aspetta, ho considerato che non mi costava niente approfondire le ricerche solo in base alle mie intuizioni, era l'unico modo per soddisfare la curiosità di un vecchio. Te lo dico per esperienza personale, in tutte le indagini c'è sempre un momento di appannamento, la vera svolta, in questo caso è avvenuta quando ho provato a pensare a te come un fuggitivo e non più come un rapito, in quel momento anche quelle tracce così impalpabili, hanno acquistato la loro importanza. Non appena arrivato alla stazione di Bolzano, ho contattato alcuni amanti dell'arte degli origami, mi sono stupito nello scoprire che erano in tanti ad avere questo hobby; per avere dei riscontri oggettivi, mi sono rivolto a un grossista di carta, sono venuto a conoscenza di tutti i posti dove si vende questo tipo di materiale. Ho scelto quello più vicino ai luoghi dove hai vissuto, anche perché era l'unico nel raggio di dieci chilometri, mi sono messo a controllarlo. Sono un tipo ostinato, dopo cinque giorni d'appostamento mi è sembrato di riconoscerti, ti ho seguito e mi hai portato qui, mi sono messo a sorvegliarti con un potente binocolo, stamattina quando ho visto che aprivi le finestre, son venuto».

«Dimmi quanto vuoi per tacere? Sono riuscito a mettere da parte una bella somma di danaro per sparire definitivamente, potremmo dividere».

Marongiu sorrise, Andrea aveva provato con la corruzione, non poteva ancora sapere che, nelle sue condizioni, non era comprabile: «Quello che ti ho raccontato sulle mie condizioni di salute è vero, non voglio niente da te, sono io che vengo a offrirti il mio aiuto. Incalzato dalle tue domande, non mi sono nemmeno presentato, davanti a te c'è quello che resta di Chirigu Marongiu, un ex commissario in pensione, come ti stavo dicendo, la mia sorte è segnata, una massa tumorale ha completamente circondato i reni, e ha intaccato due vertebre, mi restano al massimo un paio di mesi di vita. Per fare un favore al questore di Milano, ti ho dato la caccia per quattro giorni, per essere preciso, cinque giorni fa, ho riferito al mio superiore che sei sparito nel nulla, gli ho comunicato, con dovizia di particolari, i risultati delle mie ricerche, le conclusioni erano inequivocabili, chi ti ha rapito ha fatto le cose perbene. Con la chiusura delle mie indagini, gli ho espresso l'intenzione di ritornarmene nella mia amata Sardegna per morire in pace. A onor del vero, voglio avvertirti che, in questo periodo trascorso a cercarti, sono venuto in contatto più volte con i tuoi inseguitori, dalle loro parole, sia quelle dei buoni che dei cattivi, ho capito che avevano le stesse intenzioni; in realtà lo sapevo fin da quando ho accettato l'incarico, ma prenderne atto è stato dirompente. Non voglio che tu cada nelle loro mani, per questo, quando ho scoperto la tua copertura, invece di andarmene, come mi ero ripromesso, sono rimasto per avvertirti».

Le parole, ma soprattutto l'espressione dell'uomo lo avevano calmato, per quanto assurdo fosse, gli credeva. Si trovò a domandare: «Anche se io fossi convinto alla tua buonafede, come pensi di aiutarmi?»

«Sei proprio un ingenuo, l'ho già fatto, quello che mi premeva era, semplicemente, comunicarti che ho scoperto e qual era la traccia che mi ha portato a te. Adesso che sai qual è lo sbaglio che hai fatto, sono sicuro che riuscirai a prenderne atto e vivere senza incorrere nello stesso errore, se ci riuscirai, sarai libero. Comunque, devo farti i miei complimenti, se non fossi così fisionomista, non ti avrei mai riconosciuto».

Avevano appena smesso di parlare, si sentì il rumore delle mandate della serratura della porta d'entrata, Marongiu si voltò di scatto. Quando nella stanza entrò una ragazza, Andrea si alzò e fece le presentazioni di rito: «Con te non posso mentire, lei è Nicole Giudici, mi ha dato una mano a rendermi invisibile, devi sapere che domani andrò via definitivamente da qui. In queste settimane ho pianificato tutto, ho una nuova identità, sono riuscito persino a ottenere nuovi documenti, rilasciati dall'organo competente e, nei prossimi giorni, avrò un posto dove vivere; ma la cosa più importante è che nessuno potrà mai mettermi in collegamento con Andrea Saltusio,» la ragazza lo guardò con aria sorpresa, lui non sembrò dargli molta importanza, si avvicinò alla donna e le diede un bacio sulle labbra, poi riprese di buonumore «credo che sia il caso di accogliere l'ospite come si deve, io prendo la grappa nostrana, tu intanto prepara il caffè per il commissario».

Si ritrovarono tutti e tre davanti al camino, a sorseggiare un caffè bollente, il commissario stava per posare la tazza vuota sul poggiolo di marmo del focolare, ma, improvvisamente, gli cadde di mano, fece una mezza torsione del busto e si accasciò sulla poltrona. Nicole si portò la mano sulla bocca e sussurrò: «Che cosa gli hai fatto?»

Andrea la guardò preoccupato, non sapeva per quanto tempo l'uomo sarebbe rimasto in quello stato. Invece di risponderle, la esortò: «Diamoci da fare, non abbiamo molto tempo domattina devo partire presto, se voglio evitare controlli, lo sai che non ho i documenti della jeep, se mi fermano quelli della Guardia di Finanza, con i mezzi che hanno a disposizione, non ci metteranno molto per capire che le targhe sono di un'altra macchina».

La ragazza lo incalzò: «Non potevi prendere una macchina in modo legale?»

«Se avessi voluto mostrare i miei nuovi documenti, non ci sarebbero stati problemi, ma non ti preoccupare, la macchina l'ho presa in una baita, nessuno farà la denuncia di furto perché la casa è usata solo nei fine settimana. Quello che m'interessa, è che quando daranno l'allarme non potranno collegare il passaggio della macchina davanti alle videocamere di sorveglianza, che sono lungo il percorso, con un probabile sconfinamento, in teoria io sono già in territorio austriaco. Una volta arrivato al confine, gli rimetto di nuovo le sue targhe originali e la lascio nel parcheggio del ristorante in costruzione, quando la troveranno, penseranno che qualcuno l'abbia rubata in Svizzera e poi l'ha abbandonata. Intanto io attraverserò il confine attraverso il sentiero che abbiamo percorso la settimana scorsa; adesso aiutami».

La ragazza non aggiunse una parola, prese l'uomo dalle caviglie, Andrea gli passo le braccia sotto le ascelle, lo sollevarono e lo portarono nell'altra stanza. Una volta risolto il problema dell'uomo, Nicole lo aiutò a preparare la valigia, finirono in poco tempo Andrea l'abbracciò, la ragazza era contrariata dal suo comportamento, non ne fece mistero: «Era proprio necessario farlo? Non potevi semplicemente, anticipare la partenza?».

«Capisco che sei in apprensione perché non ci vediamo da una settimana, ma calmati, domani partirò, come programmato per Wenns, ho una camera al Goldene Kapeler, l'albergo che ho prenotato col nome di Karl Morlacher, ci resterò solo una notte, con questa operazione avevo voluto collaudare i miei nuovi documenti. Prima di espormi, ho contattato un caro amico del dipartimento di Innsbruck, mi ha assicurato che nei comuni della zona non ci sono stati irregolarità nella presentazione dei documenti, finora sono passato completamente inosservato».

La ragazza fremeva: «Non hai paura che, chi ti ha fornito questa identità, ti possa ricattare?»

«È tutto successo nell'ultima settimana, per questo non puoi sapere come sono riuscito quasi a cambiare legalmente identità. Adesso, se hai un po' di pazienza per starmi ad ascoltare, ti spiegherò tutto.» Nicole gli fece cenno di continuare «come sai, a me piace molto la montagna, nella mia vita passata, approfittando che, di solito, agosto era il mese in cui l'università, tecnicamente, chiudeva, io ne ho sempre approfittato per dedicare un po' di tempo a me stesso, lontano da tutti; nell'ultima vacanza trascorsa a Obergurgl, ho fittato una casetta in mezzo al verde, molto distante dal centro paese. Siccome limitavo al massimo i contatti con la gente, l'agenzia provvedeva a farmi trovare la casa corredata di tutto, dalla legna da ardere alle provviste per tutto il periodo della vacanza. In una delle escursioni ho notato una casa abbandonata, non sapevo chi ci abitasse, ma gli anni precedenti, avevo sempre visto dei movimenti all'interno. Dopo la terza volta che ci passavo davanti, cosa strana, mi sono fatto prendere dalla curiosità, ho scavalcato la staccionata, la chiave della porta era sotto lo zerbino, dentro era tutto in completo stato di abbandono, i giornali ritrovati, risalivano a quasi sei mesi prima, da alcune lettere che ho trovato nel comodino della stanza da letto, ho scoperto che si trattava di Karl Morlacher. La settimana dopo, quando sono sceso al paese per prendere il pane fresco, mi sono informato, discretamente, mi hanno confermato che la casa apparteneva a Karl Morlacher, il ragazzo, dopo la morte del padre, era rimasto solo e viveva facendo la guida ai turisti, siccome era un po' di tempo che non si faceva vedere, probabilmente stava lavorando con l'agenzia di Zwieselstein. Quando, dopo quello che è successo, ho preso la decisione di cambiare identità, mi sono ricordato del fatto, approfittando che ero solo, sono andato a Zwieselstein, quelli dell'agenzia mi hanno detto che la gestione precedente aveva una guida che corrispondeva a quel nome, ma loro non avevano più sue notizie da tempo, sicuramente era ritornato al suo paese. Sono tornato a Obergurgl, nella casetta di Karl Morlacher, ho trovato un suo documento rovinato, lasciato in un giubbotto nell'armadio e sono tornato qui. Per migliorare il mio travestimento sono andato a Bolzano dove ho preso alcune confezioni di lenti a contatto colorate, quando il colore degli occhi mi è sembrato abbastanza simile a quello delle foto, ho cambiato colore ai capelli, portandoli a un biondo chiaro. Dovevo fare la prova finale, con le gambe che mi tremavano, mi sono presentato al municipio di Obergurgl, col documento di riconoscimento rovinato e con tre foto. Fortunatamente, l'impiegato dell'anagrafe che doveva rinnovarmi il documento, era scivolato su una lastra di ghiaccio e non ho potuto presentare la richiesta di duplicato, il comandante della gendarmeria, facendo uno strappo alla regola, in allegato al documento rovinato, mi ha rilasciato un foglio provvisorio. Ero arrabbiato, quando ormai ero certo di aver risolto tutti i miei problemi, quello stupido di un impiegato, si era fratturato una gamba. Sono tornato a casa di Karl Morlacher, mentre aspettavo che mandassero un sostituto, volevo stabilirmi nel suo appartamento, con l'intenzione di fare un po' di pulizia nell'appartamento, mi sono messo alla ricerca dell'occorrente. Leggendo la corrispondenza abbandonata, ho fatto una brutta scoperta, l'uomo non era sparito, aveva solamente preso parte a una spedizione in Antartide. Se avesse terminato tutto il periodo per cui era stato ingaggiato, il suo contratto sarebbe dovuto scadere tra un anno e tre mesi. Per il momento ero a posto coi documenti provvisori, se in undici mesi Karl non si era fatto vivo, ero certo che volesse restare in Antartide per tutto il periodo della missione. Questo mi avrebbe consentito di stare tranquillo un altro po' di tempo, per passare al piano di riserva. Adesso sono pronto, ma non devo farmi prendere dall'ansia di sparire mi bastano solo pochi giorni, poi potrò contare su un'identità definitiva, devo appianare solo gli ultimi dettagli».

La ragazza sembrava seriamente risentita dal comportamento di Andrea: «Non mi avevi parlato nemmeno di un identità definitiva, quest'altra da dove esce fuori?»

«Non potevi saperlo semplicemente perché l'ho elaborato dopo il fallimento del mio primo tentativo, ero distrutto, solo l'idea di essere costretto a nascondermi per tutto il resto della vita, mi faceva star male. Quasi per caso mi è venuto in mente Berthold Moser, era il segretario dell'orfanotrofio, l'ho incontrato quando sono uscito dalla casa-famiglia, mi aveva contattato perché era alla ricerca di Mario Mueller, il ragazzo era molto più piccolo di me, ma lo ricordo ancora perché mi somigliava, era un tipo esile, molto riservato e poco propenso ai rapporti personali; siccome era sparito da Schwaz, dov'era ospitato dai coniugi Schuster-Bauer che lo avevano avuto in affido. Mentre ti aspettavo, invece di stare con le mani in mano, ho provato a fare una ricerca. Utilizzando la firma digitale dell'università, ho provato a chiedere alle prefetture ma, in Italia non ne sapevano niente, ho provato in Austria, ma anche lì si erano completamente perse le sue tracce. Per fare un'indagine esplorativa, sono andato dai coniugi Schuster-Bauer, che intanto si erano trasferiti a Innsbruck, dimostrando una bella faccia tosta, mi sono presentato come Mario Mueller. Ho chiesto perdono del mio atto sconsiderato, dicendo che, quando uno vuole cambiare vita, deve avere il coraggio di assumersi le sue responsabilità. Ero pronto a scappare al primo segno di pericolo, ma loro erano commossi, dopo il fallimento dell'adozione, non avevano più voluto, conoscere altri bambini; quando ho fatto il gesto di andarmene, mi hanno trattenuto. Il motivo l'ho scoperto in seguito, infatti, pochi minuti dopo, hanno fatto la loro comparsa due gendarmi. Ero nel panico più assoluto, non appena arrivato in caserma, mi hanno chiesto dov'ero stato in tutti quegli anni, rincuorato di non essere stato sbugiardato, dai genitori affidatari, mi sono inventato dieci anni di vita da barbone in Austria, tra Salisburgo e Graz. Mi hanno preso le impronte digitali, subito dopo hanno avvertito il tribunale dei minori di Vienna, che mi avevano ritrovato. Dopo aver sbrigato tutte le procedure, mi hanno detto di ritornare dopo quindici giorni e, una volta completate le formalità, ritirare i documenti. Nella sala d'attesa c'erano i coniugi Schuster-Bauer, allora ho capito che si erano fatti garanti della mia sistemazione. Helmut Schuster era molto contrariato, ma Maria Bauer mi ha pregato di ritornare da loro, ho drizzato la schiena e ho recitato la migliore parte in questo dramma, le ho detto: "Mamma, quando ho finalmente trovato il coraggio di tornare, ho deciso di chiudere col mio passato se vengo a stabilirmi a Innsbruck, non voglio pesare sulle vostre spalle e nemmeno che litighiate per colpa mia, ho messo la testa a posto, troverò un lavoro e, se mi resta del tempo libero, voglio riprendere gli studi". La donna piangeva lacrime di gioia, si è avvicinata e mi ha stretto forte a sé, l'uomo si è avvicinato alla moglie timidamente poi, insieme mi hanno stretto a sandwich. Hanno accettato che io sistemassi le mie cose, prima di ritornare definitivamente in Austria. Mi aspettano dopodomani, nella loro casa di Innsbruck, sono certo mi daranno una mano a inserirmi».

Nicole non aspettava altro che perdonarlo, annuì poi disse: «Se l'identità di Karl Morlacher non è sfruttabile, perché hai prenotato al Goldene Kapeler, a suo nome?»

«La camera al Goldene Kapeler, l'avevo prenotata prima di sapere che l'identità di Karl Morlacher non era sfruttabile, per evitare sospetti ho deciso di andarci lo stesso».

«Cerca di non metterti nei guai; come faremo a restare in contatto?».

«Non è il caso di mettere in pericolo tutto, dammi il tempo di organizzarmi, poi ti chiamerò io, non dimenticare chi abbiamo alle spalle…»

Un rumore dalla camera accanto, interruppe la discussione, i due ragazzi scattarono in piedi. Nell'altra stanza, Chirigu Marongiu sentì un nodo alla gola, era tutto buio, cercò di sollevarsi ma il dolore alla schiena era atroce, urlò con quanto fiato avesse in corpo, si accese la luce e accanto a lui apparvero Nicole e Andrea. Il primo pensiero fu che si era fatto giocare da due mocciosi, esplose: «Che cosa avete intenzione di farmi?»

Solo dopo aver pronunciato quelle parole, si rese conto che era disteso su di un letto e non era legato. Prima di riuscire a raccapezzarsi, ci pensò il ragazzo a chiarire la situazione: «Per arrivare quassù, hai attinto a tutte le risorse residue, non ti scordare che sono un medico, mi ero accorto subito che, preso dal tuo intento di arrivare da me, avevi peggiorato una condizione fisica già compromessa. D'altronde, non ci voleva di certo un professorone per capire che, da come eri messo, non ce l'avresti mai fatta a tornartene indietro, così ho pensato in grande, quello di aiutarti a ritornare nella tua amata Sardegna; non so se la trasfusione, che ti ho fatto, ti possa servire per metterti in condizione di affrontare un intervento, non ho le attrezzature per verificare, ma per quello che hai fatto per me, spero con tutto il cuore che tu riesca a superarlo».

Il commissario si alzò dal letto, ebbe un attimo di mancamento, la gravità ebbe il sopravvento, ripiombò a peso morto, poi sorretto dai due ragazzi, riuscì a mettersi di nuovo in piedi, emerse lentamente da quello stato di torpore, fu Nicole che l'anticipò: «Mentre eri senza conoscenza, ho preparato qualcosa da mangiare, saremmo molto contenti di poter festeggiare, anche con te, lo scampato pericolo».

Per raggiungere la cucina si appoggio ad Andrea, era visibilmente contrariato, solo quanto si fu seduto riuscì a parlare: «Sei proprio un coglione, se riesco a sopravvivere avranno la certezza che ti avevo trovato e, in appendice a te, anch'io sarò braccato».

Il ragazzo lo guardò con affetto quell'uomo dall'apparenza rude, anche in un momento che doveva essere di gioia, gli rimproverava di averlo aiutato, gli rispose con dolcezza: «Smettila di preoccuparti, prima di agitarti inutilmente, ci sono due cose che sanno tutti quelli che sono alle mie calcagna e che anche tu le devi sapere: primo, quando viene fatta una trasfusione col mio sangue, una volta assimilato, diventa dello stesso tipo del ricevente e non ha più nessun effetto benefico su altri pazienti; secondo, sono riuscito a rifarmi un'altra identità in un altro stato e non avrò più legami con la vita precedente; la terza, riguarda solo te, non sei mica costretto a dire che mi hai trovato, con la quantità di sangue che ti ho iniettato, secondo i test a cui ho preso parte, se non ho sbagliato qualcosa, dovresti avere una possibilità di operarti prima che i benefici della trasfusione scompaiano».

Chirigu lo guardò, poi abbassò lo sguardo, quando alzò gli occhi si era addolcito: «Scusami di aver dubitato di te, forse a causa della mia professione, ho sempre pensato che il mondo fosse una fogna, per me è difficile accettare che hai dato una possibilità di sopravvivenza, a quello che poteva essere un tuo nemico, nonostante fosse più semplice eliminarmi; dopo la malattia, nemmeno mia moglie ha avuto la forza di rimanermi vicino, se n'è andata col primo venuto».

Andrea capì quella sofferenza, non era tanto diversa dalla sua, perlomeno fino alla partenza per la Guinea, anche lui aveva vissuto in una condizione d'abbandono, per anni. Cercò di alleggerire la tensione che si era creata: «Smettiamo di parlare e mangiamo, prima che si freddi tutto».

Una volta finito il pranzo, tornarono davanti al camino, dopo un giro di grappa Chirigu prese coraggio a due mani e chiese: «Nonostante sia un investigatore esperto, non ho capito come sei riuscito a scappare, ho fatto il sopralluogo personalmente, le guardie del corpo di Mark Graham, che vigilavano nel corridoio, si sono allontanate solo per un paio di minuti, anche se l'uomo armato davanti alla tua porta, è stato narcotizzato, in nove minuti, era impossibile scappare senza un aiuto esterno,» girò lo sguardo verso Nicole «per quanto in gamba possa essere, non credo che tu sia stato aiutato solo dalla tua ragazza?».

Andrea guardò negli occhi la sua ragazza, lei gli fece un cenno impercettibile, lui annuì un paio di volte poi ricominciò il racconto: «In realtà ho fatto tutto da solo, sarà meglio partire dal principio: Quando, io e il primario, ci siamo incontrati per la prima volta a Bolzano, dopo avermi fatto prendere visione dei risultati della ricerca, mi ha proposto una sperimentazione, avente per cavia me stesso, mi aveva prospettato un accordo per poter sfruttare questa mia particolarità ematica, a vantaggio di entrambi; a onor del vero, devo ammettere che, per prima cosa, mi spiegò le questioni legate al polverone che, nel caso della riuscita del suo piano, si sarebbe alzato. Fu chiaro con me, una volta che l'opinione pubblica avesse scoperto il fatto, sarei diventato una star di prima grandezza nel panorama scientifico, ma il vero problema erano gli interessi, che a vario titolo, avrebbe scatenato la mia prerogativa».

Il commissario non riuscì a rimanere in silenzio, intervenne: «Non capisco perché non sei scappato mentre eri all'ospedale di Bolzano, sarebbe stato più facile farlo, in quel periodo, nessuno sapeva ancora delle proprietà prodigiose del tuo sangue».

«È vero solo in parte, potremmo dire semplicemente che nessuno aveva inquadrato la situazione, infatti Rodolfo mi mise in guardia, scappare non sarebbe servito a niente; dopo la mia scomparsa sarebbero diventate più che possibili le fughe di notizie, mi sarei trovato braccato né più né meno come adesso e nella stessa condizione di fuggiasco; ma non avrei avuto queste settimane per organizzare la mia scomparsa definitiva dalla scena e nemmeno i due milioni di euro, per renderla possibile,» Andrea si fermò per riorganizzare la cronologia dei fatti, riprese deciso: «la sera della seconda trasfusione a Mark Graham, Rodolfo Bencivenga entrò nella mia stanza, era tutto rosso in viso, non l'avevo mai visto perdere la calma, ma stavolta la sua faccia era deformata dalla tensione, non disse niente, mi fece segno di star zitto, poi prese una penna dalla tasca e afferrato il foglio giornaliero, delle temperature, scrisse: *"Vestiti come meglio puoi e scappa, tra poco qui scoppierà il finimondo, quell'idiota di Marco Fiori, il presidente del Consiglio d'Amministrazione, per darsi delle arie, voleva dimostrare a tutti che il nostro era ritornato un centro d'eccellenza. L'uomo, ignorando i patti, ha diramato un comunicato in cui spiegava la guarigione di Mark Graham, ma la cosa peggiore è che ha rivelato il nome del paziente zero; ormai sei fregato, quello che avevo pregato che non succedesse, è avvenuto ed è amplificato dalla guarigione del magnate, improvvisamente tu sei diventato un bersaglio vivente. Ho approfittato del bailamme per avvertirti, tu non devi farti prendere, ne va della tua vita, così come la conosci, prima di venire da te, sono salito sul terrazzo e ti ho lanciato una corda sul lato della finestra della tua stanza, dopo aver raggiunto la scala di ferro, tira un capo e portatela via, se vuoi prenderti un certo vantaggio, non devono capire da dove sei fuggito".* Il primario uscì di corsa dalla mia stanza, ero agitato, cercai qualcosa da mettermi addosso, ma non avevo nessun vestito, stavo per uscire per chiedere a Mark Graham di aiutarmi, quando mi accorsi che c'era un uomo di guardia, davanti alla porta, allarmato dall'apertura della porta l'uomo si era alzato, ero già in trappola. Non potevo perdere altro tempo, ho svitato un piede di metallo del letto, ho spento la luce poi mi sono messo dietro la porta e ho urlato con quanto fiato avevo in gola, l'uomo si è catapultato dentro, l'ho colpito dietro la nuca. Era solo intontito, dovevo agire in fretta, dopo aver riavvitato il piede del letto, vi ho depositato sopra l'uomo che avevo colpito, l'ho legato e, dopo avergli attaccato al braccio una flebo con un flacone di soluzione fisiologica, ho iniettato dentro una dose massiccia di tranquillanti, quelli che usavo per rilassarmi dallo stress della clausura e ho aspettato. Quando mi sono accorto che era sedato, l'ho spogliato e, dopo avergli tirato addosso le lenzuola, ho nascosto la pistola nello sciacquone, poi gli ho preso il telefonino e, dopo aver estratto la batteria, ho controllato che non avesse segnalatori nei vestiti. Dopo aver strappato dalla divisa tutto quello che potevo, cercando di renderli anonimi, ho chiuso il flusso della flebo e, con addosso gli abiti del mio guardiano, me la sono data a gambe. La trovata di genio, che ha confuso tutti i miei inseguitori, è stata quella, di ripulire tutto quello che avevo toccato per immobilizzare l'uomo la maniglia della porta e quella della finestra, nonostante avessi indossato guanti di lattice. Appena affacciato, ho trovato la corda che mi aveva lanciato Bencivenga, sono uscito dalla finestra, l'ho richiusa tirandola con forza, quando ho sentito lo scatto, mi sono agganciato e ho camminato sul cornicione, fino a raggiungere la scala di ferro che serviva per l'ispezione ai tubi dell'aria condizionata, mi sono ancorato bene sui gradini di ferro, ho tirato un capo della corda e l'ho recuperata, invece di salire sulla terrazza per scendere dalla scala interna, come mi aveva consigliato Bencivenga, facendo bene attenzione a non farmi notare, sono sceso fino alla terrazza degli uffici amministrativi. Solo quando ho messo i piedi a terra finalmente, ho avuto il coraggio di guardare verso l'alto, nessuno si era accorto di me, a quel punto, ero convinto di potere farla franca. Siccome quell'ospedale aveva scambi con quello di Bolzano, vi avevo fatto vari corsi, conoscevo bene la struttura. Mantenendomi fuori della portata delle videocamere, per raggiungere lo spogliatoio dei medici del pronto soccorso, ho attraversato tutto l'ospedale. Era l'unico posto che conoscessi, dove potevo trovare qualcosa da mettermi addosso, speravo di rimediare anche un po' di soldi per la fuga. La prima cosa che ho preso è stata una felpa con cappuccio poi, ho cominciato a scegliere tra gli abiti appesi, che cosa potevo prelevare per vestirmi decentemente. Mi sono reso conto che, così facendo, avrei fornito una traccia ai miei inseguitori, ho cambiato completamente il mio piano, ho rimesso al loro posto i soldi che avevo trafugato, ho preso solo un paio di scarpe più comode di quelle che avevo tolto al vigilante, su una mensola ho trovato una bottiglietta di alcol, ero pronto per il mio piano. Sono andato nel bagno ho preso un rasoio usa e getta, poi ho pensato anche a un possibile camuffamento, ho preso una busta di plastica e gli ho versato un po' di sapone liquido. Sono uscito dal bagno, siccome mi serviva un diversivo, ho messo le scarpe che avevo tolto sulla pedana di legno e l'ho bagnate con un po' di alcol poi ne ho spruzzato un po' anche sulle panche, dopo aver dato fuoco, sono uscito dalla porta posteriore, facendo bene attenzione di non dare troppo nell'occhio. Mi sono nascosto dietro un albero, ho dovuto aspettare una quindicina di minuti, prima di vedere un po' di movimento. A quel punto, approfittando del parapiglia che aveva scatenato il principio d'incendio, ho scavalcato il muro di cinta dell'ospedale, proprio nei pressi dell'entrata del pronto soccorso. Solo dopo aver percorso un paio di chilometri, mantenendomi al coperto, ho preso la metropolitana per recarmi alla stazione di Lambrate. Evitando le videocamere di sorveglianza, sono entrato nei bagni, dopo aver fatto la barba, mi sono ripulito gli abiti che avevo addosso, ho messo i peli nella busta che mi era servita per il sapone e ho lavato il lavandino. Dopo aver ripulito tutto, ho preso la busta dal bidone della spazzatura, vi ho aggiunto anche la corda che mi ero portato appresso, sono uscito dalla stazione. Ero euforico, ma non mi sono ancora rilassato, ho abbandonato il sacchetto su un cumulo di immondizia, sono stato molto attento anche a non mostrare la faccia alle videocamere di sorveglianza della metropolitana, poi sono salito su quella per Sesto San Giovanni. Nonostante la contentezza di come stavano andando le cose, non era ancora il caso di abbassare la guardia, ho raggiunto a piedi il casello dell'autostrada e mi sono messo a fare l'autostop. Sfruttando il fatto che il tizio che si era fermato, per darmi un passaggio, andava a Venezia, mi sono fatto lasciare al casello di San Martino, di là sono riuscito a trovare un passaggio da un camion diretto a Bolzano. Ero abbastanza sicuro di non aver dato nell'occhio, ma non mi sono fidato di chiedere a qualcuno di farmi fare una telefonata, mi sono recato all'ospedale, sperando che la mia fidanzata fosse in servizio. Siccome non era di turno, ho dovuto cambiare il piano, a quell'ora non c'era nessuno nelle aule di corso, utilizzando un pezzo di plastica, dopo alcuni tentativi sono riuscito ad aprire una porta che aveva la serratura a scatto e sono entrato nella sala. Col citofono ho chiamato il centralino, mi sono spacciato per il primario del turno di notte l'addetto, dopo aver consultato l'orario, mi ha comunicato che l'infermiera sarebbe stata in servizio dalle otto alle quattordici. Sono uscito dalla stanza, per chiudere mi è bastato tirare la porta, quando ho sentito lo scatto della serratura, ho controllato che non c'erano segni di effrazione e mi sono recato nel parcheggio. Faceva freddo, non avevo previsto di dover aspettare all'addiaccio, fortunatamente dopo nemmeno un'ora di attesa, l'ho vista arrivare. Era già una settimana che eravamo in preallarme, per organizzare la fuga, in fondo è tutto merito di Nicole, è lei che ha trovato questo posto».

Il commissario era sbalordito, li guardò con ammirazione, poi disse: «È proprio vero, tutti quelli che ti davano la caccia, che ho incontrato durante questi giorni, cercavano delle soluzioni assurde, per spiegare il tuo rapimento, devo ammettere che ci sono caduto anch'io; tu sei riuscito a ingannare tutti, facendo le cose più semplici. Adesso che hai soddisfatto la mia curiosità, credo che sia giunto il momento di andare, ti voglio dare un ultimo consiglio, non contattare nessuno dei tuoi amici, di sicuro saranno tutti sotto controllo».

Andrea lo abbracciò, prima che se ne andasse gli disse: «Le nostre strade si dividono, sicuramente non avremo altre occasioni di vederci, ma io serberò sempre il tuo ricordo».

Nicole si avvicinò e gli strinse la mano, l'uomo si girò e si avviò verso la porta senza aggiungere altro. Il sole calava lentamente, Chirigu Marongiu scendeva, facendo molta attenzione per evitare i tratti ghiacciati, era felice di poter guardare con occhi nuovi al futuro, nonostante il freddo sentì il calore che si diffondeva in tutto il suo corpo. Pur sapendo che non c'era nessuno, girò furtivamente lo sguardo intorno e riuscì finalmente a dare libero sfogo alla lacrime. Non avrebbe mai pensato che lui, il mastino di Samugheo, come veniva definito dagli amici, avrebbe gioito così tanto di un caso irrisolto.

Andrea sprofondò sotto le coperte, la ragazza si avvicinò, gli diede il bacio della buonanotte e si accoccolò vicino a lui, in quel momento gli apparve davanti agli occhi la città di Tangeri vista dal mare. Gli risuonarono nelle orecchie le parole di Giulio: "Il primo viaggio che abbiamo fatto ci siamo fermati a Tangeri per caricare due medici, anche se ci sono stato solo un paio d'ore, ti posso dire che è una città stupenda; non appena potrò permettermi di fare una vacanza, ho intenzione di passarci almeno una settimana".

Allora la sua risposta fu: "Se ti fa piacere avere compagnia avvertimi, compatibilmente coi miei impegni universitari, ti accompagnerò".

Mentre teneva Nicole tra le sue braccia, aveva le lacrime che gli rigavano il volto, le sussurrò: «Per il momento dobbiamo essere prudenti, ma quando questa brutta avventura sarà alle spalle, voglio portarti a Tangeri, devo pagare un debito di riconoscenza a un amico».

La ragazza si rilassò, facendo aderire il proprio corpo a quello del suo uomo, Andrea la strinse, il pensiero del futuro non era più in cima alle sue priorità, prima di perdersi negli occhi di Nicole, si fece largo nella sua mente un aforisma che aveva sentito qualche anno prima in un seminario: "Il tempo rende giustizia al merito perché è un giudice imparziale", ma non era sempre vero, a lui, nonostante le numerose traversie che aveva affrontato lungo il percorso, era andata decisamente meglio.

Epiloghi

Mario Mueller, alias Andrea Saltusio, aveva affittato un appartamento a Innsbruck, aspettava il fine settimana per riabbracciare Nicole, grazie a Helmut Schuster aveva trovato lavoro in un laboratorio privato, una settimana prima, accompagnato dai coniugi Schuster-Bauer, si era iscritto alla facoltà di medicina.

Una decina di giorni dopo il suo arrivo in Sardegna, Marongiu si trovava in una sala operatoria dell'ospedale di Cagliari, le ultime parole che percepì prima di perdere il contatto con il mondo, furono quelle di un infermiere: "Questi milanesi da lontano, sembrano così preparati, ma nel caso di questo paziente non hanno capito un ca ..."

Nello stesso momento in una villa di Lecco Rodolfo abbracciava la sua Enrichetta, un paio di giorni prima aveva avuto ospite a casa sua Mark Graham, l'uomo aveva voluto ringraziarlo personalmente.

Ringraziamenti

Sono felice di questa nuova opportunità, quella di riproporre il mio romanzo in versione rieditata e corretta, che il Gruppo Editoriale WritersEditor mi ha accordato, ma non posso sottrarmi di ringraziare Angela Bruni, che mi ha dato il nulla osta per ripresentare la mia opera, revisionata, e i due libri che completano la trilogia.

Un ulteriore ringraziamento va al coautore, Pasquale D'Auria, che ha sopportato la mia invadenza restando nell'ombra e non facendomi pesare il mio modo d'interpretare il mio ruolo

Indice

www.ingramcontent.com/pod-product-compliance
Lightning Source LLC
LaVergne TN
LVHW031343150826
845673LV00009B/2837

* 9 7 8 8 8 3 1 9 6 2 7 4 2 *